ミセス・ハリス、モスクワへ行く

ポール・ギャリコ

遠藤みえ子　亀山龍樹＝訳

角川文庫
24421

目次

第一章

（こんなところに、こんな写真はありゃしませんでしたよ、ぜったい）

そのことなら自信があった。

ハリスおばさんの目は、ふし穴ではない。ロンドンの通い家政婦としてきたえぬかれた観察力で、毎日掃除にいくお得意さんのアパートの部屋に、あっちに一つ、こっちに一つとうっちゃってある、かざりもの、写真、記念品といった小物の置き場まで、ぬかりなく頭におさめてある。

そんならちもないものの置き場にもうるさい連中が多く、位置を変えようものなら、なんのかのと目くじらを立てられるからだ。

額におさまった六つ切り写真。それが今、ロックウッド氏のデスクの上に、さりげなく置かれていた。巨大な壁をバックにして、毛皮のコートに身をくるんだ、愛くるしい娘の半身がうつっている。壁の上には見なれない塔がにょっきりとつき出し、その向こうには、いっぷう変わった雪景色が広がっている。

ハリスおばさんがこの部屋に入ってきたのは、ロックウッド氏のデスク、タイプライター、参考文献の山、それに、物書き連中が仕事部屋にためこんでいる、がらくたのたぐいに、はたきをかけるためだった。

ところがおばさんは、(いったい、この写真はなんだろねえ)と、気を引かれ、つい手に取って、しげしげとのぞきこんでしまった。

確かにそれは、スナップ写真を引きのばしただけのものだった。そのため写真のきめがあらくなり、全体にぼやけているのに、娘のひとみの悲しげな表情ばかりは、ありありと見て取れる。毛皮の帽子をかぶっていて、髪の毛はすっぽりと帽子におおわれている。

その二つの目は、カメラを、いや、カメラをかまえている人をまっすぐに見つめて、けんめいに何かを伝えようとしていた。

空想家で、いまさらつける薬もない、きわめつきのロマンチストのハリスおばさんには、その娘のひとみが、あふれる悲しみとあこがれを訴えているように思えてならなかった。

ときは冬、雪にとざされた、ふしあわせな娘。そのうしろには、何やら不気味な砦《とりで》がそびえて——ハリスおばさんの空想をかき立てる道具立てはそろっていた。

娘の悲しみが、ハリスおばさんに感じ取れた、というよりはむしろ、半年前お得意さんのリストにロックウッド氏を加え、一日二、三時間、この小さな家具つきアパートの部屋の片付けに通い始めて以来、(この方にゃ、何か、悩みごとがおあんなさるね)とにらんでいたことが、今はっきり形になって姿をあらわしたのだった。

そうなると、前まえからなんとなくこの部屋をおおっていた悲しみの影が、いちだんと濃くなったような気がした。

ハリスおばさんは、やせたはりがねのような体で、しゃっきりとそこに立っていた。ちりとほこりを相手のたたかいにそなえ、頭のてっぺんから足の先まで、すきもない完全武装である。身には仕事着、足にスリッパ、頭には三角巾《さんかくきん》、曲げた腕には、床みがき用モップの長柄をしっかと抱えこみ、片手に写真、もう一方の手にぞうきんといういでたちだった。

小さいが、くるくるとよく動くいたずらっぽい目が、新しいめっけものをした喜びに、おどっている。霜にあたったリンゴのようなまるいほっぺと、おしゃべりスズメのような快活な顔には、長い人生のたたかいのあとが、いく筋もの深いしわとなって刻まれていた。

ハリスおばさんは、写真に見とれていた。それで、ジェフリー・ロックウッド氏が、音もなくアパートにすべりこみ、居間をぬけ、書斎に入ってきたことにも気付かなかった。おばさんの言葉をかりれば、「のぞき見」の最中を、とっつかまってしまったのだ。

エイダ・ハリスがそもそも「のぞきや」であるわけはない。が、このときばかりは、現場にふみこまれてあわてふためき、額ぶちのガラスを、ぞうきんでごしごしみがき始めた。

　ロックウッド氏は、いつもは、あいそのいい、どちらかといえば、整った美しい顔に、妙にきびしい表情を浮かべて近づいてきた。そして、ひとこともいわず、おばさんの手から写真を取り上げると、元の場所に戻してしまった。

　あとには、ハリスおばさんが、べしゃっと顔に大きな卵をくらったように、あっけに取られてつっ立っていた。

　気まずい沈黙が、部屋じゅうに張り詰め、何がなんでも口火を切らずにはいられなくなって、ハリスおばさんはいってみた。

「おきれいな娘さんですねえ」

　ロックウッド氏は、答えなかった。それに、彼は半分こちらに背を向けていたので、その顔に浮かんだ暗い、不機嫌な、すこしも彼らしくない表情を、おばさんは見て取ることができなかった。

　ロックウッド氏は、まだ中年にはすこし早い、三十五歳ばかりの、砂色の髪に青いひとみをした、いかつい、男性的風貌《ふうぼう》の持ち主だった。ただ、かすかに柔弱そうなところがあって、ちょびひげをはやしたくらいでは、隠しおおせるものではなかった。

　仕事をはなれたときのロックウッド氏の顔つきには、あどけない子どもが、とほうにくれてぼんやりしているようなようすがあって、ハリスおばさんは、ひとめ見たときから、ひどく母性本能をかき立てられていた。娘も孫もあるおばさんのことではあり、しわだらけのひふのすぐ下には、母性本能がたっぷり隠されていたのだ。

いくら待っても返事がないので、おばさんは、（あれ、も一つお聞きしてみなくっちゃだめかねえ）と判断して、身を乗り出した。

「どこでございますかねえ、これは。うしろのあれは、なんですかしら。わたしにゃ、牢屋《ろうや》みたいに見えますがねえ」

「クレムリンですよ」

ロックウッド氏が、そっけなくいった。それからふいに、前ぶれもなく、買ってきたばかりのタイプ用紙を、デスクの上にバンッとたたきつけた。

「ええい、いまいましいやつらめ！」

思いもかけないはげしさだった。ハリスおばさんは、びっくりしてとび上がった。思わず小さく悲鳴を上げて、あわてて頭を下げた。

「あ、あの、悪いこと伺っちまって、ごめんなさいましよ。わたしゃ、その、べつに……」

ロックウッド氏が、こちらをふり向いた。

「あ、いや、あなたに腹を立てたわけじゃありませんよ」

いいながら、彼は、デスクの上の写真に目を注ぎ、その娘を通りこして、うしろにそびえている壁をにらみつけた。

「いまいましいのは、やつらですよ。それに、ろくでなしの外務省の役人どもだ」

ロックウッド氏は、あらためてハリスおばさんにあやまった。

「失礼しました。びっくりさせるつもりはなかったんですが……」

「わたしも、のぞき見するつもりはなかったんでございますよ。ただ、この写真を、今日初めて拝見しましたんでねえ。お掃除に入ったとたん、目につきましたでしょう。それで、まあ、なんてきれいなお嬢さんだろうと、つい夢中になってしまいまして……」

「そうでしょうとも」

ロックウッド氏はうなずいた。

「今までは、とても出しておく気にはなれませんでしたよ。外務省がやっと重い腰を上げてくれそうでしたもので……」

ロックウッド氏は、言葉じりをにごし、きゅうに話の向きを変えた。

「この人は、ロシア人なんです」

おばさんは、またもめんくらって目をむいた。このときのハリスおばさんのおどろきといったら、「めんくらう」などという、なまやさしいものではなかった。持ち前の好奇心がむくむくとふくれ上がって、あっちを押さえ、こっちを押さえして、必死で押さえこまないと、口から飛び出してしまいそうだった。

(「外務省」だって？　「クレムリン」？　聞いたことありますよ。でも、「ロシアの娘」ってのは、だれのことですかねえ。おくさん？　恋人？　愛人ですかねえ？　で、どこにいなさるってんでしょう。なぜまた……)

ロックウッド氏が、寂しそうななぞめいた影につつまれているのは、確かに、この娘がからんでいるからに違いない。「お手伝いさん求む」という氏の広告を見て、毎朝九時から十一時まで、この部屋の掃除に通い出したときから、不思議でならなかったなぞの鍵《かぎ》は、この写真の娘さんだったのだ。しかし、この鍵を無遠慮にガチャガチャまわして、中をのぞきこむことは、おばさんのたしなみが許さなかった。

ハリスおばさんこと、エイダ・ハリスは、ロンドンにも数少なくなってきた「通い家政婦」だった。昔は一時間五シリング、今は五十ペンスのお手あてで、ロンドンの小さなアパートやオフィスの掃除をしてまわる。

もっとも、おばさん自身は、オフィスには出向かず、もっぱら個人のお得意さんの住むアパートだけに仕事をしぼっていた。それというのも、おばさんは、いろんな人のいろんな暮らし方に心を引かれ、愛していたのだが、アパートこそ、そういう人さまの生活をかいま見る絶好の場だったからだ。

おばさんのお得意さんたちは、長いお付き合いのうちに、おばさんの人となりをのみこんでくれた。ハリスおばさんは、正直な働き者で、その上、たいへんな知恵ぶくろを持ち、平凡な真理くらいはわきまえていた。つらい打撃がいくつも待ち受けている「人生」という学校に、一生通いつめてきたおかげで、まともな常識や知識をたっぷりとたくわえていた。

恋わずらいの妙薬をさずけてやることもできれば、腕のいい美容院や、安売りしている店の名を、たちどころに並べ立ててみせることもできた。

二本足の「男」という動物にも理解があり、夫婦げんかの相談相手もつとまれば、新聞にもくわしくて、だれとだれがくっついたの、はなれたのという新しいゴシップの種もたくさん仕入れていた。

通いのお手伝いさんたちの間には、地下組織のようなものが張り巡らされていて、それぞれが、とっておきのゴシップを、おたがいにやったり取ったりしていた。ハリスおばさんも、もちろん、この組織のれっきとした一員だった。しかも、ここで飛びかうニュースは、決して新聞種になるはずのないものばかりだった。

とはいえ、ハリスおばさんは、自分でも認めている通り、「のぞきや」ではない。お得意さんたちの内輪ごとを根ほり葉ほり聞き出すような、いやしい人柄でもない。ただ、時折、何もかも打ち明けて心の重荷をおろしたい——そんな気持ちになるのは、たいてい家庭の主婦だったが——という人や、ちょいと相談に乗ってほしい人があると、おばさんは、いつでもほいほいと、相手を買って出た。

モップの柄にもたれたまま、三十分から四十五分ぐらいのおしゃべりで、ちょこちょいどんな問題でも、きれいさっぱり片付けることができた。

美容院や帽子屋や洋服屋でいやな目にあったり、せっかく乗ったタクシーがのろくさ走ったりで、すっかり気をくさらせているおくさん連中と、気心の知れたおしゃべりを交わすことが、おばさんにはむしょうに楽しかった。もちろん、進んで打ち明けてくれるのは、お得意さんの方だ。ハリスおばさんは、自分からぶしつけに聞き出したりは決してしない。

さて、ロックウッド氏は、あとになって思い返すたび、自分でもわけがわからないのだが、そのときふいに、何もかもハリスおばさんにぶちまけたくなってしまった。デスクに向かって腰を下ろし、しばらく暗い顔で電動式ポータブルのタイプライターを見つめていたと思うと、彼は、やおら口を開いた。

「あの人は、モスクワでインツーリスト（外国人旅行者）のガイドをしてましてね。ぼくが、この『素顔のロシア』という本の資料を集めに行ったとき、向こうで出会ったんです」

（あれまあ。どういう風のふきまわしかねえ）と、ハリスおばさんは耳を疑ぐった。いつもなぞにつつまれているように見えた人が、今心を開こうとしているのだ。おばさんが、気持ちをほぐしてあげようと、どんなに母性愛を降り注いでも、がんとして受けつけなかった人が……。

ロックウッド氏の方は、知らず知らず、打ち明けずにはいられなくなったらしい。そのきっかけは、ほかでもない、彼女の写真だった。長い間しまいこんでいた写真を、初めてデスクに出す気になったのは、どうやら問題解決のきざしが見えそうだったからだ。

ところが、肝心の外務省から、ロシア当局に対しては、いっさいの抗議はせず、という、にべもない返事がきた。ロックウッド氏の願いは、ぺしゃんこにつぶれた。彼女との再会は高望みだ、というのだ。

つらいみじめな気持ちで打ちひしがれているところへ、ハリスおばさんが、「きれいなお嬢さんですねえ」と、率直にいってくれた。それが、ロックウッド氏の心を動かしたのだった。彼は、何もかも話して心の重荷を下ろしたくなった。それに、これといってとりえのない、ただ働き者というだけのこのおばさんほど、腹をわって話せる相手は、またとなかった。

ほうきやバケツに棒ぞうきん、それに洗剤とデートをしに、土曜日も入れて毎日あらわれ、散らかしほうだいのひとり者の部屋をきれいにみがき上げて、またどこへともなく姿を消していく。このおばさんから、知られては困る方面へ、うわさが流れる気づかいはまずなかった。

「この人は、インツーリスト(観光局)のガイドでしてね」

と、ロックウッド氏は、またいった。

「リザベータ・ナジェージダ・ボロバースカヤという名前なんですが、ぼくは、リズと呼んでました」

そのつぎの言葉が、抑えるひまもなく口から飛び出してきた。

「ぼくたちは、恋の炎に身を焼かれたようなものなんです」

こういってしまってから、ロックウッド氏は、目の前で小柄なおばさんが、ぽかんと口を開け、小さな目を飛び出させんばかりにきらめかせて、ひとことも聞きもらすまいと耳を傾けているのに気がついた。彼は、急に恥ずかしさに取り付かれた。そこで、つとめて冷静な声で先をつづけた。

「ほんとは、そんなに大げさなものじゃなかったんです。ただ、ぼくたちは結婚したいと思っていた、ということでしてね――彼女のような女性には、いまだかつて出会ったことがないなあ――いや、あの、ほら写真でごらんになったでしょう」

またもや恥ずかしさにかられて、ロックウッド氏は、どぎまぎしながらいいたした。

「すみません、こんな話をお聞かせしてしまって。まるで子どもみたいだ」

なんのなんの。ハリスおばさんの方は、ここまできて蛇口を閉める気はまるでなかった。いったん水がほとばしり始めたからには、あとはおばさんの意のままだった。

「で、どうなすったんです？　なんでいっしょにおなんなさらなかったんです？」

ロックウッド氏は、深く頭《こうべ》をたれた。その目は、ひたすら過去の甘い思い出に向けられ、この先望みもなさそうな恋のゆくえは、追うまいと決めこんでいるようだった。

「ロシアですからねえ」

ぽつりと、彼はつぶやいた。それで、答えはつきている、とでもいいたげに。しかし、聞き手のおばさんが、つぎの言葉を待ち受けていた。それに、こんな重大な話を切り出してしまったのは、自分の方だった、と思い直して、彼はまた口を開いた。

「あの国では、外国人をまったく敵としか見ないんですよ。ロシア人がロシアをはなれたり、外国人と結婚することは、固く禁じられていましてね。ぼくたちは、運よくだれにも気づかれずにすみました。でも、けっきょく、ぼくは帰国しなくちゃならなかった。もしぼくたちのことがばれていたら、きっとあの人はつかまって……」

いいかけて、ロックウッド氏は、こんなとりとめのない話し方では、いつまでたっても、聞き手のハリスおばさんにわかってもらえないことに気づいた。そこで気を取り直して、初めから順を追って一部始終を話し始めた。

ロックウッド氏が、ロシアの調査旅行を始めたその日、二人は出会ったとたんに、一目ぼれし合ってしまった。そして、おたがいに変わらぬ愛を誓い合ったのである。

最初ロックウッド氏が降り立ったのは、モスクワであった。そこからロシア領内のあちこちへ、ロシア政府の許可したプラン通りに旅してまわることになっていた。

もっとも彼は、ところどころで旅程をはずして、出版社に依頼された「素顔のロシア」執筆のための資料集めをするつもりでいた。

三週間のモスクワ滞在中に、二人の恋愛関係を隠し通せたのは、まったく運のいいことだった。

ロシア人と外国人との結婚問題については、念の入った調査が行なわれていた。一件につき一冊の本ができあがりそうなほどで、この問題にいかにロシア当局が神経をとがらせているかを物語っていた。

外国人との結婚が認められることもあるにはあったが、その前に、かならずしちめんどくさい役所の手つづきや、いやがらせが待ち受けていた。しかも、たとえ結婚が認められたとしても、ロシア国籍を持つ夫、または妻がロシアをはなれる許可がおりるかどうかは、保証のない別問題だった。

望みはほとんどなかった。しかし、二人は愛し合うものの持つ勇気とねばり強さを発揮して、とりあえずロックウッド氏が予定していた旅をやり通すことに決めた。

その旅は、東はハバロフスクから、中国とさかいを接するアムール高原、南はタシケント、サマルカンド、黒海沿岸あたりにまで足をのばす大がかりなものだった。

彼がモスクワへ帰りついたらすぐ、リズと連絡を取り、それから二人で、慎重に事を運ぶつもりだった。問題は二つあった——一つは、結婚すること、もう一つは、イギリスへ彼女を連れていく許可を取りつけること、である。

さいわい、ロックウッド氏には、ロンドンに外務省づとめの友人があった。また、モスクワのイギリス大使館にも、いささかのつてがあった。二人にとって、前途は闇ばかり、でもなさそうだった。

ただ、危険はじゅうぶんに潜んでいた。ロックウッド氏の取りかかろうとしている「素顔のロシア」が、その内容の性質から見て、あらたな問題を引き起こさないとも限らない。が、彼は、そのことを恋人にはひとこともらさなかった。いったところで、彼女を心配させるだけだったからである。

ロックウッド氏は、綿密にプランをねった。よもや失敗に終わろうとは、夢にも思っていなかった。

そのプランというのは、こうだ。彼が旅行している間は、二人は、いっさいの連絡を断つ。リザベータは、モスクワでイギリスから訪れる団体旅行客を名所旧跡へ案内する仕事に精を出す。彼の方が旅から帰ったところで、二人の共通の友人が、一面識もなかった二人を引き合わせる、という形を取ろう。そこで初めて、二人は、おおっぴらに友人として付き合い始め、けなげにも愛にまで育て上げ、結婚をこころざす、という筋書きをたどることにしよう。

こう決めて、三ヵ月ほどで帰る予定で、彼はモスクワを発《た》ったのだった。

しずんだ声で、長い物語のあら筋を、ロックウッド氏は、かいつまんでここまで話して聞かせた。ハリスおばさんは、逃げていく話のしっぽの先でもつかまえようと、せっせと頭を働かせた。いったいどんな話の場面なのか、いくらかでも「つかむ」というか、頭の中に思いえがいてみようとした。しかし、浮かんでくるのは、あの写真のバックにおさまっている無愛想な壁と塔ばかり、ほかには、なんの手がかりもない。

まあ、おばさんにも察せられるのは、鉄のカーテンの向こうでの生活は、宣伝されているほど大したものではないらしい、ということだった。年の功だけあって、ハリスおばさんは、言葉の裏にある真実を見ぬくだけの勘をそなえていた。

ロックウッド氏の口ぶりから、綿密にねられたプランうんぬん、というのが、どうやらだいぶ期待はずれに終わったことは確かだった。

(ここは、もっと話をつづけてもらって、はっきりさせてもらうのが、何より肝心、ってとこだね）おばさんは、そう見て取った。

というのは、ロックウッド氏が、話を打ち切ってしまい、打ちひしがれた表情で写真にくぎづけになってしまったからだ。

おばさんはうながした。

「さあさあ、それでどうなすったんです？　結婚は許されなかったんですかねえ」

ロックウッド氏は、はっとわれに返った。

「それどころか、もっとひどいんです。ぼくは、もう二度とあの人に会えなくなってしまったんだ」

だから、参ってるんですよ、と、彼は打ち明けた。そして、ふたたび話に取りかかった。こんどは、自分の自信過剰から、けっきょく、彼女を裏切るはめになったいきさつについてだった。

旅行中に、彼は、非国民とみなされているある作家へのインタビューを、なんとか実現にまでこぎつけることができた。

この作家は、モスクワを追放され、しばらく収容所で強制労働をさせられたあげく、精神病院にぶちこまれたこともある、という経歴の持ち主だった。今は西側諸国からの強い抗議のおかげで釈放されていた。この人物へのインタビューは、細心の注意を払って慎重に運んだつもりだった。が、それでも足りなかったと見えて、モスクワで列車を降りたとたん、ロックウッド氏は、ＫＧＢ（ソビエト国家保安委員会）につかまってしまった。

ロックウッド氏のもう一つの計画がうまく進んでいなかったら、この窮地を切りぬけるのは、とうてい無理だったろう。実は、旅行の間、彼は、秘密のメモと、表向きのメモと二通り取っておいたのだ。見つかればつっこまれる危険のある方は、黒海沿岸のソチを訪れたとき、トルコ経由で、こっそりイギリスへ送り出しておいた。荷物を出すまぎわになって、虫が知らせたのか、リザベータの写真をつつみの中にすべりこませた。

手元に残しておかなかったおかげで、KGBが、彼を地下の一室に閉じこめ、二十四時間におよぶきびしい尋問をくり返したとき、どこからつっこまれても、しっぽをつかまれることなくすんだのだった。

彼のふところには、心打たれた風景とか風俗の違い、ロシア人の服装などについて旅行中の作家が書き留めた覚え書きがあるだけだった。

例の追放作家のインタビューの件は、あくまでも、その作家の作品に対して、敬意を表わしたかっただけだ、といいぬけた。

ロックウッド氏を拘留しておけるほどの証拠は、何も上がっていなかった。その上、当時の東西間のもろい友好関係を脅かすような危険も、何一つしでかしてはいなかった。

それはともかくとして、国家が非国民と認めた追放作家をインタビューするとはけしからん、というわけで、ロックウッド氏は、「好ましからぬ人物」というレッテルをはられてしまった。

KGBに、メモやその他の資料いっさいがっさい没収された上、彼は尋問室からモスクワへ護送され、五時間後には、ロンドンに送り返されていた。

ハリスおばさんは、ロックウッド氏がいったいどんな危険をしょっているのか、何に苦しんでいるのか、すっかりのみこめたわけではなかった。が、お得意さんに打ち明け話をされて、おばさんの頭の歯車はめまぐるしく回転を始め、解決方法を探ろうと動き出していた。ひとさまの悩みごとに自分のことのように真剣に取り組み出すときの、あのわくわくする興奮を感じていた。

「でも、なんとかもういっぺん、ロシアに、戻んなさるってことは、できないもんですかねえ。近ごろじゃ、あちらへ観光旅行に出かけなさる人は、そりゃずいぶんいるようでございますよ。わたしのお得意さんのお友だちで、ちょいと前に、ロシアから帰りなすった人もおいでだし。いいとこだって話してられましたがねえ」

ロックウッド氏は、にがにがしげにこういった。

「ロシアには二つの顔があるんです。レニングラードやモスクワへどうぞお越しを。クレムリンの金の馬車、ロシアの偉大な父レーニンのミイラや、ツアー時代のめずらしい遺産をどうぞごらんください。本場のウォッカ、キャビアもお忘れなく、ってな調子のねこなで声で、インツーリストはいいところだけを見せつける。そういう手で、西側の人たちの目をくらませるんです。

ところが、にっこり笑った仮面のかげに、この世でもっとも残酷で、信用のおけない顔が隠されてるんです。

ぼくは、もう二度とビザをもらえやしませんよ。とくに、この本が出たら、もう一生だめだろうな」

いいながら、ロックウッド氏は、デスクの上に積み上げられた原稿の山を、指の先ではじいた。

「もしぼくが、あの人と連絡でも取ってごらんなさい。やつらが、あっという間にあの人を刑務所の独房へさらっていきますよ。あの人には、なぜ連れていかれるのか見当もつかないうちにね。なにしろ、すごい早わざなんだ」

ハリスおばさんにも、ちょっぴり事情がのみこめてきた。その独房とやらが、写真のあの壁の向こうのどこかにあるらしい。

「なるほどねえ。それじゃ、ほんとに壁にぶち当たっちまった、ってことですかねえ」

ハリスおばさんには、これが袋小路《ふくろこうじ》に追いつめられた窮地を表わす、せいいっぱいの表現だった。

「でも、そのお嬢さんは、事情をわかってくだすってますよ」

おばさんは、なぐさめ顔でいった。ところが、ロックウッド氏の最大の悲劇は、実は、そのことにあった。彼は、低くうめいた。

「あの人が知ってるはずはないんだ。そう思いませんか。わたしが追放されたことは、向こうの新聞のどこにも報道されちゃいない。モスクワへ帰ったら、連絡する、と約束してそれっきりなんです。あれからもう、六ヵ月もたつんだ。あの人が誤解してやしないか、ぼくが、あの人を捨ててしまったと思いこんでやしないかと思うと、居ても立ってもいられないんだ」

おばさんは、たっぷり積んだ人生経験から結論を引き出した。

「その方に愛情があれば、そんなこと、ぜったい思やしませんですよ」

ロックウッド氏は叫んだ。

「ぼくの言葉を信ずるほかに、いったいあの人に何ができるっていうんです？　実に古めかしいパターンだ、蝶々《ちょうちょう》夫人ですよ！」

ハリスおばさんは聞き返した。

「え？　何夫人ですと？」

「いや、なんでもありませんよ。かならず戻る、と約束しておきながら、戻ってこなかった男の話です。浮気者の使う古くさい手ですよ！」

ハリスおばさんには、あわれな蝶々さんを裏切ったピンカートン大尉なんて人の話は、初耳だった。そこでまた、忠告をくり出すことにした。

「さあさあ、なんでございますねえ、そう沈みこんでばかりいなすっちゃ、体に毒ですよ。ちょっくらおつむを使って、その方に手紙をあげなすったらいかがです？」

ロックウッド氏は、首をふった。

「だめなんです。外国便はぜんぶ検閲されて読まれてしまうんです。ぼくとすこしでも関わりがあったことがばれたら、あの人はつかまってしまうんだ。ぼくらの計画なんて、連中の手にかかったら、お見通しなんでね。すくなくとも、あの人は仕事はくびになるでしょうし、死ぬまで監視つき、ということになるでしょう」

ここで初めて、ハリスおばさんにも、事のしだいがすっかりのみこめてきた。まったくにっちもさっちもいかないのだ。ロックウッド氏の絶望しきった心境がいくらかつかめて、心やさしいおばさんは、すっかり同情してしまった。

「なんとねえ、お気の毒に。えらい目におあいなすったんですねえ」

「ぼくのことなんか、どうだっていいんです」

ロックウッド氏は声を高めた。

「ぼくが心配なのは、あの人のことなんです。いったんものにしたら、あとは逃げて知らんぷりという、そこらにうじゃうじゃいる連中と同じだったのか、と、ぼくのことを思っているんじゃないか――そう思うと、気がくるいそうになるんだ。あの人は、ほんとにうぶなんです」

「外務省のお友だちは、どういってなさるんです？　さっきいいなすってた……」

おばさんのこの問いは、ロックウッド氏の怒りをまたまたかき立て、燃え上がらせることとなった。彼は、にぎりこぶしでデスクをバンッとたたきつけて、叫んだ。

「偽善者どもめっ、地獄に落ちろってんだ！　昨日までは、なんとかしようといってたくせに。だからぼくも、この写真を取り出す気になったんだ。ところが、どうだ。けさになると、手のひら返して、お引き取りを、ときた。政治情勢が変わったとかなんとかいいやがって！『すまん、きみ、今すぐ乗り出すってわけにゃいかんのだよ』だと！」

いよいよロックウッド氏は進退きわまったのだ。もし直接リズに連絡を取れば、リズが巻きこまれてあぶない。連絡をしなければ、愛する人から冷たく捨てられたのだと思いこむだろう。どう動くこともできない今も今、無理やり引きさかれた恋人たちは、恋を失った胸の痛みにうめいているのだった。

ハリスおばさんは、深く胸を打たれ、あやうく涙をこぼしそうになった。

「まあ、ロックウッドさん、わたしに、何かお手伝いできるといいんですがねえ——」

おばさんは、心からいった。

「だれにも、どうにもできやしませんよ」

暗い声でそういうと、ロックウッド氏は、写真を取り上げて、パチリと音を立ててスタンドをたたんだ。ハリスおばさんは、あわてて止めた。

「しまいこんじゃいけませんですよ。そのまま出しておかれたらどうなんです？　この先どうなるか、わかったもんじゃありませんですよ。ひょっとして、娘さんの方から手を打って、なんとかなるってこともありますからねえ」

ロックウッド氏は、おばさんにいわれた通り写真を元に戻した。それからしばらく、二人は、それぞれに口をつぐんだ。だまりこんだまま、ハリスおばさんの心は、いつもの空想の世界を飛んでいた。

困り切っておばさんの助けをかりに人がやってきたときとか、自分自身とんでもない野心に取り付かれたときなどに、ハリスおばさんはよく空想をほしいままにくり広げ、うっとりとひたりこむ。今、おばさんの心の中には、二つの世界が広がっていた。そのどちらの場面も、とうてい実現できそうもない夢まぼろしだった。

一つは、例の砦《とりで》の壁の向こうにとぐろを巻いている男どもを前にして、

(かわいそうに、愛し合ってる二人を引きさいちまうなんて、なんてこってす)

と、息巻いている場面。

もう一つは、ロックウッド氏のアパートの部屋のベルを押しているところだった。おばさんのかたわらには、リザベータとかいう娘――彼のリズさん――が立っている。

ロックウッド氏がドアを開けると、すかさず、おばさんがはずんだ声でいう。

「さあ、お嬢さんですよ。ちょっくらロシアまで行って、ほれ、この通り、お連れしましたですよ」

夢は、ここまでだった。ロックウッド氏が、せき払いをして、

「さあ、それじゃあ」

といいながら、仕事にかかるようすを見せたからだ。

おばさんは、すぐに察していった。

「そろそろおいとまいたしましょうかね」

おばさんは、引き上げる用意を始めた。つぎのお得意さんのところでは、また、ごみとほこりと、油でぬるぬるの食器の山が、おばさんを待ち受けているはずだった。

第二章

その土曜日の夕方早く、ハリスおばさんは、追い詰められたロックウッド氏のいたましい状況を、(なんとかしてやれないものかねえ)と、道みち、あれこれ思いわずらいながら、アパートに帰り着いた。

重苦しい気分は夜になってもまだ尾を引いていて、いつものように、親友のバターフィルドおばさんとお茶を飲みながら、うわさ話に花を咲かせるときになっても、いっしょにはしゃぐ気になれない。

ところで、バターフィルドおばさんほど、「腹心の友」という言葉がぴったりの友だちはなかった。ハリスおばさんが、やせて小柄なのにひきかえ、バターフィルドおばさんは、人並はずれて大柄の太っちょで、友だちの小さな体なぞ、簡単にその胸にうずめてしまいそうな具合だったからだ。

満月のようにまんまるな顔に、目鼻だけはごくごく小さい。ぶくぶくした三重あごの上に小さなおちょぼ口をのせ、ボタンをちょんとのっけたような鼻、それに、びっくりしたように見開いている小さい目。その口のかっこうは、恐怖の悲鳴をすぐにも上げてみせますよ、という具合に小さくすぼめられていた。

ハリスおばさんが、大の楽天家で、ときにははめをはずしすぎて無鉄砲なまでの大胆さを発揮するのに引きかえ、バターフィルドおばさんときたら、とびきり気が小さく心配性の悲観主義者で、世の中すべて不幸と悪運に満ちみちていると思いこんでいた。とくに親友が、つぎつぎに思いつくとてつもない夢を、いざ実行に移さんものと張り切って取りかかると、

「やめたほうがいいよ、ぜったい災難が起こるよう、いいこたないよう」

と、やっきになって止めにかかる。

バターフィルドおばさんは、以前は毎朝四時起きをして、始業前の会社の掃除に出かけていく「掃除婦連盟」のメンバーだった。が、最近は、メイフェアーにあるナイトクラブ「パラダイス」にうまくもぐりこみ、婦人用化粧室の世話人の仕事にありついていた。

二人の夜ごとのお茶の儀式の時間が、きっちりと決まってきたのも、バイオレットが転職したおかげだった。いってみれば、ハリスおばさんが一日の仕事をやれやれと終えるころに、バターフィルドおばさんが、ぼつぼつご出勤となる。二人は、いつのまにか、そのすきまの一時間ばかりを、夕刊をつまみにお茶を飲むことにあてていた。

そのひととき、バターフィルドおばさんは、仕事場の化粧室にやってきて、ぺちゃくちゃしゃべっていくご婦人たちから仕入れたうわさ話を、ご披露してみせた。

ハリスおばさんの方は、いささか変わり者のお得意さんたちが、気まぐれでしでかす突飛な行状を、面白おかしく話して聞かせるのだった。

ところが、その夜は、奇妙なことに、ロックウッド氏の話をすぐ右から左へ話して聞かせる気になれない。若い二人の悲恋の物語は、茶飲み話の種にするには、あまりにも神聖で、もったいない気がするのだ。

ハリスおばさんは、（これだけは、わたし一人の胸にしまっておくとしようかね）と、自分にいい聞かせた。それに、そのことをいっとき忘れさせてくれるような話題に、すぐ花が咲いた。いつもの、毛皮のコートと、カラーテレビの話だ。

「ほらほら、また、あんたの毛皮のコートの話！」

と、ハリスおばさんがからかえば、

「あんたこそ、カラーテレビのことばっかし！」

と、バターフィルドおばさんが、やり返す。

ジャコウネズミの毛皮のコートに、もう何年ごし、あこがれのまなざしを注いできたのは、バターフィルドおばさんだった。

毎年秋になると、最新流行のスタイルに仕立てられたジャコウネズミの毛皮のコートが、二人でよくショッピングに出かけるアーディング・アンド・ホッブズ・デパートのウインドーにかざられる。でも、いつも高嶺《たかね》の花で終わってしまう。

今年こそ、とはりきって、バターフィルドおばさんが、けなげにも切り詰められるだけ生活を切り詰め、やっと去年の値段なら買えるところまでお金をためこむと、秋が巡ってきたころには、かけ足で進むインフレのおかげで、去年の二十ポンド増しの値がついている。

とまあ、こういうしだいで、コートは、あれよあれよという間に、おばさんの鼻先をかすめて逃げていってしまう。そんなこんなのくり返しだった。

ハリスおばさんの方は、テレビである。今手元にあるのは、流行遅れの古い白黒テレビで、ひいき番組の肝心な場面になると、つむじを曲げてうつらなくなる。

なんとかして、新型の大きなカラーテレビがほしい――それが、ハリスおばさんの夢だった。それさえあれば、バタシー区ウィリスガーデンズ五番地のアパートの一階の部屋が、はなやかな劇場に変わること請け合いだった。

その手のテレビは、取り付け料、保険、アフターサービス料をこめると、四百ポンドを超える値がついていた。親友のジャコウネズミのコート同様、ハリスおばさんには、とても手の届かない代物だった。

こんなときこそ、望みの品を手に入れるべく、エイダ・ハリスが敢然と立ち上がるべきときだった。かつて、大枚四百五十ポンドという目の玉の飛び出るような金額のドレスを手に入れようと、つめに火をともす倹約を重ねて、ついにイギリス海峡を飛びこえたことがあった。(「ミセス・ハリス、パリへ行く」参照)

しかし、さすがのおばさんも、寄る年波には勝てず、近頃はどうも疲れやすく、これものを扱うように、体をいたわらなくてはならない。四百ポンドもの大金を、いまさらため始める気力は、とうていなかった。したがって、豪華なテレビも夢のまた夢なのだった。

かといって、おいそれとあきらめられるものではない。仕事の帰りに、店のウインドーの前に足を止め、ずらりと並んだテレビの画面に、そっくり同じ総天然色のシーンがうつし出されるのを、幾度うっとりながめ入ったことか!

ティーポットには、もったいなくも一番茶が濃く出すぎたままになっていたし、サンドイッチには手もつけていない。(どうしたんだろねえ、この人)バターフィルドおばさんは、いつになくだまりこんで、心はあさっての方をうろうろしているらしい友だちのようすに、とっくから気がついていた。

そのとき、(あれ、これを聞かしてやれば、こっちを向くよ)バターフィルドおばさんは、夕刊にいい記事を見つけて、大声で気を引いてみた。

「あれまあ、あんたのお友だちのことが出てるじゃないの」

おばさんは、パリ発の記事を読み上げた。

「イポリット・ド・シャサニュ侯爵は、このほど駐米大使の任を終え、帰国の途についた。なお帰国後は、フランス外務省の外交問題顧問役に就任する予定である」

「友だちがいのあるお方だよねえ。あんたが議員になったときのことを思い出すじゃないの」(「ミセス・ハリス、国会へ行く」参照)

バターフィルドおばさんは、懐かしそうにそういった。

エイダは、自分でもその記事に目を通しておきながら、むっつりして意見一ついわない。バターフィルドおばさんは、めずらしいこともあるもんだ、とあっけに取られて、まじまじと友だちの顔を見た。

「帰国なすったら、昔みたいに、きっとロンドンにもおいでなさるよ。そしたら、あんたもいっしょに、もう一度、侯爵さまとフランスへ行けるかもしれないじゃないの」

バイオレットは、もうひと押し食い下がってみた。

それでも、ハリスおばさんは、ぼんやりとうなずくだけで、うんともすんともいわない。まだロックウッド氏の恋物語に魅入られているのだった。

「いったいどうしたのよ、あんた。ちっとも元気がないじゃないの」

バイオレットは、しびれを切らして叫んだ。

「お得意さんに意地悪でもされたのかい？　ドアのすきまから、鍵《かぎ》をお返ししてきたのかい？」

鍵を投げこむ、というのは、ロンドンの通いのお手伝いたちが、古くから伝えてきたお得意さんを見限るときのやり方だった。お得意さんにひどい扱いを受けたり、侮辱されたときに、さっさと鍵を郵便受けの中へ放りこんで、二度とお世話はごめんこうむります、とばかりに立ち去るのである。

ハリスおばさんは、（そうじゃないんだよ）というしるしに、かすかに首を振ってみせた。が、あいかわらず押し黙っている。

友だちがまるきりおしゃべりに乗ってくる気のないのを見て、バイオレットは、

「どれ、テレビでも見ようかね」

と、やおら立ち上がった。スイッチをひねると、おばさんは、ITV（イギリスの民放テレビ網）にチャンネルを合わせた。

やがてあらわれた画面には、大雨がたえまなく降り注ぎ、スピーカーからはガーガーピーピー、聞くにたえない雑音が聞こえてきた。BBC（イギリス放送協会）第一放送の方は、炒《い》り卵を作るように引っかきまわした、しっちゃかめっちゃかの映像に、シューッバチバチッというおまけの音をくっつけたというごていねいさ。

三つめのチャンネルは、画面は真っ白、ひそりとも音が出ない、というていたらくである。

さすがのハリスおばさんも、はっとばかり現実に引き戻された。

「まったく、いやになっちまうねえ」

そう叫ぶと、おばさんはいまいましそうに、テレビをにらみつけた。

「これで先週直したばっかしなんだよ。こんな箱、ぶっこわしたって、たきぎにもなりゃしないよ。あしたの『スターの日曜日』を、わたしゃ楽しみにしてるってのに、修理屋ときたら、月曜日まで休みなんだから！　消しちまっとくれよ、バイオレット。わたしがふんづけちまわないうちにね」

そして、あいそがつきた、といわんばかりに、こうつけ加えた。

「お茶とたばこを止めて、もっとお得意さんを増やすことにしようかね。新しいカラーテレビを買うまではさ」

この友だちは、めったに癇癪《かんしゃく》は起こさない。が、いったん破裂したとなると、そのはげしいこと！　バターフィルドおばさんは、ふるえ上がって、たいてい、いわずもがなのことをいってしまう。

「エイダ、だめだよ。そんなのできっこないんだってば。わたしの毛皮のコートとおんなじゃないの。どんなにがんばったって、お値段の方が二十ポンドがとこ、上をいっちまうんだから」

「ほうら、また、毛皮のコートだ。うるさいんだよ！」

「あんたのテレビだって！」

売り言葉に買い言葉。バターフィルドおばさんも、そういい返さずにはいられなかったが、たちまち、いわなくてもいいことをいってしまって、と悔やんだ。

ふとそのとき、バイオレットは、友だちのだいなしになった日曜日を、埋め合わせできることがあるのに気がついた。

「そうそう、エイダ、あのねえ。事務所清掃組合の入ってるユニオン（TUC＝英国労働組合）の主催で、大きなチャリティーショーがあるんだよ。あしたの夜、バーモンジーの商工会議所ホールでさ。わたしたちゃ、二枚ずつ切符を買わされてるんだけど、あんた、わたしといっしょに行かないかい？」

「ユニオンねえ」

ハリスおばさんは、小ばかにした口ぶりでいった。独立心おうせいなおばさんは、政治的には右寄り、れっきとした保守党支持者で、ユニオンなんて洟《はな》も引っかけない方だった。しかし、バターフィルドおばさんの方は、クラブ・パラダイスの化粧室づとめの仕事にありつく前は、事務所まわりの掃除婦をしていたので、組合に加入させられていた。

とはいえ、ハリスおばさんには、友だちが仲直りの手をさしのべてくれているのだ、と、すぐにぴんときた。一瞬、友情が温かく胸の内によみがえり、おばさんは、こころよく答えた。

「そりゃいいね、バイオレット。切符を無駄にしない方がいいと思うよ」

こんなわけで、ハリスおばさんは、四百五十ポンドもする大型スクリーン、自然そのままの色彩、鮮明な映像をほこる、ぴっかぴかのダイナ・エレクトロ・テレビを、ある意味では、わがものにしたのである。

正確には、手に入ったとはまだいえないまでも、すくなくとも、ときおり気まぐれに友情の手をさしのべ、力強いうしろだてともなってくださる、「いと高きところにおわす全能の神」であり、ハリスおばさん専用の「守り神」であるあのお方が、お告げをくださり、(テレビが手に入るぞよ)と保証してくれるのだから、手に入ったも同然と見えたのだった。

さて、当のお二人さんは、翌日の夜、商工会議所ホールでのパーティーを、のんびりと楽しんでいた。

会場には、同じような仕事をしている人たちが大勢姿を見せていた。なじみの友だちもいる。だれもみんな、この大都会のオフィスの片付け、清掃、床みがき、ぞうきんがけといったはげしい労働に、ぐち一つこぼさず、日の出から日の入りまで身を粉にしてはたらいて、家族をやしなっているご婦人たちであった。

音楽が流れ、ごちそうもあり、フロアショーも行なわれていた。しかし、なんといっても、人気のまとは富くじだった。

ビンゴ風の安物くじだけではなかった。この方は、二、三ペンスも出せば、封印したまるい筒が買え、当たりも多く五十本に一本ぐらいの割で、ちょっとしたおみやげ品がもらえた。もう一つ、とびきり豪華版の富くじがあった。これは、一枚一ポンドもする代わりに、当たれば、目をまわしそうな豪華賞品が、ずらりとそろえてあった。

ユニオンは――現代風ゆすりの名人ともいえるが――この富くじのために、いつにもましてすご腕を発揮し、会社の倉庫に眠っている品を、手間ひまかけずにきれいさっぱり処分したい企業から、うまい具合に「寄付」をどっさりぶんどってあった。

そんなわけで、会場には、だれでもくじを買いたくなるような、魅力的なぶんどり品が並べ立ててあった。

まず目につくのが、くり色の優美な小型自動車だった。台座の上に乗せられ、ゆっくりと回転している。そのほか、豪華な品々が、ロープで囲った中に、これ見よがしに並べられ、その両側に、賞品名を書きつらねた長いリストが、張り出されていた。

大型冷蔵庫、電気ストーブ、洗濯機、外国旅行ペアでご招待、ハイファイ・ステレオ、家具一式、カーペット、高級カメラなどなど——。

ところが、ハリスおばさんは、賞品カタログなんて目もくれない。車がまわっていようが、ほかの人に何が当たろうが、知ったこっちゃなかった。ちらっとそちらを見やるひまさえおしく、(ほうら、あるじゃないのさ。わたしのテレビだよ)とばかり、まっしぐらにテレビの前に吸い寄せられていった。

(なんてまあ、きれいなんだろねえ!)

ほりこみもようの入ったマホガニー製のキャビネットは、ぴかぴかにみがき立てられ、扉が両側に大きく開かれていて、広いガラスのスクリーンでは、二人のバレリーナがおどっている。

あでやかなコスチュームがふんわりと宙に舞い、くるくるっと旋回する。七色の虹《にじ》の一つ一つの色あいがくっきりとうつし出され、スピーカーから流れてくる音楽のひびきのよさといったら、まったく、文句のつけようもない。

バターフィルドおばさんが安い富くじを買いに、うろうろと出かけていった間も、ハリスおばさんは、うっとりとテレビに見とれていた。

一ポンドというのは、おばさんには、おいそれとさいふのひもをゆるめるわけにはいかない大金だった。二時間床にはいつくばって、ほいしほいしとみがき立てなくては、いただけない。かといって、目の前にでんとあるこの宝物を、どうしてあきらめきれよう！

おばさんは、ためらいがふっ切れるまで、もうすこし待ってみた。ときどきおばさんを訪れるすばらしい「お告げ」が、すぐそこまで来かかっていた。この「お告げ」を心いっぱいに感じるとき、おばさんは、あいよとばかり、すぐ実行に移すことにしている。ハリスおばさんの守り神は、天界のどこかにあるオフィスにすわって、「エイダ・ハリスがかり」もそのお役目の一部として、つとめていてくださるのだった。すぎ来し方をふり返ってみれば、この神さまのおいいつけに従ってみて、おおむね、そうひどい目にあったことはない。

じっと耳をすまして待ち受けていると、はっきりと大きく、お告げが聞こえてきた。

「エイダや。富くじを買いなさい！」

それっと、ハリスおばさんは、財布の口を開き、一ポンド紙幣を取り出して、富くじを売っているかわいい娘さんに差し出した。

娘さんは、引きかえに「TUCチャリティーショー恒例富くじ　四九八七六TH」と印刷された、白いカードを一枚手渡してくれた。

それに名前や住所を書きこんでいるところへ、バターフィルドおばさんが、意気ようようと安物のシャンペンの瓶を抱えて戻ってきた。

「どう、これを当てたんだよ。たったの五ペンスでもらえたんだから、大したものじゃないの。ひょっとしたら、このとなりにあった、自動トースターだって手に入ったかもしれないんだよ」

「そんなもの、何さ」

びくともしないで、ハリスおばさんは、一ポンドくじの紙切れをひらひら振ってみせた。

「わたしゃ、テレビを当てたんだからね」

バイオレットはきょとんとし、売り子の娘さんは、気の毒そうにしのび笑いをした。

「つまりさ、あのテレビを当ててみせる、っていってんのさ。わかったかい？」

ハリスおばさんは、説明して聞かせた。

バターフィルドおばさんの悲観癖が、またぞろ頭をもたげてきた。

「エイダったら！　まあ、一ポンドも使っちまったのかい？　そんな無駄遣いできるお金はないってこと、自分でもようくわかってるはずだよ。ものには限りってものがあるの！　いったい、なんでまた、テレビが当たるなんて思いこんじまったんだろねえ。何千人って人が、ここばかしじゃなくて、ロンドンじゅうで、このくじを買ってんだよ。当たるわけないじゃないの」

ハリスおばさんは、リンゴのような両のほっぺの間に埋まりかかっている黒い目を、いたずらっぽくきらきらさせていい返した。

「お告げがあったんだよう。ほら、あんたも知ってるじゃないの。わたしのいつものお告げさ。はずれっこないんだってば。もう手に入れたもおんなじ。ほら、見てごらんよ」

と、富くじを友だちに差し出して見せた。

くじには、結果は三週間後にお知らせします、という注意書きと、四九八七六THの番号が印刷してあった。

「ほら、THってなんだかわかるかい？　テレビジョン・ハリスじゃないのさ！　ほらね、当たるんだってば。前祝いに一杯やろうじゃないの、バイオレット。おごったげるよう」

うきうきと誘う友だちにつられて、バターフィルドおばさんは、シャンディ（ビールとレモネードのカクテル）をもらった。ハリスおばさんの方は、好物のレモン入りポートワインをはりこんだ。

グラスをカチンと打ち鳴らし、

「わたしの新しいテレビに乾杯！」

と叫んだのだった。

そんなわけで、三週間と三日がすぎて、仕事先から帰ってきたとき、ドアの郵便受けに「TUCチャリティーショー恒例富くじ祭」と印刷された封筒が入っているのを見ても、おばさんは、格別おどろきもしなかった。

（テレビ当選に決まってるじゃないか。そのはずなんだから）と思ったのだ。しかし、はやる心を抑えに抑えて、バイオレットが夕がたお茶の時間にやってくるまで、開けてみようとはしなかった。感激の一瞬を親友と分かちたかったのだ。

だからもう、封筒を開いてみたときのショックといったらなかった。手紙には、こう書いてあったのである。

「四九八七六THの富くじをお求めいただきましたエイダ・ハリス夫人（バタシー区ウィリスガーデンズ五番地）に『ペアでモスクワ往復五日間の旅行券』が当選と決まりました。

おめでとうございます！

なお、往復旅費、滞在費等は、いっさい当方負担となります。同封の保証書をご持参の上、アパーリージェント通りのインツーリスト旅行案内所までお越しくださいませ。引きかえに旅行券をお渡しいたします」

第三章

まったく、思いもかけないことだった。幸運の女神は、横あいから強烈なふい打ちパンチをくり出したのである。たちまち、バイオレットとエイダとの間に、はげしいたたかいの火ぶたが切って落とされ、長く、固い友情に結ばれていた二人の間に、初めて「仲たがい」という亀裂《きれつ》を生じたのだった。

というのも、インツーリスト（ソビエト連邦の旅行業務のすべてを取りしきる観光局）のロンドン支局から届いた書類が、ハリスおばさんのテーブルに置かれると――この書類と引きかえに「パッケージツアー一六Aコース、モスクワ滞在四泊五日往復旅行券二枚」が頂けるのだが――バターフィルドおばさんが、それを見て、金切り声を上げたのである。まるで、アフリカ産の毒ヘビが二匹、かま首をもたげておそいでもしたかのような脅えようだった。

「おお、ローシア！　わたしゃいやだよ、あんな国。たとえ、あんたが百万ポンドくれるったって、行きゃしないよ。あっちでもこっちでも、拷問したり人殺ししたりの野蛮国だっていうじゃないの。わたしゃ新聞で読んだもの。あんただって読んだはずだよ。ねえ、エイダ。この首をちょん切られるか、牢屋《ろうや》にぶちこまれたっきり、ってことになるかもしれないとこへ、旅行しようなんて気起こさないでおくれ」

こうずけずけ非難をあびせられても、ハリスおばさんは耳もかさなかった。そこにすわったきり、テレビにかけたおばさんの夢をぶちこわしてくれた紙切れを、まじまじと見つめながら、不思議なことに、いささかもがっくりしてはいなかった。

こうなったら、カラーテレビなんか、おさらばだった。そんなものより、もっと胸おどる、もっとめくるめくような冒険が、はいごめんなさいよ、と、おばさんを訪ねてきたのだ。

もう何週間も前、ロックウッド氏の悲恋の物語に聞き入ったあの日、うっとりと楽しんだ、彼を窮地から救い出す空想——このところ、カラーテレビに気を取られて、とんとごぶさたしていたあの空想が、倍のはげしさでよみがえってきた。

そんな夢が実現しようなどと、いったい、だれが本気で考えたろう！　ところが今、すぐにも、ロシア行きの旅行券が二枚、手に入るのだ。とたんに、生き生きと空想が広がり始めた。これこそ、神のおめぐみ、神のおぼしめしというものだった。ハリスおばさんには、神さまのお姿が、すぐ目の前に見え、そのお声が耳もとで聞こえたような気さえした。

「エイダ・ハリスや。テレビのことは、忘れるがよい。おまえは、ロシアへ行き、ロックウッドの恋人を連れてまいれ。ここにこの通り、切符は用意してつかわしたぞよ」

これぞ神のお告げでなくてなんだろう。おばさんには、疑いをさしはさむ余地は、まったくなかった。

そうなると、矢もたてもたまらず、ロックウッド氏のアパートにかけつけ、吉報を伝えるか、あるいはせめて、あのお嬢さんと連絡が取れるかもしれませんよ、と、電話ぐらいはしなくては、と思い立った矢先、彼が今、一週間ばかりロンドンを留守にしていることを思い出した。

しかし、一週間の猶予とは願ってもないことだった。それだけあれば、万事とんとんいくだろう。バイオレットだって、口説き落とせるだろう。

物知りで聞こえたハリスおばさんのことだ。バイオレットが、遠慮なしにねじ曲げてみせたロシア像を、そっくりうのみにするはずはなかった。が、それにしても、鉄のカーテンとやらのうすきみ悪い壁の向こうへ、一人で乗りこむのは、あまり気乗りのする話でもない。女の一人旅より、二人連れの方が、まだしも安全なはずだった。

頭の思考回転のはやさというのはたいへんなものだ、とはよく耳にする話だが、実際、バターフィルドおばさんが金切り声を上げたあと、ハリスおばさんがめまぐるしく考えを巡らしたあげく、冷静につぎのように答えるまでに、たったの一秒もたってはいなかったのである。

「どうだかねえ、バイオレット。新聞に書いてあることがぜんぶ信用できるってわけじゃないからねえ。たまたま転がりこんできた骨休めを楽しむのも、悪くないんじゃないかい？」

「骨休めだって？ 怪物のうようよしてるとこでかい？」

バイオレットは、金切り声でわめいた。

「エイダ、あんた、まさか本気じゃないだろうねえ。わたしを行かせようったって、無理だよ」

それから、きっぱりと、こういった。

「たとえ百万ポンドくれるったって、わたしゃ行かないからね」

そういって、はっとしたように、おちょぼ口をとがらせたまままだまりこみ、すっかり脅えた目つきで、友だちをまじまじと見つめた。バターフィルドおばさんにしてみれば、百万ポンドというのは、ぜったいに手の届かない天文学的数字だった。が、友だちのしゃあしゃあとした顔を見ていると、エイダという人がいったんこうと決めたらどうなるかを、よく知っているだけに、今にもハンドバッグの口を開けて、（ほら、ここに百万ポンドあるよ）と、ぽんとテーブルの上にさし出すのではないか、さもなくば、イングランド銀行からでも借りて工面してくるのではないか、と、恐ろしくなったのだ。

ハリスおばさんは、友だちに押し切られかかっていることに気がついた。負けてはいられない、と、無理に笑顔を作ってこういった。

「しっかりおしよ、バイオレット。ちょっとは頭をひやして考えてもごらん。おえらいさんの命なら、そりゃねらったりねらわれたりってことはあるかもしれないよ。けど、わたしらみたいなものを相手に、すったもんだ起こしたい人なんていやしないよ」

「あんたって人は、わからんちんだねえ」

バターフィルドおばさんは反撃に出た。

「おえらいさんか、並みの人かなんて、ローシアの連中には、区別できっこないんだってば。あんたがあっちで、いつもみたく、しゃきしゃき動きまわったり、ずけずけものをいってごらんよ。たちまち、穴倉に引きずりこまれて、つめを引っぺがされちまうんだよ。『なんのたれ兵衛《べえ》』って、名前をいってるひまもないくらい、あっというまにね」

「やだねえ、まったく」

ハリスおばさんは、せせら笑った。

「取り越し苦労もいいかげんにしとくれ。いったいわたしが、今までにどんな悪いことをしたってのさ。せいぜい、バス代をごまかしたくらいのもんだよ。それだって、車掌がサボって、切符を集めに来なかったんだから、向こうさんの『身から出たさび』ってもんじゃないか。だいたいねえ、モスクワの人間が一人でも、通い家政婦のアリスって名を聞いたことがあると思うかい？　そんなはずないんだってば」（おばさん自身は、ロンドンの下町なまりで、ミセス・アリスと発音する）

＊　＊　＊

ロンドンの夕がた六時は、モスクワ時刻の八時である。ハリスおばさんが、

（あんな遠いとこで、わたしの名前を知ってるはずないじゃないか）

と息巻いたときと、ぴったり同じ時刻とはいえないまでも、ちょうどそのころに、実はおどろくなかれ、その名前が、遠いモスクワのKGB、つまりロシア秘密警察の実直な検査官、バスラフ・ボルノフのデスクにお目見えしていたのである。

ボルノフにとっては、KGBこそ、ギリシア正教教会の任務を、代わってりっぱにつとめあげている神聖な職場だった。デスクの上をひとめ見れば、彼がどれほど熱心な「仕事の虫」であるかは、すぐにわかった。

とっくに勤務時間をすぎているというのに、まだデスクに張り付いて、資本主義諸国の主要都市を網羅する新聞を前にして、ありとあらゆる記事の中から、スクラップした紙切れの山をせっせとこしらえていたからだ。

ロシア大スパイ組織網の中での、同志ボルノフの任務は、国の内外に目を光らせ、ソビエト連邦に敵対するけしからぬやからを探し出し、記録し、リストを作ることだった。万一、リストにあがった人物が、聖なる母国ロシアの国境を越えてくることでもあれば、ロシアに害を及ぼさせないように、しかるべき対策を立てることも、彼の仕事のうちだった。

その日の紙切り作業は、そろそろ終わりに近づいていた。そのとき、はからずも彼の目を引いたのが、イギリスの新聞だった。それも数週間前、バターフィルドおばさんが、ハリスおばさんに読んで聞かせた例の記事と同じものだった。つまり、イポリット・ド・シャサニュ侯爵が、駐米フランス大使の任を終え、フランス外務省顧問に就任した、という記事である。

同志ボルノフは、その記事に目を通すと、呼び鈴を押して部下を呼び、シャサニュ侯爵に関するファイルを持ってくるよう命じた。

何しろ、とびきりの大物ときているので、コンピューターの腹わたの一部として詰めこんだくらいでは、口からあふれ出してしまう。そこで別扱いになっていて、「ソビエト連邦の敵一覧」というファイルの中を探せば、侯爵についての完璧《かんぺき》な資料が得られるはずだった。

ファイルが届いた。ボルノフは、侯爵の経歴をそもそもの始まり、つまりおぎゃあとこの世に誕生したときから、たんねんに目を通していった。どんな教育を受けたか、政治的には右か左か、友人知人にはどんな連中がいるか、手腕家の外交官として出世するまでのいきさつのすべてをである。

侯爵がソビエトとその社会体制の利益に反する言動をしたことについても、長ながとリストができあがっていた。

この記録は、アリ一匹逃さぬKGBの大捜査網を総動員してこそなしうる、ソ連の敵に関する完璧な総まとめ集だった。その徹底ぶりといったら、侯爵が一度でも接したことのある人物の名前は、だれかれかまわず一人残らずあげてあるほどだった。

今やシャサニュ侯爵が、フランス外交の方向を左右する肝心かなめの地位に、ふたたびつこうとしているからには、前にもまして、声を荒らげ、強力にソ連に抵抗してくることは目に見えていた。
（ソビエトの進めている、にせのデタント「緊張緩和政策」をうのみにしてはならん。あれは、ただ西側諸国をなだめすかし、冷戦がとけて、やれ安心、と思わせるための手にすぎん）

というのが、侯爵の持論だった。

ボルノフは、侯爵とつながりのある人名リストを一つずつ追っていった。おなじみの名前もかなりある。しかし、リストもおしまい近くなると、初めて目にするものも多く、その人たちの職業や地位を考えると、大して重要人物とも思えない。

そのときふと、ボルノフの目に留まった名前があった。

「エイダ・ハリス、ロンドンバタシー区ウィリスガーデンズ五番地SW11」

このハリスなる人物が、そもそも何者で、どんな職業か、侯爵とのつながりはどの程度か、といったくわしいことは、いっさい記されていない。

そこで、この検査官は、大して気にも留めず目を移して、これから先、ぬかりなく見はっておく必要のある、おなじみの大物たちについてぬき書きしながら、リストをめくりつづけた。

「モスクワの人間が、エイダ・アリスなんて名を聞いたことがあるもんかね。一人だってありゃしないよ」

と、ハリスおばさんはいった。KGBの検査官、同志バスラフ・ボルノフこそ、ぴたりその一人だった。

しかも、彼が名だたるKGBの組織の中で、高い地位につけられたのは、いわば、世界じゅうのゾウを残らず寄せ集めたほどの――一頭でも、物覚えのいいことでよく知られているのだが――ずばぬけた記憶力のおかげだった。

が、当のハリスおばさんは、おめでたいことに、神ならぬ身の知るよしもなかった。よしんば知る機会があったとしても、まだこの段階では、おそらくそんなことを気に病んでいるひまは、とうていなかっただろう。何しろ、ハリスおばさんは、バターフィールドおばさんのがちがち頭をどうときほぐし、どううんといわせるか、対策をねるのに大わらわだったのである。

＊　＊　＊

バターフィールドおばさん攻めを始めるにあたって、ハリスおばさんは、まず、アパーリージェント通りにあるインツーリストロンドン支所に立ち寄った。ここで、ソビエト観光局が、金に糸目をつけずに作らせた、みごとなできばえの、美しい色ずり宣伝パンフレットを十数枚選び出した。

それらのパンフレットには、ロシアの町並や風景の壮麗な美しさをほめちぎり、再現してあった。鉄のカーテンのかなたまで、はるばるパッケージツアーに出かけようという人びとが、手に取って選べるように並べ立ててあった。

さていよいよ、バターフィールドおばさんが、

「ローシアの人たちも、あの国のごたごたに巻きこまれちまった人たちも、そりゃあ、おっかない目にあわされてるんだから」

と、あやしげな新聞の書き立てる、さえない紋切り型の非難をいい立て始めたとき、ハリスおばさんは、

(そうかい、これ見てごらんよ、どう)

とばかりに、反証のパンフレットを、さっとテーブルの上にぶちまけてみせた。

青いモスクワ川にてんてんと浮かぶ、こぎれいな白いボート、それに豪華な大宮殿の写真が数枚ある。ほとんどどの写真にも、赤れんがのどうどうとして人目を引くクレムリンが、画面いっぱいにうつっている。

のっぽのモスクワ大学もあれば、緑したたる公園には、しゃれた建物や記念碑があちこちそびえ立っている。いずれも現代風の建物だった。宇宙征服を記念する塔が、空高くそびえている。博物館や展覧会のたくさん載った写真もある。

そんな写真とはり合って、多色刷りで模写したものもふんだんにあった。バレリーナや民族舞踊のダンサーたち、サーカスの芸人、夜になると七色にきらめく噴水、町の大通りの夜景、広びろとした広場、ターバン形のドームのついた世界一美しい教会、大打ち上げ花火のぱっと開いた瞬間をえがいたもの、などなど、いずれおとらぬ美しさだ。

モスクワの四季をうつしたものもある。ソビエト芸術祭を特集したものには、オペラ、バレエ、演劇、民族合唱団、コサック合唱団などが詰めこまれている。

民族衣装に身をつつんだかわいい女の子たち、それに、楽しそうな学校の生徒たちの写真もあった。

飛行機は、ヒースローへ向けていつもロンドン上空を飛んでいるのとまったく変わりなく見える。機内は客間におとらず快適そうで、空港ときては信じられないほどりっぱだ。

ホテルの方は、昔、ハリスおばさんが、クラリッジ・ホテルやサボイ・ホテルといった一流ホテルで、臨時雇いの室内係をしていたころ、みがき上げていたのと同じように、豪華でぜいたくそうに見えた。

何より肝心なのは、写真のロシア人たちが、いかにもうれしそうな表情をしていることだった。バラの花たばを高くさし上げたかわいい少女が、きれいな歯を見せてにっこり笑っている。

海辺でビーチボールに興じている人、砂浜に寝そべっている人、歌ったり遊んだりしている人たちが、そろいもそろって、しあわせそのものの顔をしている。――楽しそうな、楽しそうな、楽しそうな。

とある夕がた、ウィリスガーデンズ五番地の部屋の中で、カラー写真をどっさり広げたテーブルをはさんで、二人のおばさんがにらみ合っているさまを、もしだれかのぞき見る人があったら、どこかでだれかが真実をいっていないな、と、すぐぴんときたにちがいない。

しかし今、それはそれとして、モスクワへ行くべきか行かざるべきか、コインの表裏の決着はつかず、勝負は引きわけとなったにすぎなかった。

第四章

ハリスおばさんがいったん決心したとなると、(百万ポンドくれるったって行きゃしないよ)と、大見栄《おおみえ》切ったバターフィルドおばさんも、ひょっとして旅の道連れにさせられるかもしれない額を、百万ポンドと口走ったのは、低すぎはしなかったかと心配したのも、無理はなかった。

ハリスおばさんの意地っぱりと、ごり押しぶりときたら、これはもう、シャッポをぬぎたくなるほどの一徹さで知られていたので、百万ポンドという大金でさえ威力をなくしてしまいそうな気がしたのだ。

ある晩のこと、ハリスおばさんは、バイオレットがとりわけよりどころにしている「新聞」の方面から攻撃を開始した。

夕刊からふと目を上げて、ハリスおばさんは、さりげなくいってみた。

「大事な娘が、あの国でウマに乗って走りまわるのを、おっかさんが許したってんだから、たいしておっそろしい国じゃないってことだねえ。わたしらみたいなおばあちゃんの二人連れに、何にも起こるはずはありゃしないよ。ウマに乗ったりしなけりゃね」

「おっかさん? どこのおっかさんだい? だれの娘だって? ウマに乗らないって?」

バターフィルドおばさんは、めんくらった。

「女王さまだよ」

ハリスおばさんが、すまして答えた。

「ここんとこ読んでごらん。アン王女さまが、ボーイフレンドといっしょに、乗馬にロシアへおいでだって。おとっさんも行きなさるってさ。あんた、これでも、つべこべいう気かい？」

これは事実だった。国際乗馬競技会がキエフで開かれる直前のことで、王族がたのご参加が取り沙汰《ざた》されていた。バターフィルドおばさんは、アン王女と父君、それに当時のフィアンセの君とが、この競技に出場するため、ロシアへ渡られるというニュースを、認めないわけにはいかなかった。

一大パンチだった。バイオレットは、やっとのことで、消え入らんばかりによわよわしいカウンターパンチをくり出した。

「王室の人たちばかりじゃないの。だれが、手を出したりするもんですか。まかりまちがえば、戦争になるんだよ。ひどい目にあうのは、むしろわたしたちなんだってば。どんなにひどいかってこと、つい最近にも読んだよ。お風呂《ふろ》にゃ湯が出ないんだってさ。あれをすませてから、くさりを引っぱったって、水も何も出てこないんだって。ヒツジの群れみたいにちぢこまってて、向こうさんにいばり散らされるんだよ。だれが五日も、そんなとこへ行きたいもんですか」

このとき、たぶん自分のいい出したことに刺激されて、バターフィルドおばさんは、ひょっといいことを思いついた。急に、おばさんは、突撃態勢に入った。これには、さしものハリスおばさんも、こてんぱんにやられてしまったかに見えた。

「ねえ、エイダ、フィリップ殿下やアン王女さまみたいな王族がたは、外国へウマの遠乗りに気楽に行きなさったって、そりゃ、おおいにけっこうってものよ。ほかにするとってないお方たちだもんね。だけど、おあいにくさま、わたしにゃ仕事があるんだから」

攻めの勢いに乗って、バターフィルドおばさんは、さらにまくし立てた。

「あんたはいいよ。好きなときに休みが取れるんだから。『一週間留守にいたします』っていえば、お得意さんの方で、なんとかがまんしてくれるからね。がまんする方がいいってこと知っておいでの方はね。

だけど、パラダイスの方は、そうはいかないんだよ。十五分ちこくすれば、そのぶん給料からさっ引かれるし、一日でも休んでごらんよ。あっというまに、くびだよ。仕事は楽だし、チップはいいし、わたしがくびになるのを待ってる人が、ごまんといるんだよ。

あんたは、そこまで考えてくれたことないでしょうよ、エイダ。だからもう、この旅行の話は、これで、けりをつけようじゃないの。アン王女さまと愛馬に幸運を祈ってりゃ、それでいいの」

その通りだった。ハリスおばさんは、友だちの仕事のことをそこまで考えてみたことはない。おばさんは、ぐうの音も出ず、このときばかりは黙りこんでしまった。

この不景気な時代に、どんな仕事であれ、仕事は仕事だ。経済状態は、どこも悪く、インフレは進む一方だった。せっかくはたらきやすい、割のいい仕事を見つけた友だちに、それをふいにしろと要求するわけにはいかない。

かくして、そのあと三日ほど、モスクワ行きの話は、ぴたりと沙汰《さた》やみになった。ハリスおばさんは、パンフレットをしまいこんで取り出そうともせず、この難関をどう乗りこえ、どう回避していくか、あれこれと考えを巡らし、思いあぐねていた。

救いの手は、思いもかけない方面からさしのべられた。星のかなたにおわす、かの偉大なる守り神は、この件にはよほど特別のおぼしめしがあると見え、全知全能を傾けても、ハリスおばさんをモスクワへ送りこもうと、心に決めておいでのようだった。

守り神は、例によって、いささかまわり道だがきわめて有効な手を打ってこられた。つまり、クラブ・パラダイスの施設の見まわりに、消防署の調査官を送りこんでくれたのである。

二日の間は、バターフィルドおばさんも、友だちをなんとかだましおおせた。

お茶会のあと、バターフィルドおばさんは、いつもの時刻に立ち上がって、

「じゃあ、そろそろ出かけることにするよ」

といっては、帰っていった。ところが、三日目についに、事がばれてしまった。

エイダがまだ夕刊を読み終えないうちに、バイオレットが立ち上がって、いつものさよならをいって行きかかると、エイダは、新聞に目を落としたまま、静かにこういった。

「あんた、行かなきゃならないのかい？　どこへ？　映画にかい？」

ドアを出かかっていたバターフィルドおばさんは、ぎょっとなって立ちすくむと、太った体をくるりとまわして、ふり返った。

「映画？　映画って何さ？　あんた、なんの話をしてるんだか、さっぱりわかんないよ」

「戻っておいでったら。おすわりよ。いま読んで聞かしてあげるからさ」

まるで催眠術にでもかかったように、バイオレットは、いわれた通り、元の席に戻った。ハリスおばさんが読み上げた。

消防署、有名クラブを閉店に追いこむ
　クラブ・パラダイス　消防法違反
消防署の防火係員ジョン・リーチ氏は、アパーマウント通りのナイトクラブ、パラダイスに、同店の防火設備が消防法に違反しており、また、安全基準に達していないとの理由で、閉店を命じた。
同クラブのマネジャー、シルク・マティソン氏は、すぐさま必要な改善に取りかかることに同意した。マティソン氏の話では、改造には向こう一ヵ月を要し、その間同クラブは閉店されるとのこと。なお、従業員には、期間中、有給休暇が与えられるそうである。

このときのバターフィルドおばさんのようすは、「催眠状態」どころではなかった。ぶるぶるふるえながら、いすにくぎづけになっているさまは、まさに「まひ状態」そのものだった。申しわけなさそうに、大きな体をすくめて友だちの方をすかし見ると、ハリスおばさんが、新聞をおいて口を切った。

「どうして、このわたしをだまそうなんてするんだい、バイオレット？　仕事があるから、わたしといっしょに旅には行けないってのかい？　一ヵ月の有給休暇と、ここにちゃあんと書いてあるのに、あんたは、仕事に出かけるふりをしてたんだねえ。わたしといっしょに、モスクワへちょいお遊びに、ってのは、まだいやなのかい？」

まるで下着まで引んむかれたように、うその皮を思いっきり引っぺがされて、バターフィルドおばさんは、それこそ真っ赤になって怒った。彼女にしてみれば、めったにないことだったが、この際、無理もなかった。

「いいかい、エイダ！」

窮鼠《きゅうそ》、ネコをかむ、のたとえのごとく、バターフィルドおばさんは、ふいに攻撃に出て、声を張り上げた。

「わたしをおどかそうたって、そうはいかないよ。そりゃ、あんたとわたしは、もう永い友だちだよ。だけど、どこへ行けだの、どこへ行くなだの、命令されるのはまっぴらだよ。どうしても行きたくないとこだってあるんだから。それがローシアなのさ。あんたは、教会だとか宮殿だとか、バレリーナのきれいな写真ばっか集めてきたけど、精神病院に閉じこめられてるかわいそうな人たちや、シベリアで凍え死にしそうな目にあってる人たちの写真なんて、もらえっこないんだよ。わたしゃ、ローシアには行きたくないの。行かないったら行かないんだから！」

いい終わって、バイオレットは、エイダからの反撃を、身をふるわせながら待ち受けた。エイダ・ハリスが、だれかに悪口をいわれて、いわれっぱなしなどという話は、聞いたこともなかったからだ。きっとこの倍も口ぎたなくののしられるに決まってるよ、と身がまえていると、いやおどろいたことに、エイダは、いっこうにその気配を見せない。

それどころか、静かに新聞をたたんで、こういったのである。

「わかったよ、バイオレット。もうそれ以上、いわなくったっていいよ」

ハリスおばさんは、ひどく気をくさらせていた。バイオレットが、鉄のカーテンの向こうへ出かけていくのを、そんなにもこわがっているというせいではない。一ヵ月以上も仕事に出なくていいというのに、それを友だちの自分に隠そうとしたことに、がっかりしたのだ。

ハリスおばさんは、マントルピースのところまで足を運び、その上にのせた重要書類入れに使っている陶器の皿から、二枚の引きかえ保証書を取り出した。その一枚をテーブルごしにバイオレットの方へ押しやった。

「さあ、これだよ。切符を買ってわたしをパーティーに招待してくれたのはあんただから、あそこで手に入れたものはなんでも、半分っこにすべきだと思うよ。これは、あんたの分。好きなように処分するといいよ」

おばさんは、自分のをつまみ上げた。

「わたしゃ、行きますからね」

というと、がま口の口を開けて保証書を中へ押しこみ、音を立てて閉じた。バチンッという音は、おばさんのてこでも動かぬ決意のほどを示していたが、バターフィルドおばさんには、牢獄《ろうごく》の扉がバンッと閉められたほどに大きく耳にひびいた。急に、へなへなと力がぬけ、怒りは、たちまちしぼんでしまった。

おどろきの金切り声を上げて、バイオレットは叫んだ。

「あんたって人は、まさか一人っきりで行くつもりじゃあないだろねえ？」

ハリスおばさんは、威厳たっぷりに答えた。

「お代はぜんぶこっち持ちで、いちばんの親友を誘ったのに、受けてもらえないってんだからね。一人で行かなきゃなるまいよ」

バターフィルドおばさんは、しくしく泣き出してしまった。が、体がでっかいだけ涙もたっぷりらしく、泣きくずれてしまわないうちに、家じゅうが水びたしになってしまいそうな具合だった。

「エイダ、ねえ、エイダったら！」

バイオレットは声をふりしぼっていった。

「そんないい方よしとくれよ。あんたは、わたしの親友じゃないの。この世でたった一人の友だちなんだよ。こうなったら、わたしゃ、どうなったってかまやしない。あんたといっしょに行くよう。あんたには、だれか、世話を焼く人がいるんだもの」

そういって、おいおい泣いた。とうとう、バイオレットは折れたのだ。こうやさしくいわれては、石のようにかたくなな心も、とけずにはいられまい。ハリスおばさんは、石よりはやわらかくできあがっていた。

立ち上がって両手をさしのべたハリスおばさんのほっぺにも、涙が二筋あふれ出していた。

「バイオレット、きっとそういってくれると思ってたよ」

その声に、バイオレットの涙声が重なった。

「エイダ、わたしゃ仕事のことで、あんたにうそをつくつもりじゃなかったんだよ。休暇の間にもらえるお給金は、ぜんぶおこづかいに使っていいんだよ」

二人は、涙にぬれたまま、ひしと抱き合った。小柄なハリスおばさんは、でっぷり太ったバターフィルドおばさんの胸に、文字どおり埋まってしまった。

ようやく気も落ち着いて涙をふいたあと、お茶を入れかえ、テーブルについたところで、ハリスおばさんは、うきうきした声でいった。

「ねえ、いいことがあるんだよ。あんた、毛皮のコートが買えるよ」

「そうかしら」

「ロシアじゃないの。毛皮は、ロシアから来るんだよ。だから、あっちじゃ安いの。この写真見てごらんよ。みんな毛皮のぼうしをかぶってるよ。ほら、貧乏人だってさあ。だれだってロシアじゃ毛皮が買えるんだよ。あんたもコートが買えるってば」

人生に新しい希望の灯がともり、

「ほんとかい？」

と、はずんだ声で聞き返すころには、バターフィルドおばさんは、いつもの落ち着きを取り戻していた。

うなずきながら、ハリスおばさんがいった。

「あしたの朝、切符を受け取りに行こうじゃないの」

第五章

前に一度パンフレットをもらいに行ったとき、そこがふつうの旅行社らしいせわしなさはあっても、恐ろしいことも風変わりなところもなく、お客との応対は、おばさんにもわかる英語でやり取りされているのを見てきたので、翌日の朝、ハリスおばさんは、バイオレットを連れて切符を受け取りに出かけた。よその旅行会社と変わりないそこのようすが、友だちの恐怖心を和らげてくれるだろうと見こんだのである。

出だしは上々だった。旅行事務所は、いかにもロンドンらしい建物の並んでいる一角にあった。たばこ屋あり、おかし屋あり、リージェント通りタイプライター会社もあれば、レーンかばん店にナショナル・ウェストミンスター銀行もある。そのたたずまいが、バターフィルドおばさんの気持ちをすっかり落ち着かせてくれた。

インツーリストの事務所に入ると、バイオレットは、いっそうほっとした。雰囲気が、なかなかよかった。まわりの壁には、大きく引きのばした春のモスクワ、雪の降り積む冬のモスクワを初め、美しいロシアの田園風景のカラー写真が、幾枚も張り巡らしてある。

二人がカウンターに近づくと、中にすわっていた女の人が、すぐ声をかけてくれた。

「いらっしゃいませ。どちらへおいでなさいますか。わたしどものツアーご案内用のパンフレットは、もうごらんなさいましたですか」

バターフィルドおばさんがびっくりして、ハリスおばさんの耳にささやいた。

「ローシア人でも、わたしらみたいなロンドン弁を使うんだねえ、おどろいちまった」

「しっ、ばかおいいでないよ。あの人は、わたしらとおんなじイギリス人じゃないか」

バイオレットは、このひとことでしゅんとだまった。

(事務所の人を主にイギリス人で固めるなんて、ロシア人もりこうだねえ)

ハリスおばさんは、心の中でうなった。そう考えるのも、耳をそばだて、何一つ見逃すまいとぬかりなく目を光らせているのも、実は、例のことが、おばさんの頭から片時もはなれていない証拠だった。

ロックウッド氏の恋人をうまく連れ出すためには、ロシア人の人となりを、裏も表も、何から何まで知っておきたかった。しかし、おばさんのするどい観察眼も、事務員が客と応対する長いカウンターにさえぎられて、こちら側半分に抑えこまれていた。

それに、おばさんは、自分から進んで引き受けた使命を、いざ行動に移す段になってみると、バイオレットに対して、何やらちくりと良心が痛むのを感じずにはいられなかった。

とうとう降参して、いっしょにモスクワくんだりまで行く気になった、この気の小さい友だちは、向こうへ着いたとき、自分のやらかそうとしている突拍子もない冒険を、何一つ知らないのである。

といって、この人に計画を打ち明ける気は、さらさらない。ちらとでももらそうものなら、それこそ火のついたような騒ぎになること、受け合いだからだ。

それでも一つ、ここでかけをして、ほんとうに行くのかどうかを決めるチャンスを友だちに作ってあげることにした。そこで、ハリスおばさんは、バイオレットをふり向いて、やさしくたずねた。

「ねえ、どう思う、バイオレット。あんた、ほんとに行くことにするかい？　あんたにつらい思いをさせたくないからね。どっかよそへ骨休めに行ったっていいんだよ。そうしたいっていうんだったら、ロシア行きは取り消したっていいんだから」

しかし、バターフィルドおばさんは、美しいポスターにすっかり心をうばわれていた。むさくるしいひげをはやした連中が、シュルシュルと音を立てて燃えている導火線のついた、まるい爆弾を抱えて飛びまわっているわけではなし、薄気味の悪い気配などどこにも見えないばかりか、カウンターの娘さんのロンドンなまりに安心感をおぼえたのだった。

大きなパネルばりのカラー写真を見あげながら、バターフィルドおばさんは、ため息をついてこういった。

「きれいだねえ。ほんとにあんなだったら、わたしゃ、行ってみたっていいよ」

ハリスおばさんは、ほっとして、友だちのふわふわした肉づきのいい腕を、ぎゅっとにぎりしめた。

「いい人だねえ、あんたって人は。大好きだよ、ほんとに」

ハリスおばさんは、例の引きかえ保証書をカウンターの娘さんに渡した。すると、娘さんは、それをとなりにいる、若くてハンサムなアシスタントにまわした。黒いひとみがきらきらと輝いているその青年は、ロシア人なのかもしれなかったが、しゃべる言葉は、なまりのない、みごとな英語だった。

インツーリストが、見たところきびきびと、能率的な仕事ぶりを見せているからといって、関わりのあるほかの職場でも、同じようにてきぱき事が運ぶかというと、そうはいかない。

しかし、二人のおばさんたちには、そこまで見通す手立ては、何一つなかった。もし真相がわかっていたら、バターフィルドおばさんばかりか、ハリスおばさんまでが、ウィリスガーデンズの安全地帯へ、しっぽを巻いて逃げ帰っただろう。

アシスタントの青年は、黒目がちの輝く目で、保証書をとっくりと確認すると、予約書と申しこみ書を取り出した。

「パスポートはお持ちですか？」

青年がたずねた。

「ありますですよ」

ハリスおばさんが答えた。

「三枚写真がいるんですが」

「それも用意してますです」

ハリスおばさんは、意気ようようと叫んだ。

「出生証明書もありますですよ」

青年は、チャーミングな笑顔を向けて、

「旅行には、慣れておいでのようですね。いや、写真だけでけっこうです」

といった。

出生証明書は、ハリスおばさんとバターフィルドおばさんが、映画会社の社長夫妻に頼みこまれて、アメリカへ船でお伴したときに取り寄せたものだった。(「ミセス・ハリス、ニューヨークへ行く」参照)

「この申しこみ用紙に必要事項を書きこんでいただけませんか。ペンとインクは、あちらのテーブルにございます」

と、青年が指さした。

一枚は予約用紙で、もうすでに青年の手で、そのパッケージ旅行の番号と形式その他が書きこまれてあった。ビザ(出入国査証)申請書の方が、何やらものものしく、質問事項はロシア語と英語の両方で印刷してあった。

テーブルにのしかかるようにして、書類をのぞきこんだバターフィルドおばさんは、目をまるくして、叫び声を上げた。

「このへんてこな字はなんだい？　読めやしないじゃないの。いやだねえ、どう書きこめばいいのかねえ」

ハリスおばさんが、なだめるようにいった。

「しっかりおしよ。すぐ下に、読める字で書いてあるじゃないの」

おばさんは、質問事項にすばやく目を通してみた。（ロシア人てのは、わたしらのことをどのくらいつっこんで調べるのかねえ）

ところが、おどろいたことに、名前、国籍、出生年月日、職業、どれも、ごくあたりまえのことばかりだ。

（アメリカさんは、こうはいかなかったね）

民主主義大国アメリカ行きの観光ビザを取るのに、二人は、三十分あまりもせっちん詰めにされ、むっつり顔で気短な副領事に、身分は、財産証明は、旅行の目的は、などという質問に始まって、バイオレットとの関係、二人の政治的傾向、果ては身持ちはいかどうかにいたるまで、根ほり葉ほり聞かれたのだった。

どうしてもビザがほしい、というのでなければ、もうちょっとでその若い副領事を、こうどなりつけるところだった。

「いいかげんにしとくれよ。ビザをくれないつもりかい。わたしゃ、ビザがいるんだから、くれたらどうなんだい！」

民主主義大国の、あのごたいそうな質問攻めにくらべれば、ロシアのはまだしも穏やかで、おおかたは、ごく簡単に答えられるものばかりだった。

実をいうと、字を書くのは、二人ともあまり得意な方ではない。とくにハリスおばさんのお得意先では、おくさまたちが、お手あげだわと悲鳴を上げて、よくご主人に訴えるのだった。

「ねえ、あなた、わたしたちの留守ちゅうに、どなたか電話をくだすったらしいのよ。ハリスさんが書き置きをしてってくれたんだけど、名前がさっぱり読めやしないの」

そんな二人のおばさんが、申しこみ書の記入という大仕事に取りかかった。苦労してゆっくりと三十分もかけて──もっとも、その大部分は、相談したりもめたりに費やされたのだが──ようやく書き上げたときには、書類は、あっちにぽとっ、こっちにぽとっとインクのしみだらけ、書き損ないの字にばってんしたあとだらけで、どうやら読めるというあんばいだった。

二人が、何より長く時間をかけて、ああでもないこうでもないといい合ったのは、二人の職業の呼び方だった。どちらも自分の仕事をすこしも恥じてはいないものの、モスクワのおえらがたの目にふれるとなると、書類にどう書いたものだろう。仕事の内容をはっきりさせて、しかも見ばえのする呼び名は、なかなか思い浮かばなかった。

「チャー（通い家政婦　Char）」では、よその国の人にはわかるまい。では、「掃除婦」は？　それとも「日雇い」？　「家事手伝い」はどうだろう。考えあぐねたすえ、ハリスおばさんは、名前の下の職業欄に「チャー・レディ」と書くことに決めた。

実際チャーなのだから、できる限りそう書くとしても、すこしはどうどうとして見えるように、レディとおまけをつけたのだ。

バターフィルドおばさんも、同じように途方に暮れていた。クラブ・パラダイスでの仕事をくわしく書くとなると、あまりにもこみいっている。どう呼べばいいのだろう。そもそも自分が働いている場所の呼び名をどう呼ぶべきか――「お手洗い」？「化粧室」？それとも「婦人用トイレ」？お客さんは、たいてい短くして、「婦人用《レディス》はどこかしら」というようだけど。

ハリスおばさんの知恵を借りて、やっとのことで、「レディス世話人」と呼ぶことに落ち着いた。

こうして書類ができ上がると、二人は、（やれやれひと仕事やっつけた）という満足感といっしょに、うきうきと気持ちがはずんでくるのを感じた。これでいよいよモスクワへ行けるのだ。

ハリスおばさんは、二枚の申しこみ書をカウンターへ持っていった。すると、さっきの青年が、またあらわれ、記入欄にざっと目を通して、こういった。

「けっこうです。二週間ほどでビザがおりますから、このご住所あてにご連絡いたします。ツアー番号六Aグループは、ヒースローを日曜日の朝十時半に出まして、午後三時にはモスクワへ着く予定です。そして月曜から木曜日までご滞在いただくわけです。空港にうちの係の者とガイドがつめてまして、ご予約いただいたホテルにご案内するはずです。もちろん、ビザがおりるまでは、ご出発の日取りとか、ホテルの予約とかは正式に決められませんが、ご心配なくお待ちください。すべてうまく手配いたしますから」

二人は、満足して、上機嫌で、インツーリストをあとにした。ハリスおばさんは、もっとずっと手間取り、さぞかしうるさい質問をあれこれあびせられるものと思いこんでいた。

ところが、思いがけなく万事がとんとん調子よく運び——友だちが進んで行く気になってくれたばかりか、申しこみ書の方も難なく切りぬけることができて——、有頂天になってしまい、つい、疑うということを忘れてしまった。こんなに事がすいすい行きすぎるのは、おかしいぞ、とは夢にも思わなかったのだ。

長い人生経験から、おばさんは、とりわけ、何かをものにしたいと人が願っているとき、事が簡単に運ぶなんてまずありえない、ということを、肝に銘じて知っていた。願いや望みが、あんまりすいすい叶《かな》いすぎるときこそ、「用心が肝心」だった。

しかし、おばさんとて千里眼ではなかった。だから、バターフィルドおばさんと二人、インツーリストに手渡してきた書類に、その後どんな出来事が起こっていたか、知るよしもなかったのである。

第六章

ジェフリー・ロックウッド氏が近いうちに出版するはずの「素顔のロシア」には――ロシア人がこれを読めば、いい気持ちはしないだろうが――つぎのような一節がある。

ソビエト連邦は、ピョートル大帝、エカテリーナ女帝といった、昔の「偉人」時代からの古くさい官僚主義から今もってぬけ切れず、国のあちこちが麻痺《まひ》状態に陥っている。

ロシア人は、そろいもそろって無知とがんこ者の集まりである。その上、出口一つない迷路に押しこめられたまま、頭上から天井がめちゃめちゃにくずれ落ちてくる恐怖で、手も足も出せないでいる。

ロックウッド氏は、さらにつづけた。

ロシアでは、左手のしていることを右手に知らせぬばかりではない。右足の動きも、左足には伝えないのである。

各省庁がそれぞれ、国民に対してはなんら責任を持たぬ一国一城きどりで、城主たちはそれぞれ、上は大臣クラスにいたるまで、傲慢《ごうまん》な気まぐれぶりを発揮し、その日の虫の居所具合により、事が処理されている。

そのため、せっかくのオリンポスの神々からのお達し——すなわち、ソ連最高幹部会議から出される、むずかしい局面を切りぬけるための諸案——も、泥沼にはまりこみ、そうこうするうちに骨ぬきにされ、くつがえされ、さもなければ官僚主義の罠《わな》にはまって、息の根を止められてしまう……。

さらに加えて、ロックウッド氏の辛辣《しんらつ》な分析によれば、ロシアでは各機関の横のつながりや協力関係がまるでないばかりか、一つ一つの機関が、無知とがんことおろかしさにむしばまれて、手のつけられない混乱状態にあり、いやはや、公務員の教育の行き届いていないことといったら、あきれるのを通りこして感心するばかりだそうである。

このあとの章には、国民にわざわいをふりまく手助けをしてくれた政府の政策の大失敗について、いくつか取り上げてあった。穀物の不作とか、同じように完全な見こみ違いに終わった日用品生産のこころみなどについてである。

ところで、ソビエト連邦から西側諸国に開かれているいちばん重要な窓口の一つが、「インツーリスト」と呼ばれる大きな旅行案内事務所だった。この組織は、国外ではわりあいてきぱきと運営されていたが、国内では、他の組織との連絡不行き届きのために起こるごたごたで、うまく機能してはいなかった。

たとえば、インツーリストの世話で、外国人観光客がロシアへやってきたとする。だれもかれもが、ホテルや駐車場、タクシー、劇場の切符の入手などの、いきあたりばったりの手配の仕方にひどい目にあってしまう。その上、ある程度は、警察のごやっかいになる覚悟もしておいた方がいい。

モスクワに旅行する者は、かならず、何かのすったもんだに巻きこまれる、といってもよさそうだった。

さて、二人のおばさんが、アパーリージェント通りにあるインツーリストを出るか出ないかのうちに、その裏手の部屋にたむろしていた大勢の係員たちが、いっせいに仕事にかかった。

ハリスおばさんとバターフィルドおばさんの、ミミズのたくったような字で書かれた書類は、コピーが取られ、はて、なんて字だっけねとよくよく調べられ、その上で、関係各局に送るように分類された。

宛先《あてさき》は、領事館、大使館、モスクワにあるインツーリスト本部である。それに、何より忘れてならないのは、KGB諜報部《ちょうほうぶ》だった。ここへは、原本を直接コピーしたものが電送された。

ハリス、バターフィルド関係の書類をまわされた役人は、この二人の職業は何か、結婚前と、あとの姓、その他の重要な書きこみ事項について、問題点はないかどうかチェックしなくてはならない。

ところが、先ほどいった通りのミミズののたくったような文字である。まるでなぞときをするような苦労に加えて、この役人は、たまたま近眼が進んでいた。（そろそろ新しい、すこし度の強いめがねを買わなくてはなるまい）と思っていた矢先だった。

四苦八苦して推理したあげく、彼は、

「エイダ・ハリス・チャー令夫人およびバイオレット・バターフィルドの両名が、モスクワ四泊五日旅行を申請した」

という、とんでもない報告書を、上役にあてて、急ぎ提出したのである。

ハリスおばさんが、大英帝国のごりっぱな貴族に昇格したのは、ペンをちょっとすべらしただけのことだった。おばさんの書いた「チャー・レディ」という言葉が、この役人には、ちんぷんかんぷんだったので、書き手が、うっかり逆に書いたのだろうと判断して、すぐさま「レディ・チャー」と入れかえたのである。こうすれば、イギリス貴族の夫人の呼び名だから、彼にも納得できたのだった。

バターフィルドおばさんが、そも何者であるかについては、さらに手数がかかった。が、彼は、ここでもまた、すばらしい推理力の冴《さ》えの一端を見せて――この推理力の鮮やかなことといったら、彼と同じようすのろの上役連中から、さぞ拍手かっさいをあびただろうが――みごとに解いてみせたのである。

バターフィルドおばさんの職業欄に、「レディス世話人」とあるところから、その役人は、（イギリスの上流夫人ともあろうお方が、侍女も連れずに旅をしようとは考えもなさるまい）と、判断をくだした。

こうして、バターフィルドおばさんは、「チャー令夫人」の「侍女」とあいなったのである。

二人のおばさんの書いた書類のコピーのうち、一枚は、モスクワにあるインツーリスト本部に送られた。ここでは、一般観光客向けのホテルが予約されるはずであった。ハリスおばさんとバターフィルドおばさんの名前が、六Aツアーの相客といっしょに、コンピューターに打ちこまれにかかった。

これに打ちこまれると、名所、史跡、研究所、記念碑巡りにボリショイバレエ観賞の夕べ、といったたぐいの、インツーリストがおぜん立てしたスケジュール通りに、がっちりしばられ、引きまわされるということになる。しかし、一行の乗員名簿に、おえらい人物が見つかると、その人物だけえりわけて世話をする「国際文化特別部」ももうけられていた。何か肩書きを持つ人物は、すべてこの特別部扱いとなった。とりわけ、イギリスの貴族は、とくべつ、上等のキッドの手ぶくろをはめて、下へもおかぬもてなしをされることになっていた。こうしておけば、貴族たちは、目を細くして喜び、

（ロシア人てやつは、「茶色の大グマ」だとばかり思っておったが、なあに、おとなしくのどを鳴らしておる「小ネコ」にすぎん）

と信じこむだろうという魂胆だった。

この特別部には、たくみに隠し予算が割り当てられていた。この裏金が、外国からの

賓客や大物たちへの特別待遇費用にまわされた。キャビア・ウォッカ・シャンペン、運転手つき大型車、郊外の豪華な邸宅、遊猟会へのご招待といった、いたれりつくせりのもてなしが待ち受けていた。

チャー令夫人とおつきの侍女が、近くモスクワにご到着の予定という書類が、ほどなく、この特別部に届いた。インツーリスト本部とはべつに、こちらはこちらで、その身分を重んじて、特別待遇の準備が、いつもの手順で行なわれることになった。

こうおみごとなへまを重ねてくれたおかげで、なかよしの二人連れが計画した骨休めの旅は、すこぶるさいさきのよい具合となった。といっても、当時「吉凶はあいともなう」という冗談が国じゅうに流行した時期ではあり、一方ではよろしくないことが、着々と進んでいたのである。

この場合、「凶」とは、ハリスおばさんと連れのバターフィルドおばさんの申請書の写しが、ともに、秘密警察組織に送られたのはいつものこととして、ツアー担当の五人の係官のうち、よりにもよって、あの「ゾウのむれ」なみの記憶力の持ち主バスラフ・ボルノフ同志のデスクにまわされたことだった。

この申請書は、同じようにパッケージツアー六Aに申しこんだ、二十五名あまりの申請書の一部にすぎなかった。

ボルノフは、修練を積んだするどい目を、書類の上に走らせた。疑わしい人物は見当たらないようだった。新聞の特派員、特別に注意を要する作家、高名な社会主義者、実業家、あるいは、仕事のついでに、スパイもちょこっとやらかしそうな、貿易使節団長といったものもいない。そろって、ふつうの平凡な市民のみなさんらしい。

もちろん、念には念を入れて、乗客が飛行機から降りてくるとき、望遠レンズつき隠しカメラで写真をとり、滞在中は、当然、ガイドやホテル従業員が、ゆだんなく見張ることになっている。とくに、「ドラゴン・レディ」と呼ばれる副守衛が、ホテルの各階にあるエレベーターのそばに陣取って、部屋の鍵《かぎ》を渡すのだが、居ながらにして、だれがどの部屋に入ったか出て行ったか、すべてつかめるようになっていた。

(問題なし、と)

ボルノフは、コピーのたばに、もうすこしではんこを押して片付けてしまいそうになった。が、

(待てよ、どうも引っかかるな)

と、彼は思った。例の記憶力が、何かを思い出させようと、しきりにうごめいていた。

(名前か？　職業かな？　いや待てよ)

ボルノフは、あわてずゆっくりと記憶力がよみがえってくるのを待った。ついに、ゾウがかちどきのほえ声を高々と上げた。

(そうだっ。名前だ！　エイダ・ハリス夫人。この名前こそ、かの有名なロシアの大敵、イポリット・ド・シャサニュ侯爵と何か関係があったのではないかな？)

彼は、申しこみ書をめくってみた。

（そうだ、これこれ。ここに書いてあるこの名前、エイダ・ハリスと、連れのバイオレット・バターフィルドだ！）

ボルノフは、受話器を取り上げてコンピューター部を呼び出し、二人の名前を伝えた。

「すぐ、コンピューターにかけてくれたまえ。結果は、折り返しすぐに知らせてくれ」

コンピューターは、ただちに活動を開始した。巨大な怪物が、いつものように、パチパチとまばたきをしたり、カチカチッと回路を巡らしたりしたあげく、たちまちのうちに、二人についての資料を吐き出した。

同志ボルノフは、デスクに届いた資料を読んで、深い満足感をおぼえた。かつてない、すばらしい霊感がひらめいたおかげで、ボルノフは、資本主義国のあらたなスパイ作戦をあばき、母国ロシアと自分の首とを、すんでのところでつなぎとめることができたのだ。彼は、紙とペンを引き寄せ、つぎのような書状をしたためた。

国家公安局外国部部長　同志グレゴール・ミハイロビッチ・ダグリエフ大佐殿

親愛なる同志ダグリエフ殿

このたび、まことに運よろしく、わがソビエト連邦にスパイを潜入させんとするイギリスの資本主義的陰謀をあばくことに成功しました。

八月二十六日（日）ロンドン発モスクワ向けパッケージツアー六Aの旅行客をよ

そおって、スパイ二名が送りこまれてくるもようであります。

当方のコンピューターの情報によりますと、一行のうち、エイダ・ハリスなる女性は、ソビエト連邦に敵対する指折りの人物多数――くわしくは、別便でお届けいたしますが――の密使として、長年にわたり活躍してきた形跡があります。

そのうち二、三上げてみますと、貴兄も折りにつけ耳にしておられるイポリット・ド・シャサニュ、ウォレス大佐――例の元ウォレス大尉でして、駐ソ大使としてモスクワ大使館につとめながら、イギリス諜報《ちょうほう》部情報部長として暗躍した不届きなやつです――。

また、高名なポーランドの移民、ウィンチェスカ一族もおります。こちらは、今なお、わが革命の偉業をくつがえさんと、あの手この手でねらっております。

さらに、反ロシア映画を得意とするアメリカの映画製作者、ジョエル・シュライバーもいれば、その他ウィルモット・コリソン卿《きょう》、オズワルド・ダント卿といった、そうそうたる面々が含まれております。

ウィルモット卿は、わが国の無実の外交関係者百名あまりを、ロンドンから追放した一件に関わっていますし、オズワルド・ダント卿は、わが国に大きな利益をもたらしたはずの貿易協定を反故《ほご》にした張本人であります。

ハリス夫人は、これら危険人物と、長年にわたって、つながりを持っています。

この女性は、イギリスではチャーと呼ばれる掃除婦をよそおって、連絡を保っております。

確証が上がっているものだけでも、一九五八年には、パリへ飛んでシャサニュと連絡を取り、一九六〇年には、反ソ映画製作者シュライバーとともにアメリカへ渡りました。このとき、同国内を広く巡り歩いて、反ソ活動を行なったことが判明しております。

さらに、一九六五年には、イギリス国家に忠誠をつくした報賞として、下院議員に任命されました。しかし、まもなく議員生活を退いたということは、これは明らかに、イギリス諜報部によって、さらに重要な任務を与えられたためと思われます。

この間、つねに表向きは、通い家政婦をよそおっており、その件につきましては、同封の申請書のコピーをごらん頂けば、ご確認頂けるものと存じます。

同行のバイオレット・バターフィルド夫人につきましては、いっさい情報が入っておりません。公安局ロンドン支部が、ハリス夫人同様に危険きわまりない人物の活動を見逃していたとなりますと、職務怠慢もはなはだしいと申さざるをえません。

スパイとしての任務を、当方の目を引くこともなく果たしてきた、ということの事実こそ、この女性が実におどろくべき能力の持ち主であることを、じゅうぶん証明するものであります。

小生といたしましては、これら二名のスパイのビザ申請を受けつけ、ソビエト連邦へ入国させた上で、ロンドンにおいて進行中のあらたな陰謀と、両名の任務を掌握することが得策と考えます。

むろん、両名の行動は、厳重な監視のもとにおかれますが、とくにバターフィルド夫人なる人物がより危険であることは、同人が長期にわたって、いかなる疑惑も呼び起こすことなく、任務を果たしえたことにより明白でありますゆえ、とくに注意が肝要であろうかと推測するしだいであります。

わが分局では、両名に関する資料、写真など、手に入りしだい貴兄のもとにお届けする所存であります。

ここに小生みずから署名させて頂きます。つねに貴兄グレゴール・ミハイロビッチ同志の忠実なしもべなる、

バスラフ・ボルノフ

国家公安局　外務省検査官

第七章

それから十日後、ハリスおばさんとバターフィルドおばさんは、リージェント通りから発送された一通の手紙を受け取った。中には、こうしたためてあった。

「ビザ申請の件は認可されました。出発は八月二十六日（日）午前十時半、モスクワ行きアエロフロート一〇一便と決まりました。

ご足労ながら、航空券、保証書、旅行案内書など、書類を受け取りにおいでくださるようご通知申し上げます」

＊　＊　＊

ハリスおばさんは、先ほどから、ジェフリー・ロックウッド氏のまわりを行ったりきたり、うろうろしていた。

おばさんは、いつもの「戦闘開始！」の衣服に身を固めていた。フェルトのスリッパにうわっぱり、頭には三角巾《さんかくきん》、手には長柄のついたモップというしでたちである。今日はそればかりか、一大ニュースが頭のてっぺんまで詰まっていて、伝えたくてうずうずしているのだが、口を開くきっかけをつかみかねていた。

ロックウッド氏は、「素顔のロシア」のゲラ（校正ずり）に目を通しているところだった。

ハリスおばさんは、つねづね、こういい含められていた。

「わたしが家にいても、仕事中でも、かまうことはありませんよ。ほっといて、どんどん掃除をやってください」

そんなことは、しょっちゅうあった。ロックウッド氏は、書き物をしたり、読書したり、メモを書き散らしていたり、今日のように夢中になって、一見、本のていさいをした印刷物に、奇妙な記号を書きこんでは、印刷ミスを訂正していたりする。

その集中力は大したもので、まわりでおばさんが、せわしくはたきをかけようと、ぞうきんがけや床みがきをしようと、すこしも気を散らされることがない。そういうときは、さすがおしゃべりずきのおばさんも、決して口をはさもうとはしなかった。

しかし、今日ばかりは、どうあっても、ひとこと聞いてほしかった。

おばさんは、モップの柄で、軽くトントンとやってみた。いつもは、ネコのようにこそりとも音を立てず、部屋の奥から戸口までふき掃除をやってのけるのが、おばさんの得意わざの一つなのだ。

わざわざ雑音を立てれば、ロックウッド氏が、ひょいと顔を上げて、

「そんな音を立てなくちゃ、掃除はできませんかね、ハリスさん」

とでもいってくれるのではないかと期待したのだが、ロックウッド氏は、いっかな見向きもしない。校正に一心不乱なのだ。

そこで、おばさんは、氏のデスクからほど遠くないところにつっ立って、モップに身

をもたせ、念力をこめて、じいっと彼の方を見据えた。長く見つめていると、相手は視線を感じて顔を上げずにはいられなくなる、と、どこかで読んだ記憶があった。ところが、ロックウッド氏には、念力もかたなし、だった。

とうとうハリスおばさんは、どうあっても声をかけずにはいられなくなった。事が事だけに、これいじょう胸の中にためこんではいられなかった。おばさんは大声で、一気にいった。

「ロックウッドさん、わたしゃ、ロシアへ行くんですよ、友だちのバターフィルドさんと二人で。もう切符も手に入ったんでございますよ」

ロックウッド氏は、(やれやれ、校正係のやつめ！　目が悪いんじゃないか。施設かどっかへ入ったがいいんだ）と、腹の中で毒づきながら、「それれ」という妙な言葉の「れ」を「を」に直しているところだった。

そのとき、どこか遠いよその世界から、何やら声がドーンと鼓膜をうったような気がした。なんといわれたのか意識しないまま、

「そりゃよかったですね」

と、うわの空で答えた。が、そのとたん、耳を打った言葉のどれかが、今やっている仕事と何かつながりがありそうだ、と、ぼんやり感じて、手を止め、顔を上げた。

「なんですか、なんといわれました？　どこへ行くんですって？」

と、口早にたずねた。

ついに堰《せき》が切れた。ハリスおばさんは、ここぞとばかりまくし立てた。

「ロシアですよ。モスクワに五日間！　くじで当たったんでございますよ。もう切符も何もかも用意できてます。飛行機で、こんどの日曜日に発《た》ちますんです。ほかのみなさんには、もうとっくにご連絡さしあげたんですけど、あなたさまは、なにしろ特別の事情がおありでございましょ――」

ここできゅうに口をつぐみ、おばさんは、デスクの上の写真を意味ありげにじっと見つめた。ロックウッド氏の恋人の写真は、おばさんが出しておくよう忠告して以来、そこに置いたままになっていた。

ロックウッド氏は、校正の赤ペンを置くと、真っ青になった顔をふり向けて、ハリスおばさんをまじまじと見た。目が飛び出しそうだった。うろたえぎみの、つじつまの合わない問いが、その口からもれた。

「何ですって、モスクワへ？　あなたが？　バターフィルドさんて、だれです？　くじ、とかいわれましたね。何のことだか、さっぱりわからないが――」

いや、じゅうぶんにわかっていた。おばさんが何といったかわかったからこそ、うろたえ、顔面蒼白《そうはく》となり、絶望と希望と恐怖とあこがれと、（ひょっとして、はるかかなたから、思いがけなくも救いの手がさしのべられたのではないか）という、はかない願いとが、ふいにぐるぐるとうずを巻いて、わき上がってきたのである。

目の前にいるのは、いつもの見なれた元気のいいおばさんだった。すまいの掃除にく

るときだけ、彼の生活に入りこんでくる。この関係をくずして、親しく口を利くという
ことなど、これまでなかったのだが、ただ一度、実らぬ恋の悲しみを打ち明けたとき、親身になって耳を傾けてくれた。

ロックウッド氏にしてみると、弱気に負けて、つい胸の内を明かしてしまったあの日のことは、むしろ忘れてしまいたいと悔やんでさえいたのだ。

さて、そのおばさんが、三角巾をかぶり、体をすっぽりつつんだ、なんとも呼びようのない上着を着て、モップにもたれたまま、何をいい出すやら、この日曜日に、こともあろうにモスクワへ行く、というのである。

とても信じられなかった。しかし、おばさんの、興奮に燃え輝いている目を見ると、信じないわけにはいかない。

モスクワ！　リズ！　連絡が取れる！　ロックウッド氏は、取り乱したまま、なおもおばさんを見つめていた。そんなはずはない。連絡が取れるなんて。

ふるえる手で、彼はデスクの上の箱からフィルターつきのたばこを取り出し、口にくわえて、さかさまに火をつけた。無理に決まってる！

ロンドンっ子のはしっこさで、ハリスおばさんは、ロックウッド氏の心の動きを読み取った。顔色の細かい変化、かすかなかげり、手のふるえやわななきから、心のひだが、手に取るようにわかった。彼が何を考えているか、すっかりつかめた。それはもちろん、おばさんが心の中にえがいているものとそっくり同じはずだった。

ロックウッド氏は、声を張り上げて、もう一度念を押した。

「もう一遍いって頂けませんか。モスクワへ行く、っておっしゃったんですよね？」

「そうですよ。パッケージツアー六Aでしてね」

ハリスおばさんは、うれしそうに答えた。

「パンフレットをごらんになりたきゃ、持ってまいりますですよ。ちょっくら面白いことになっちまいましてね。わたしゃ、カラーテレビをねらってくじを買ったんでございますけど、テレビの代わりに……」

いいかけて、ハリスおばさんは息を呑んだ。

何が気にさわったのか、ロックウッド氏がきりきりし始めたのだ。たばこを、それも火のついた方をつかんで口から放し、あちちとばかり床に投げつけると、足でふみにじり、やけどした指を振りまわした。

蒼白な顔に血がのぼって、赤ペンみたいに真っ赤になったかと思うと、とつぜん、両手で頭を抱えこんでしまった。

これを見て、おばさんは、まわりくどい説明よりも、ずばりと切り出すべきだと判断した。もっとも、おばさんの夢想を残らず話すつもりはなかった。だれが見ても、その程度ならできそうだと思える部分だけに限るつもりだった。

おばさんは、ぴたり写真に目を据えたままいった。

「このお嬢さんに連絡をつけてさしあげますですよ。手紙をお届けするか、言伝《ことづて》くらいはなさいましょ?」

ロックウッド氏は、かっかっと燃える額から手を放し、こみ上げてくるはげしい思いにたえかねて、うめき声をもらした。

「ああ、ハリスさん、ほんとですか? お願いできますか? よかった! 手紙が書けるなんて。彼女の、いや、ぼくら二人の心の支えですよ。つながりができるんだ! 命の綱ですよ!」

しかし、喜びの叫びは、そこでとぎれ、ふいに、うつろな声に変わった。

「だけど、どうせできっこないんです。そういっていただいて、ほんとうにありがたいが、ハリスさん、そんなことは、夢にだって見られやしませんよ」

「なぜでございます?」

「危険にすぎます」

「危険ですかねえ」

ハリスおばさんはせせら笑った。

「しっかりなさいましよ。何があぶないもんですか。インツーリストの人たちゃ、そりゃあ親切でございましたよ。旅行にいるこた、何から何までやってくれて、ちゃんちゃんとできてるんですよ。

お嬢さんにお会いして、こっそり手紙をお渡ししてさしあげますよ。だれに知れるもんですか」

ロックウッド氏は、ようやく落ち着きを取り戻しかけた。

「ハリスさん、いいですか、ロシア人ほど疑ぐり深い人間は、この世にはいないんですよ。ベッドの下ばかりか、上もまわりも、残らずひっくり返して、しょっちゅうスパイ探しをやってるんです。

ロシア人と連絡をつけようなんていう外国人ほど、いいカモはないんです。あなたはきっと……」

モスクワへ着いたとたんから出国するまで、監視の目がくっつきまわるのだ、とあやうくいいかけて、ロックウッド氏は、口をつぐんだ。

恐怖をあおり立てて、おばさんのせっかくの旅行をだいなしにするような、ばかなまねはよしたほうがいい。というのも、ほんのいくつか、お決まりコースをぐるりとまわる、毒にも薬にもならないパッケージツアーに、加わるだけのことだから、と考え直したのだった。

ロックウッド氏がだまりこんだのは、そのためばかりではなかった。リザベータ・ナジェージダ・ボロバースカヤにあてた、ぶ厚い手紙のまぼろしがくっきりと心に浮かび、その一枚一枚から、あつい言葉がつぎつぎと、炎のように燃え上がり始めたからだった。リザベータ、リズ、リズ、リズ! 彼の目は、いとしい恋人の写真の方へ引き寄せられていた。

ロックウッド氏は、苦しそうにいった。

「もし、その手紙が見つけられでもしたら、あなたは、たいへんな目にあいますよ。あの人の方もそうです」

ロックウッド氏が、やっきになって説明すればするほど、ハリスおばさんは、いよいよにこにこし、いよいよ決心を固めた。

実は、手紙を届けることなど、おばさんの空想の中では、ほんの序の口にすぎない。リズを連れ帰ること！　それこそ夢のまた夢ではあったが、おばさんの胸をおどらせている、大それたたくらみなのだった。

ところが、ロックウッド氏は、お茶の子さいさいの手紙の持ち出しにさえ、危険だと騒ぎ立てるのだ。そんなことでどうにかなるなんて、おばさんは、これっぽっちも思ってはいなかった。

モップを置くと、おばさんは、つかつかとデスクに歩み寄り、断固とした口ぶりでこういった。

「しっかりしてくださいよ、ロックウッドさん。わたしみたいな人間を、だれがつけねらうもんですかね。友だちと二人でツアーに入れてもらって、きれいなとこを、ぽかんと口開けて感心して見てまわるってだけのおばあちゃんなんですよ。うまくやってのけますですよ、ほんとに。そんな大事な手紙をふところに持っていって、お嬢さんを呼び出したりなんてばかなまねはしやしませんよ。二度とないチャンスでございますよ」

じていたのだが。

ロックウッド氏は、とうとう折れた。いずれは根負けするとは、自分でもうすうす感

「ハリスさん、ほんとうに手紙を届けてくださるとしたら、ぼくは、一生恩にきますよ。あなたがずっと団体旅行をなさることを、うっかり忘れていました」

「では、決まり、ですね」

ハリスおばさんが、にこにこしていった。

「それで今、手紙を渡してくだすったら、わたしが……」

「ええ、今すぐ書きますよ。持っていっていただくだけじゃなく、読んでお聞かせします」

「読んで聞かせる、ですって！」

ハリスおばさんが、すっとんきょうな声を上げた。

「とんでもありませんですよ。よそさまのことをのぞき見しようなんて、そんな……」

「でも、これだけは、あなたに知って頂きたいし、知って頂かなくてはならないんです」

ロックウッド氏は、強くいい張って、さっそくタイプライターに向かった。

「あなたは一部始終をすっかりご存じですしね。リズにわかりやすいように、ロシア語で書きますが、持ってって頂くあなたに、中に何が書いてあるか、当局に疑われるようなことが入っていないかどうか、お話しもせずにお願いするわけにはいきませんよ。そうでしょう」

ハリスおばさんは、仕事着の胸の前で両手をしっかと組み合わせ、いたずらっぽい目をきらきらと輝かせた。今こそおばさんは、天使の頭をかざるまるい霊光のように、美しいロマンスの花冠をいただこうとしているのだった。

「それはそうと、どうやってリズさんを探しましょうかねえ」

ハリスおばさんがいった。

ロックウッド氏は、タイプライターに便せんをセットすると、顔を上げた。

「それなら問題はありませんよ。さっきあなたがツアーの番号をおっしゃったとき、わたしがどんなに興奮したか、ごらんになったでしょう。リズは、あなたの参加なさるモスクワ行きパッケージツアー六Aつきのガイドなんです」

一流作家は、えてしてまずいラブレターを書くものだが、ロックウッド氏も、読むにたえない文章を書いた。いつもの冷静さはどこへやら、文の組み立ても何も頭から吹っ飛んでしまい、たとえば、こんな具合になる。

「きみと二度と会えなくなったとき、ぼくは気がくるうかと思った」とか、「きみほど深くぼくの心に入りこんできた人はいません。これまでも、今も、これからだって同じです。ぼくの命、ぼくのかわいい人……」

といった調子で、歯の浮くような甘ったるい言葉と事のしだいを、めんめんと数枚にわたって書きつらね、二人が再会できるように、どんなに「天と地をわれとわが腕で押しわける」ほどの涙ぐましい努力をつづけていたかを、せつせつと訴えた。

そして、彼の愛がどんなに深く、永遠に変わらぬものであるかを気のすむまで書き上げるには、さらにもう一枚かかった。

ロックウッド氏の訳してくれるひとことひとことに、ハリスおばさんは、うっとりと聞きほれた。過熱ぎみのロックウッド氏が打ち上げる便せんから、ぽっぽっと湯気の立つ言葉が飛び出してくるのだった。

おばさんは、まるで自分あてのラブレターを聞かされているかのように、どきどきわくわくし、燃え上がる恋のつばさに乗って、天高く運ばれたような心持ちになった。永遠の愛を誓う言葉に深く心を動かされ、おばさんは、目に涙をため、何度も音を立てて鼻をすすり上げた。さっきまでは夢物語にすぎなかった(鉄のカーテンのかなたからリズを連れ帰る)という空想が、今やきたえ直されて、鋼鉄のような固い決意に変わったのである。

ロックウッド氏が、おばさんの企《くわだ》てをちらりとでも気づいていたら、もちろん、すぐさま、計画はすべて取りやめにしたに違いない。しかし、当然のことながら、このやせっぽちの小柄な掃除のおばさんに、そんな大冒険のたくらみがあろうとは、さすがのロックウッド氏も思いもよらなかった。

実のところ、彼は、ハリスおばさんにもリズにも迷惑をかけないように、抑えるべきところは抑えて、十二分に気を配ってはいた。便せんを折りたたんで、さりげない封筒に入れ、宛名《あてな》も自分の住所氏名も書かずじまいで封をした。

封筒ののりしろをくちびるでしめす彼のしぐさは、どこから見ても、恋いこがれた恋人へのキスをたくす姿だった。しかし、ハリスおばさんには、さも何げない口ぶりで、こういった。

「ごらんの通り、宛名も署名もしてありません。万が一ほかの人の手に渡ったとしても……」

「そんなこと、ありゃしませんとも」

きっとなって、ハリスおばさんが叫んだ。

「あり金ぜんぶかけてくだすったって、ようございます。心配なさることたありゃしませんですよ」

「わかりました」

ロックウッド氏は、何度も何度もお礼を述べたあげく、こうつけ加えた。

「リズと二人っきりになるチャンスがありましたら、その最初のときに、だれからの手紙か、どういう状況になっているかを話してやってください。

そうそう、お金は足りていますか。わたしでお役に立てれば……」

そういいながら、彼は札入れに手をのばしかけた。

「いえいえ、めっそうもない、そんな……」

ハリスおばさんは、断固ことわった。

「一ペニーだっていりゃしません。旅行は、ぜんぶただですし、いり用なものは、みなまにあってますですよ」

おばさんは、このえもいわれぬ美しい恋物語と、その中で演じる自分の役柄とを、あさましくもお金を受け取ったりなどして、汚したくはなかったのである。

第八章

日曜日の朝は、からりと晴れ上がり、真っ青な空に雲一つない旅行日和《びより》となった。天にあって采配《さいはい》をふっておられる神さまは、地球の人間どもに、世の中それほど悪いことずくめじゃない、と元気づけたくなると、たまに、こういう天気をさずけてくださるのである。

ハリスおばさんとバターフィルドおばさんは、すっかり身じたくを終え、あとは出発するばかりだった。

ハリスおばさんのいでたちは、お札に手足がはえたというあんばいだった。紺のノーマン・ハートネルのスーツ（女王さまご用たしの）に純白のブラウス、レーンのラベルが内側についた特別あつらえの革ぐつ、白手ぶくろにボンド街のアスプレイ製のハンドバッグ、と、豪華ずくめだ。なにしろ、シモーヌ・マルマンのふちなし帽だけでも、五十ポンドではきかないのだから——。

しかし、これだけの身なりを整えるのに、ハリスおばさんがすべて自分のふところを痛めたわけではなかった。

その衣装の一つ一つに、おばさんが長年ごひいきにあずかっているお得意先の、レディ・ダントや、ウィンチェスカ伯爵夫人、シュライバー夫人、コリソン夫人といった人たちの名前が、どこかについているはずだった。

こういうおくさまたちが、ひょいと気まぐれを起こして、気前よく人に何か上げたくなったり、ある服が急にお気に召さなくなったりしたとき、「使ってくださらない？」と、ハリスおばさんにくれたものだった。

バターフィルドおばさんはといえば、これまた、アメリカへ渡ったときに、シュライバー夫人から贈られた、じみな旅行着に、ふくれ上がった体をぎゅうぎゅうに押しこめていた。やぼったくなく、こざっぱりと身を整えたバイオレットは、どう見てもハリスおばさんのおつきだった。

二人とも青と白のステッカーをはったスーツケースを二つずつ持ち、航空券とパスポートのほかに、インツーリストからもらったパンフレット類や旅行のしおりを、しっかとにぎりしめていた。そのしおりには、聖なる国ロシアを訪れる者に、（ロシアについたら、こうせよ、ああせよ、こういうことはいけない）と、行儀作法をあれこれ指示してあった。

クロムウェル・ロードの西ロンドン空港ターミナルまで二人を運ぶタクシーが、今や遅しと刻一刻近づきつつあった。まさにその出かけるまぎわになって、ハリスおばさんは、サイドボードの上の陶器のスープ皿に近寄り、ふたをひょいと持ち上げると、一枚の封筒を取り出した。

そして、さも何げないそぶりで、レディ・ダントからもらったアスプレイのハンドバッグにぽいと放りこみ、バチンと口を閉じた。

さあ、心中ひそかに、もう二度と帰ってはこれまいとふんでいる国への旅立ちを控えて、おくびょうな心臓が今にも破裂しそうに気をもんでいたバイオレットが、これを見逃すはずはない。さっそく、問いただしにかかった。

「そりゃなんだい？」

ハリスおばさんは、涼しい顔をしてこういった。

「なんでもないよ。ただの手紙さ」

バターフィルドおばさんがベルでも持っていたなら、半鐘を何十個も合わせたほどの音を立てて、ジャンジャン打ち鳴らしたに違いない。

「手紙だって？」

彼女はわめいた。

「だれあてのさ。なんの手紙だい？　バッグに入れて、どうしようってんだい？　スープ皿なんかに隠したりしてさ。エイダったら、あんた、わたしに何か隠してんだね？」

いつもなら、こうたたみかけられると、ハリスおばさんはいらいらして、ぴしっとさかねじをくわせるか、さもなくば、まったく無視して返事もしないところだった。が、ハリスおばさんは、自分でも気乗りのしないロシアくんだりまで、友だちを無理やり引っぱっていくということに、まず何より良心がとがめていた。

それに、あれほど用心に用心を重ねたロックウッド氏が、それでもなおこの計画を不安がり、おばさんにこんな手紙を託して重荷になりはしないか、と二の足をふんでいたことに、おばさん自身、気がつかないわけではなかった。

その上、(人の道にはずれたことはしない)というのが、ハリスおばさんの自慢の種でもある。

友だちのクラブが休業となって、これほどあっけなく休暇が取れるというのに、それをバイオレットがないしょにしようとしたとき、どんなに心を傷つけられたか、ハリスおばさんは、はっきりと態度に表わしてみせた。ところが今、そのハリスおばさんが、友だちに隠しごとをして、ロックウッド氏の「秘密の使者」の役を、おおせつかっているのである。

「それじゃいうけどね、バイオレット」

おばさんは、重い口を開いた。

「気を落ち着けて聞いておくれよ。かっかするほどのことじゃないんだから。この手紙はね、モスクワにいるロックウッドさんのいい人にお渡しするものなんだよ。連絡が取れなくて、お二人とも死ぬほど恋いこがれておいでなんでね」

それからおばさんは、ジェフリー・ロックウッド氏と恋人のリズの悲恋のいきさつを、かいつまんで話して聞かせた。

バターフィルドおばさんがこれを聞いたときの反応ときたら、まさに比喩《ひゆ》の好見本を見るようだった。文字通り「髪の毛をさか立てて」怒りくるったのである。気を落ち着けてなどいられるものではない。まして、いわれた通りをうのみにしておとなしく引きさがるなど、とうていできるものではなかった。

実のところ、バイオレットのヘアスタイルは、思いきり逆毛を立てて、実際こんもりと盛り上がってもいたのだが、彼女は、その頭をきっと上げ、つかつかと三歩近づくと、人さし指をつき立てながら、声を張り上げた。

「いいかい、エイダ、今すぐ、その手紙を元のとこへお戻しよ。あんた、その年で、もうもうろくしちまったのかい？　ローシアへ秘密の手紙なんぞ持ちこんだら、どんな目にあうか知らないとでもいうの？　真っ暗な穴ぐらの中で、死ぬまでパンと水だけ、ってことになるんだよ。

つい先だっても新聞で読んだばかしだけど、ローシアにゃ、聖書も持ちこんじゃいけないんだよ。世界じゅうでいちばんいい本も持ってけない国に、手紙なんぞ持ちこんでめっかってごらんよ。二人ともしばり首だよ。

さあ、すぐ、元のところへ戻してよ。でなきゃ、わたしゃ行かないよ」

そういい放つと、決意のほどを見せるために、バイオレットは、帽子に手をかけた——ご婦人がたが、帽子を取ろうとするときのあのしぐさである。

ドアの外で、タクシーがギーッときしんで停まった。その音が、せっぱ詰まったハリスおばさんの怒りをあおった。おばさんは、一気にまくし立てた。

「バイオレット！　あんたって人は、まったく大ばかちゃんりんだよう。わたしゃ、聖書なんて持ってきゃしないよ。あんただって持ってきゃしないだろ？　この手紙にだって、人に読まれて困るようなことは、ひとことだって書いちゃいないんだよ。それにさ。この手紙にゃ住所も宛名《あてな》も差出人の名前も、なあんにも書いちゃいないじゃないか。ほれこんじまった恋人に、思いのたけを打ち明けてるだけのことじゃないの。わたしの知ってるのは、その恋人が、リズって名で、写真を見たことあるけど、わたしらのツアーのガイドだってこととっきりなんだよ。たまたま、その人と二人っきりになれることがあったら、そっとこの手紙を渡す、たったそれだけのことじゃないか。だれが迷惑するってんだい？」

かんかんに怒ったハリスおばさんは、リズと連絡をつけたあと、なんとかしてやりとげてみせようと企てていることが、ちらとでもバイオレットに知れたら、どんな騒ぎが持ち上がるか、考えてみるよゆうすらなかった。

それどころか、ハリスおばさんは、スーツケースをつかむと、帽子に手をかけたバターフィルドおばさんを、部屋の真ん中に置きざりにして、さっさとドアに向かって歩き出した。

こうなると、残された方は、ちょっと不名誉だが降参しないわけにはいかない。帽子をかぶり直すと、自分の荷物を持ってアパートを出て、ハリスおばさんのあとを追うこととなった。口の中で、ぶつくさぶうたれながら——。

「心中だよ、まったく。どうかしてんだよ、鉄のカーテンの向こうじゃ、あやしい書きつけ持ってたってことで、とっつかまってる人の話が毎日、新聞に出てるじゃないか。ぜったい、いいこたありゃしないんだから……」

ぶつぶつ声はタクシーの中までつづき、とうとうハリスおばさんは、癇癪玉《かんしゃくだま》を破裂させた。

「おだまりよ、バイオレット！　骨休めに楽しい旅行に出かけようってとこなんだよ」

二人は、それきり空港に着くまでだんまりを通した。のんびりした骨休めの旅に出るにしては、さいさきのよい幕あきとはいえなかった。バターフィルドおばさんは、ハリスおばさんのハンドバッグを、まるで爆弾でも入っているように、目のかたきにしつづけた。

おりしも、ヒースロー空港は、混雑のまっさかりという時期だった。どんなに旅なれた人でも、神経の安まるひまとてなかった。

空港バスから下りたとたん、二人は、この大都会のエアターミナルの入り口付近にうず巻いている、せわしない雰囲気に巻きこまれてしまった。車のドアのバタンと閉まる音、ポーターの押す荷物車のガラガラというひびき、赤んぼうの泣きわめく声、スピーカーから流れる、聞き取りにくいささやき声、車のエンジンのブルブルと鳴る音――便利な空の旅にはつきものの、ありとあらゆる騒音のごった返しの中へ、二人はぶちこまれたのだ。

しかも、その混乱の中で、いつものチェックインとか、荷物の重量測定、搭乗券の受け渡しといった、しちめんどくさい手つづきに、おつぎはあちら、こんどはこちらと引きまわされるだけでもうんざりなのに、この日は、いつにもまして、度肝をぬかれるような事態が進行していたのである。

それというのも、この旅行が、ロンドンをねらって暗躍したＩＲＡ（北アイルランドの独立を目ざす反英地下組織）の最盛期に当たってしまったからだった。あちこちの郵便受けに爆弾がしかけられるわ、オックスフォード通りにあるデパートの洋品雑貨売り場には、焼夷弾《しょういだん》が押しこまれるわ、戸口に何げなく置いてある荷物が、爆発して死傷者は出るわ、駐車中の車は、いつ何どき空高く吹っ飛ばされるかわかったものではない、というてんやわんやの毎日だった。ゲリラ活動と、サボタージュがまっさかりだったのである。

ヒースロー空港は、制服、私服の警官隊や探偵、秘密情報員、公安官たちが、ものものしい警戒にあたり、騒然としていた。

刃物、凶器類の所持検査が、あの手この手で行なわれたことはいうまでもない。乗客は係官のきびしい検査のほかに、有線テレビやレントゲンでも調べられた。

ハリスおばさんは、あたりのようすで、すぐに事情を察した。が、これ以上バイオレットを脅えさせることは、いわぬに越したことはないとだまっていた。

しかし、バターフィルドおばさんも、さすがはロンドンっ子、そなえつけの感度のいい危険探知機がビビッと反応した。

「エイダ、なんだろねえ？　あそこに、おまわりがいっぱいいるよ」

二人は、朝刊を買いに売店へ行くところだった。ハリスおばさんが、バイオレットを安心させる返事をいい出せないうちに、折悪しく、すぐそばを、きたないジーンズにあかに汚れた皮ジャケットを着こんだ若者が通りかかった。

その男は、うさんくさいひげをたくわえ、くしを入れたこともなさそうな長い髪をたらし、あらあらしい目つきをしていた。抱えているのは、最近の日刊紙によく出ている、片側に英国旗の模様のついたショッピングバッグだった。

とつぜん、がっちりした体格の二人の探偵がその若者の両側に立ちはだかった。さっとバッジを見せると、一人が、有無をいわせぬ口調でこういった。

「失礼だが、その袋の中身をちょっと拝見させていただきます」

バイオレットが、すっとんきょうな声を上げた。

「あれまあ、ちょいとごらんよ。何が始まるんだろうねえ」

呼び止められた男は、さからいもせず、袋を渡した。中から出てきたのは、リンゴが二個、サラミソーセージ半本、汚れたシャツ二枚、これまた、においのしそうなソックス四足、ズックが一足、それに、わずかの洗面用具だけだった。

探偵は、その紙袋を返していった。

「失礼いたしました。調べさせていただく決まりになっているものですから……」

バイオレットが、不思議そうにいった。

「ああやって、何を見つけようってんだろねえ？」

いささか気が立ち始めていたハリスおばさんは、すんでのところで、

「爆弾だよ。ハイジャックとかIRAとか、アラブ人かそうじゃないか調べたのさ。そういうぶっそうな連中が、ああいう紙袋に爆弾を入れて、持ち歩いてるのさ」

とぶちまけかけた。けれど、友だちの人一倍おくびょうな性格を思い出して、のどまで出かかった言葉を呑みこんだ。

「あやしい人間に見えたじゃないか。だからだよ」

とだけ、何くわぬ顔で答えた。

バターフィルドおばさんは、友だちが持ち歩いている手紙が頭にこびりついて、片時もはなれないのだった。警察があれほど熱を入れて探しまわっている爆弾に、まさるともおとらない危険物に思えて、彼女は、もう一度その話をむし返した。

「ねえ、エイダ、あの二人のおまわりさんが、あんたのハンドバッグを調べさしてもらいます、って取り上げて、中からあの手紙をめっけたら、どうなってただろうねえ。あっというまに、ガチャンッて手錠をかけられたんじゃないかい？」

ハリスおばさんは、

「ばかなことおいいでないよ。ここはロシアじゃないんだよ」

といってやりたかったが、よく考えてみれば、このものものしい警戒ぶりは、どう見ても本来のイギリスらしいやり方とはいえない。

それに、答えるひまも与えず、バイオレットが、またまたつっかかってくるところだった。

「さあ、エイダ。あの手紙を破っちまいなさいよ。捨てちまって、もう関係なしってことにするのよ。あそこの、あのちっちゃなくずかごに捨てるといいよ。娘さんに会ったら、恋人のことは、かくかくしかじかだ、って話してあげればいいじゃないの」

一瞬、ハリスおばさんは、友だちとの平和を保つために、折り合ってそうしようかと、なかば心を動かしかけた。

ちょうどそのとき、巡回中の青い制服を着た公安官が二人、ぶらぶらとやってきて、ぐうぜんにも、その金網製のくずかごのそばで立ち止まると、行きかう人々を見張り出した。

紙袋を持っているだけで、あやしいと調べられるのだ。郵便受けの爆弾が騒がれている今、封をしたままの封書を捨てるところを見られたら、どういうはめに陥るか、火を見るより明らかだった。

その上、ハリスおばさんが、そんなふうに、ぽいとくずかごへやっかい払いする気になれないのは、その手紙がラブレターだからでもあった。ただの手紙ではない。ロックウッド氏の心の一部を、おばさんは、届けようとしているのだった。

ありがたいことに、そのとき、スピーカーから、モスクワ行きアエロフロート一〇一便のアナウンスが聞こえてきた。

「ご搭乗のお客さまに申し上げます。ただ今よりパスポートを拝見いたします。引きつづきまして、所持品検査を行ないますので、出発ロビーにお集まりください」

ハリスおばさんは、渡りに船とばかり、

「わたしらの乗る便だよ。さあ、もう出発なんだってば」

と、バイオレットをうながした。

放送に従って、人びとがぞろぞろと出発ロビーに向かっていった。二人のおばさんは、このとき初めて、ツアーでいっしょに旅をする仲間の顔ぶれを知った。バターフィルドおばさんでさえ、これなら安心と胸をなでおろしたくなる風貌《ふうぼう》の人たちばかりだった。

ほとんどが中流階級か年配の人たちで、いくつかのグループの中には、「楽園ソビエト」をわが目で確かめに、はるばる出かけていくにあたって、自分たちの身元を示す特別なバッジをくっつけている一団もあった。

ほかに労働者ふうの男たちも何人かいた。

ハリスおばさんは、

（ありゃ、たぶん労働組合の委員長だよ。あの人たちゃ、イギリスの企業をもっとごたごたもめさせようてんで、共産党の親分におそわりに行くんだね）と、おなかの中でつぶやいた。おばさんの政治に関する意見は、お得意さんたちと同じだった。

出入国管理事務所でのパスポートの検査は、通り一遍のものだった。そのあと数人のエアポート・ホステスの案内で、一行は出発ロビーの前にある囲いに通じるドアのところに集められた。

部屋の中には、長いカウンターがあり、大勢の制服の警官たちと婦人警官が二人、待ちかまえていた。

それをちらりと見ただけで、バターフィルドおばさんは、たちまち、またふるえ上がって、ハリスおばさんにしがみつくと、うわずったふるえ声でいった。

「おまわりだよ。何が持ち上がるんだろねえ。だから、いったじゃないの。あんたの、あのろくでもない手紙のこた、もう先刻ご承知なんだよ。面倒なことになるよ、これは」

ハリスおばさんは、バイオレットの手をふりほどくと、その耳に口を寄せてささやいた。

「静かにおしよ。わたしたちだけじゃないんだよ。みんな、ひと通り調べられるの。わかったかい？　びくびくするこた、何にもありゃしないよ」

空港の身体検査は、ハリスおばさんにとって生まれて初めてではあるものの、近頃の空の旅にはどんなにうんざりさせられるか、お得意さんのだれかれから、さんざんぐちを聞かされていた。

実のところ、身体検査は今では、飛行機に乗る人には、すっかりおなじみとなっていた。三十八口径のピストルとか手榴弾《しゅりゅうだん》を隠し持ってでもいない限り、あきらめてしんぼうづよく検査を受ける。腹を立てるどころかむしろ、となり合わせた客が、ふところの武器をふいにつきつけ、悪漢に変身するのをふせぐ用心なのだ、という安心感さえ与えていた。

ハンドバッグ、ブリーフケース、航空会社のネーム入り布かばん、それに小荷物などが、すばやく、しかも徹底的に調べられ、持ち主に返された。そのつぎには、制服を着た二人のベテラン検査官のところへ連れていかれ、その間を歩かされた。

検査官は、手に持った金属探知機を、乗客の衣服の上からはわせた。何かよろしくない金物が衣服の下に隠されていると、この探知機が騒ぎ立て、教えるしかけになっているのだった。

ある男性客が検査官の間を通りぬけたとき、ピーッとかすかに探知機の一つが鳴った。そのため、ポケットというポケットをひっくり返してみせるよう命じられたが、見つかったのは凶器どころか、いささか大きすぎる鍵《かぎ》たばだけだった。

それはそれとして、検査官がハリスおばさんのバッグを開けて、いろんなパンフレットの間から、二人をしばり首に追いやりかねない例の封筒が見えたとき、バターフィルドおばさんは、気絶せんばかりに肝をつぶしてしまった。

小さな口をわなわなとふるわせ、まるいほおの赤みはすっかり消えうせて、額《ひたい》には玉の汗をじっとりとにじませている。警官たちが、顔色やそぶりのあやしさで犯人をあげようとするなら、つい目と鼻の先に、まさにどんぴしゃりのほしがいたわけである。

ところが、検査官たちは、二人のハンドバッグの中に指をつっこみ、すみずみまで探って、小さなまるい砲弾などが入っていないことを確認すると、ごくあっさりと返してくれた。

あんまり度を失っていたので、バターフィルドおばさんは、自分がエイダのバッグを渡され、エイダが自分のを抱えていることに、最初は気がついていなかった。

（あれまあ、手紙を持ってるのは、このわたしじゃないの）と気づいたのは、金属探知機を持った検査官のところまでやってきたときだった。

そんなわけで、バターフィルドおばさんが、二人の検査官にはさまれたとき、あさましいほど恐怖にわないていたのも無理からぬことだった。しかも、その恐怖が、まさに現実となってしまったのである。

というのは、検査官が、彼女のまるまるとした体にそって、少々大げさな身ぶりで探知機をはわせるうち、二つの機械が二つとも（さあ、見つけたぞ！）とばかり、かん高い勝利の叫びを上げ始めたのだ。

バターフィルドおばさんは、あえぎ声をひと声もらした。

「ああ神さま！　あのろくでもない手紙のせいだよ」

とつぶやくと、へなへなと床にくずおれ、気を失ってしまった。その距離からでさえ、金属探知機は反応して、ビービーとわめきつづけていた。

おどろいたのなんの、ハリスおばさんは、目をぱちくりして友だちをまじまじと見つめた。

（この人ったら、ロックウッドさんの話を聞かされただけで、武器を隠していこうなんて考えたのかねえ。おばかさんだよ、まったく。でも、そんなはずないねえ。わたしゃ、さいごのさいごの土壇場になって、あの手紙の話をしたんだもの）

警官たちは、冷静にかつきびきびと動いた。バターフィルドおばさんは、彼らに取り巻かれ、すぐに気つけ薬をあてがわれた。

やがて気がついた彼女を、二人の制服の婦人警官が抱き起こし、両わきから支えて、となりの部屋へ連れていった。

一人の警官が、ハリスおばさんにいった。

「おくさんは入れませんよ」

「なんだって？　じゃま立てできるものなら、じゃましてみるがいいよ。あの人は、わたしの友だちだからね。これからいっしょに旅行しようってとこなんだから、なんといわれたって、わたしゃ、あの人の面倒を見ますよ」

バターフィルドおばさんは、いすにぐったりともたれていた。一方の婦人警官が、慣れた手つきで、おばさんの胴を手探りして調べていたが、きゅうににっこりして、もう一人の婦人警官をふり向いた。

「まあ、マッジ、こんなことってあるかしら、信じられないわ」

と、小声でいった。

「なあに、なんのこと？」

マッジが聞き返した。

「今どき、こんなのがある、ってことがよ」

それだけいうと、その婦人警官は、バターフィルドおばさんに大きな声でいった。

「おくさま、ちょっとお立ちいただけますか」

ハリスおばさんが、口をはさんだ。

「ねえ、こりゃいったい、何のまねでござんすか。この人をそっとしといてやってくださいよ。何にも持ってやしないんだから」

マッジという婦人警官も笑い出していたが、ハリスおばさんにいった。

「なんてことないんですわ。それ、きっとコルセットなのよ。おくさまがそういってくだされればよろしかったのに」

「コルセットだって？」

ハリスおばさんが、大声を出した。

「そんなもので、どうしてあの機械が、のどをかっ切られるような音を立てるんですかねえ？　コルセットてのは、プラスチックでできてましょう？　バイオレット、あんた、いったい、どんな代物を、体にくっつけてんだい？」

バターフィルドおばさんは、ようやく正気を取り戻した。と同時に、（そうそ、そうだったっけ）と思い当たることがあった。彼女は、スカートを持ち上げてみせた。三人の女たちがのぞきこんだ。ハリスおばさんが、あきれていった。

「あれまあ、あんた、そんなもの、どこで手に入れたの？」

「そんなもの」というのは、芯《しん》に針金を使い、レースを張り巡らし、パッドでふくらませた旧式の長いコルセットだった。

「あら、いけなかったかねえ」

バイオレットがいった。

「ポートベロ通りで買ったんだよ。お出かけのときとか、おめかしして旅行に行くときだけ締めてんだよ。体がきっちり締まって気持ちがいいからね。ほら、こんな具合に」

といいながら、気前よく上着までたくし上げてみせたので、奇妙なしかけの中からでっかいおっぱいが、ぶるんと飛び出してしまった。

「おくさま、どうも失礼いたしました」

婦人警官があやまった。

「スチール製なんですもの。機械が鳴り出すはずですわ。お二人とも、こちらの出口からどうぞ。こちらでしたら、ほかの人と顔を合わせなくてもすみますから」

二人は、別のドアから外へ出してもらった。一人の婦人警官が、検査官の方へ親指を立てて「異常なし」の合図を送った。

「わたしゃ、てっきり、あの機械が手紙をめっけたんだと思っちまったよう」

バターフィルドおばさんが、ハリスおばさんにささやいた。

「さ、こっちがあんたのハンドバッグ！　わたしゃ、もう二度とおあずかりするのはごめんだよ」

二人は、荷物積み出し室につながるランプ（傾斜路）を急ぎ足に歩いていった。

第九章

ヒースロー空港からの旅立ちが、二人を、いくぶんやきもきさせるものだったとすれば、見たところどこもかしこもぴかぴかにみがき立てられた、モスクワのシェレメチェヴォ空港への到着は、おろおろどきどきのしっぱなしであった。ここで、ハリスおばさんの夢も希望も計画もすべてが、重大な危機を迎えるにいたったのである。

というのは、大空港にはどこも大騒音がつきものなのだが、この空港の騒がしさといったら、よそより五十ホンがとこ高い、耳をつんざくばかりのひどさだった。

耳なれない外国語を、見なれない制服に身を固めた連中が、がなり合っているばかりか、目に入るものすべてが、ちんぷんかんぷんの外国語キリール文字（古代スラブ文字で現代ロシア語のもととなった）で書かれている。

聞いたこともない音。安物の石けんと消毒液と、先週一週間ためこんだ洗濯物をつっこんだ衣類かごのにおい、といったものが混じり合った異様な臭気。どことなく違うテンポ。横柄で冷たそうな係員たち。生気のないヒツジのような、みすぼらしい身なりの人の群れ——たまに一人か二人、色どり鮮やかな東洋風の民族衣装をまとった人が混じっていて、はっと目を引かれる。

ロンドンからモスクワまでの空の旅は、快適そのものだった。着いた先に、こうした手のひらを返したような状況が待ち受けていようとは、予想もつかなかった。

もっとも後になって、ハリスおばさんは、無意識ながらうすうす感づいていたのだと言い張ったものだった。おばさんの言葉を借りていえば、こんな具合だった。

（イリューシン・ジェットに乗ったとたん、何やらこう、骨のずいあたりから、ぞうっとしてきたんだよ。ああ、これで安全な生活とも、昔からなじんでる、気の休まるイギリスのいろんなものとも、ロンドンの町ともおさらばなんだ、って。ほんとは、まだ飛んでやしなかったけど、ともかくおっそろしい感じのよその国に入りこんじまったって。ほんとにそう感じたんだよ）

三時間半の飛行の間は、この不安感の入りこむ余地はまったくなかった。機内は清潔で、シートなど機内設備も豪華とはいえないものの、品よく整っていた。

ベージュ色のしたておろしの制服に、青い帽子をかぶり、金色のバッジをつけたスチュワーデスは、きびきびとして有能で、何ともいえず愛らしい。しかも落ち着いていて、よく気のつく娘たちだった。サファイア色の目に金髪もいれば、黒いひとみにブルネット（黒っぽい色）の髪もいて、パンフレットのカラー写真そのままの魅力をふりまいていた。

彼女たちは、どことなく、イギリスやアメリカのスチュワーデスとは違う雰囲気を持っていた。むしろ、ずっとなまめかしいといったらいいだろうか。

この娘たちを見ていると、ロックウッド氏がなぜロシア娘に恋してしまったか、ハリスおばさんにはうなずける気がした。あの写真の通りの娘さんが、生きて動いているのがリズだとしたら、ほれこむのも無理はない。

美しく魅力的なスチュワーデスたちを見ていると、ハリスおばさんは、ふしあわせな恋に泣くリズに、何がなんでも会ってみせると、決意をあらたにしていた。悲しみにかげった彼女の目に、幸福の灯をともす瞬間を思いえがいて、おばさんは、しばらくうっとりと空想にひたりこんでいた。

バターフィルドおばさんですら、もはや飛行機は飛び立っていたし、友だちのしょっている使命への恐怖もうすれかけたおかげで、旅行を楽しむ気分を取り戻していた。娘たちがリレーで、キャビアまでちょっぴりついた、豪華な機内食を運んできたころには、(ローシア人も料理の方じゃ、なかなかいいじゃないの)と、大っぴらにいってやってもいい気にすらなっていた。

一人のスチュワーデスが、手押し車を押しながらやってきて、

「ウォッカ、ワイン、ビール、ロシアふうシャンペンのうち、何をさしあげましょう?」

とたずねた。

「あれまあ、たまげたねえ」

バターフィルドおばさんがいった。

「すごいどころじゃないじゃないの。キャビアにシャンペン、これがみんなただなんて」

めったに感心したりしないハリスおばさんも、この気前のよいサービスにはうれしく

なり、スチュワーデスにいった。

「じゃ、わたしゃ、その白いのを、ちょい頂きましょうかね」

と、ウォッカを指さした。

「ジンみたいなもんでございましょ。それにビールを一杯頂ければ、酔わずにすむと思いますよ」

それから、友だちの方をふり向いた。

「さあさ、バイオレット。これでもあんた、この旅行に何か文句がおありかい？」

コーヒーをゆっくりと楽しんだあと、二人は、すっかりくつろいだ平和な気分にひたり、眠気をもよおすほどだった。おかげで、これまでの心配ごとは、何もかも頭から消えてしまった。

しばらくとろとろと眠ったらしく、ふと気がつくと、エンジンの音が変わり、ジェット機は着陸態勢に入ろうとしていた。

数百トンという金属のかたまりが、爆発性の燃料を積んで、一見あらゆる自然の法則にさからいながらブーンと空を鳥のように飛んできたあと、空港に舞い降りるのは、たいていの旅客にとって、ただただほうっと安堵《あんど》の胸をなでおろすばかりで、ほかのことはいっさい考えられないものだが、ハリスおばさんとバターフィルドおばさんも、今ちょうどそんな具合だった。

機体がガクンと地面に衝突してから、あの長い長い滑走路をすべるように走り始めると、金属の鳥は、とつぜん、バスに変身する。その間、乗客は、昼食のパンくずをひざから払い落としたり、衣服をぐいと直してみたり、手荷物を引き寄せ、ご用ずみの週刊誌をぽいとくずかごに投げこんだり、と、せわしく身じまいをして、ふたたび二本足の旅行客に戻る用意をする。

二人のおばさんたちも、そんなこまごましたことに気を取られているうちに、空港ビルがぬっと目の前に立ちあらわれ、飛行機のまわりには、長いタラップやらタンカー、荷物運搬用トラックや、バンやら車やらが、ガタガタブーブー集まってきた。

バッジをつけたり、金色のそで章をつけて青い服を着こんだビアだるのような男たち、制服姿の娘たち、質素な身なりの若い女性や中年のおばさんたちが五、六人、この飛行機の到着を待ちかまえているのが見えた。

ようやく車輪の回転が止まり、ジェット機は、フーフーシューウーと、最後のため息を残して、止まった。すると、外に待ちかまえていた人たちが、いっせいに乗りこんでき始めた。

機内では、通路の端に立ったチーフ・スチュワーデスが、マイクを手にこういった。

「みなさま、長いご旅行お疲れさまでございました。ツアーのご一行の方がたは、どうぞそのまま、今しばらくお待ちくださいませ。ただいま、インツーリストのガイドが機内に参りまして、それぞれのツアーの番号をお呼びいたします。機外へお出になりますのは、それからになさってください」

ハリスおばさんは、背筋にかすかに冷たいものが走るのを感じた。たった今聞こえた、（インツーリストのガイドが機内に参りまして……）というスチュワーデスの言葉に重なって、

（彼女はインツーリストのガイドをしてまして、あなたが参加なさるパッケージツアー六Aの係なんです）と、ロックウッド氏が、ぐうぜんの一致におどろいていたことが、思い出されたのだ。

その二つの似かよった言葉が、ハリスおばさんの頭の中で、ぐるぐるとうずを巻き、からみ合って、ほかのことはすべて吹き飛んでしまった。

モスクワ旅行当選の知らせが、恋の成就への夢を運んでくれて以来、幾晩も考えぬき、夢にまで見た瞬間が、今目の前に来ようとしていた。

確かに、おばさん自身のロマンスではない。とはいっても、自分がこのロマンスにひと役買っているということに、わがことのようにわくわくしていた。もう一秒か二秒もすれば、ジェフリー・ロックウッド氏のまぼろしの恋人、リズその人に会えるのだ。

（あの写真みたいに、すごいべっぴんさんだろかねえ）ハリスおばさんは胸をおどらせた。

ドアがするすると横すべりに開き、タラップがかけられた。待っていた係員や女の人のグループが、トントンとかけのぼって、乗りこんできた。

「ほら、あの人たちがガイドだよ、きっと」

ハリスおばさんは首を伸ばして、女の人たち全員の顔を一遍に見届けようと大わらわだった。一刻も早くリズの顔が見たかった。あまりにわくわくして、だれの顔もよくは目に入らない。女の人たちの年齢はまちまちらしく、その中の三人は、きわだって美しい娘さんだった。そのときになって、写真のリズが毛皮の帽子をかぶっていて、ヘアスタイルまでは見えなかったことを、ハリスおばさんは思い出した。

三つのグループの名が呼ばれた。その一行は、通路を意気ようようとつき進み、ロシアの大地へ下り立っていった。そのうち二組には、先ほどの美しい娘さんたちが二人つきそっていた。

ハリスおばさんは、しだいに落ち着きを取り戻し、どうなることかと一心に注目していたので、つぎに起こった出来事を、きわめてはっきりと見届け、また聞き取ることができたのだった。

おばさんの目の前で、年のころ五十七、八の、まるで長年風雨にさらされた古木からほり出した、灰色の木像さながらの老女が、つかつかと進み出て、うむをいわせぬ勢いで、今まで使っていた人の手から、マイクを引ったくった。

角ばった顔に、小さな二つの目が疑い深そうにぎらぎらと光り、ブタの鼻に似て横に張り出した大きな鼻の穴と、への字に結んだ不機嫌そうな口のおかげで、ますます救いがたい容貌《ようぼう》の持ち主だった。

ぼこぼこした灰色の服が、これまた木ぼりのようにしゃっちょこばっていて、灰色の髪をロールパン状にぐるぐると巻き上げた頭のてっぺんには、なんとも形容しがたい帽子が、ちょこんと乗っていた。

彼女は、ほかのガイドよりいくらかロシアなまりの目立つ英語で話し始めたが、あっけに取られてぽかんとしているハリスおばさんの耳に、信じられないような言葉が飛びこんできた。

「わたくしは、プラクセーブナ・レレーチカ・ブロニスラーバと申します。パッケージツアー六Aのみなさまのガイドをつとめます。六Aツアーの方がたはぜんぶ、手を上げてください」

二十九本の手が上がった。ハリスおばさんは、ひざからやっと一センチほどしか手が上げられなかった。

「……わたくしが、みなさまにモスクワをご案内いたします。お友だちになりましょう。みなさまが、わたくしのいう通りになされば、何も問題ありません。さ、おいでください。みなさまを税関と入国審査所へお連れいたします。お手持ちのしおりに、ロシアに持ってきていいもの、いけないものが書いてございます。その規則を守っていましたら、ご心配ありません。さ、参りましょう」

ぞうっと寒気が全身をつらぬき、ハリスおばさんは、こちこちに凍ってしまった。六Aツアーのメンバーたちがおとなしく、もくもくと立ち上がって、通路をふさいだときにも、おばさんは身動き一つできないほどだった。

今までにも、たいへんな危機に陥ると——それも、自分自身が引き起こして、せっぱ詰まったときはなおさら——体じゅうが、金しばりにあったように身動きもできず、意識がもうろうとなったものだが、そこまでひどい状態に落ちこまなかったのは、不思議といえば不思議だった。

呆然《ぼうぜん》として、おばさんは、そのガイドの遠のいていく四角い背中を見つめていた。

(なんて名だって？　プラクセーブナ・リルとかなんとかいったっけねえ。リズ！　リズ！　あんたは、どこにいなさるんだね。あんたの身に、何が起こったっていうんだろねえ。わたしゃ、いったい、どうしたらいいんだろう)

ロックウッド氏が、恋人は六Aツアーのガイドで、空港に出迎えてくれるはずだ、と打ち明けてくれたそのときから、ハリスおばさんは、その通り信じこんでいた。リズがあらわれないかもしれないとか、病気でふせっていたり、転勤になっていたり、たまま一週間の休暇を取っていたり、ひょっとして死んでることだってあるかもしれない、などと、ちらとも考えてもみなかった。

ロシアの影の政府といわれるKGB、すなわち秘密警察が、このツアーに限って、リザベータ・ナジェージダ・ボロバースカヤ、つまりリズに代わって、プラクセーブナ・レレーチカ・ブロニスラーバをガイドにすげ替え、しばらく「特別昇進」させてやると、リズをいくるめたのだった。

このことをハリスおばさんが知ったら、体じゅうがぴんと硬直してしまい、座席にへばりついたまま、同じ飛行機でロンドンに連れ戻される、という事態になったとしても、無理からぬ話だったろう。

この息詰まるようなきんちょう状態を破ったのは、バターフィルドおばさんの無邪気そのものの感想だった。

「おやおや、ロックウッドさんのいい人ってのは、ちょいとばかし年のいった人なんだねえ」

この意見が、ハリスおばさんのアドレナリンの分泌をうながした。おばさんは、気に入らない顔をして、しっ、とバイオレットをたしなめた。

「おだまりよ、ばかだねえ。あの人は大違いなんだから。リズじゃないんだよ」

「違うの？　じゃあ、どこにいるんだろうねえ」

バターフィルドおばさんが、きょろきょろしていった。

「さあ、わからないねえ」

と答えて、ハリスおばさんは、急に、（こりゃ、たいへんなことになっちまった）と、はっきり思い知らされた。

ハリスおばさんは、リズの居所がわからないばかりか、インツーリストのガイドだと聞かされていたことが、あてはずれとなった今、彼女の住所を探し出す手立てもつても、何一つないことに気づいたのだ。手がかりといえばただ一つ、おばさんの記憶にあるあの写真の顔だけだった。

バターフィルドおばさんの警報装置が、またぞろ活発に動き始めた。友だちの方へ心配そうな目を向けて、

「あんた、知らないんだって！　よくまあ、そんなことがいえるねえ。あんな手紙を、じゃあ、なんで持ってきたの」

といいかけて、何ごとか思い出したらしく、警報器がますますジャンジャンと鳴りわめいた。

「まあまあ、どうしよう、たいへんだよ、エイダ。あんた、あのおばあちゃんのいったこと聞いたろう。持ちこんじゃいけない物を、持ってなきゃ心配いらない、って。あんた、トイレに行って、あの手紙を捨てちまうわけにゃいかないかい？　ぜったい、あんたのバッグ、ひっくり返して調べられるよ」

「頼むから、やきもきしないでおくれよ、バイオレット。わたしゃ、とっくにトイレに行ってきたんだから、もうバッグにゃ入ってやしないんだよ」

このころには、ツアーのメンバーは、あらかた出口から出てしまい、二人はしぶしぶ、手荷物をかき集め、あとを追うほかはなかった。

かくして、ジャンボ・ジェット機からあらわれた最後の二人の姿が、待ちかまえていたKGBの双眼鏡のレンズにぴたりとおさまったのである。

＊　＊　＊

二人のおばさんが、タラップに姿をあらわしたとたん、空港ビル上階の密室にたむろ

していたKGBの男たちは、いっせいに活動を始めた。

双眼鏡で飛行機を見はっていた男が、おっ、と、叫び声を上げ、テーブルの上の大きく引きのばした二人の顔写真にちらっと目を走らせると、また双眼鏡に目を当てていった。

「おいでなすったぜ。青いのを着たちびが密使のハリス、もう一人がバターフィルドとかいうやつだ」

望遠レンズをつけたカメラが、ジー、カシャッとせわしなく活躍を始めた。

小柄な、青い服を着た女が、でっぷり太った連れに話しかけている。双眼鏡の男が、ふり向いて、机の前でハリス関係の書類をいじっている男に声をかけた。

「見ろ、報告書の通りだ。あの二人は、仲間同士だってことを隠しもせず、二人連れで歩いてるぜ。特使のハリスの方が、バターフィルドとかって方を使ってるのか、それとも、まだ正体のつかめておらんバターフィルドの方が、こんどの仕事についてはメインで、もうかたっぽのベテランを助手に使っておるのか、そのどっちかだな」

机に向かって書類のたばをめくっていた男は、バターフィルド夫人の旅券申請書と写真を調べていた。

「こっちの方が、メインらしいな。――職業はレディス世話人、とある。ほかには、なんにもあやしいところはないがね。みごとなカムフラージュというもんだ。二人のうち、こっちの方が確かに危険だ」

二人のおばさんがタラップを下りていくにつれ、双眼鏡もぴったり追って動いた。うしろの方に立っていた男が、カメラ班に指図を与えた。

「太っちょの方に焦点を合わせてくれたまえ。あらゆる角度からの写真がいるんだ。タラップの下まで降りたら、横顔の写真もとれるだろう」

ハリスおばさんとバターフィルドおばさんは、ようやくタラップを降りきった。そして、待ちかねているバスに乗りこもうと、数メートルはばの滑走路を渡っていった。

双眼鏡の男が、二人を目で追いながら、いった。

「横顔写真はとれたか、おい」

「ばっちりですよ。真横、ななめ横、正面とぜんぶとれました。ふりむいて何度もこっちを見ましたからね」

「ハリスの方もか？」

「もちろんです。まちがいっこありませんよ」

「写真はぼけてないのを頼むぜ」

と、双眼鏡はいい捨てると、机のそばの仲間をふり向き、

「このツアーの係はだれだ？」

とたずねた。

「見かけなかったか。プラクセーブナ・レレーチカ・ブロニスラーバだよ」

そのKGB係官が答えた。

双眼鏡は、満足そうに鼻を鳴らした。

「けっこう。あいつなら、たいした腕っこきだ。あの太っちょの正体が見破れるのは、あいつぐらいのもんだ」

第十章

リズがあらわれずじまい、というこの思いもかけないなりゆきに、ハリスおばさんは、金色に輝く恋の夢が泡と消えさり、まるで自分が大事な物をなくしたかのように呆然《ぼうぜん》としてしまった。

頭の中をどっかりと占めているのは、そのことばかりだったので、飛行機を降りてホテル・トルストイに着くまでの出来事など、ほとんど思い出せないほどだった。なかばうつろな状態で、おばさんは入国審査や税関の長い待ち時間も、遠慮えしゃくなく引っかきまわす、係官のぶれいな態度をも、やりすごした。「こんどこそ、あの役立たずの手紙が見つかって、ひどいことになるよ」と、ぶつぶついいつづけるバターフィルドおばさんの、こっけいなまでの動揺にもまゆひとつ動かさなかった。

それもこれも、手紙をうまく肌身につけて、検査官の目から隠しおおせたためではない。それほどぼうっとなっていたからだった。

暮れなずむモスクワ郊外を、バスに揺られて通りすぎたことも、ほとんど覚えてはいなかった。初めは、シラカバとマツの森をいくつか通りぬけ、それから、どの部屋にも、型でぬいたように同じ長方形の窓のはまった、コンクリートや灰色の石づくりの安アパートがいくつもえんえんと立ち並ぶ通りを走りすぎたのだった。

ホテル・トルストイに一歩入ると、ロビーはごった返していた。宿泊の予約がうやむやになっている人、名簿からぬけ落ちている人など、百人あまりの旅行客が、フロントのまわりで押しあいへしあいしていた。

そこへ三十人もがバスで乗りつけると、いやもう足の踏み場もない大混乱となった。ハリスおばさんは、それすらもぼんやりとしか気づいていなかった。

ホテル・トルストイは、モスクワに古くからあるホテルの一つである。赤の広場の一角にあって、ホテルの窓からのながめはすばらしく、市内の名物の建造物がいくつか見はるかせたが、ホテルの建物そのものは荒れはてていて、従業員まですさみきっていた。

このホテルは、明らかに、パッケージツアー専用だった。こう、烙印《らくいん》を押されると、管理者や従業員の体質がよくなるわけがなかった。彼らは、最近建ったばかりの、ぴかぴかのホテル・ロシアとか、ホテル・ブダペストとか、その他二、三の新しいホテルが、上客を吸い取ってしまうことに嫉妬《しっと》の念をくすぶらせていた。

それで、客に向かってどなり散らしていないときには、デスクのかげで、たがいにわめき合ったり、げんこつをふりまわしたりして、ひまをつぶしていた。

押し合いもみ合い、むかっ腹を立て、ののしり合い、おどし合っている旅行者たち。疲れと苛立ちのため、すすり泣きを始めた婦人客。山のようにめちゃくちゃに積み上げられた荷物を、持ち主がかっかっと怒りながらせめて一つでも救い出そうと、あれでもない、これでもないと、ひっくり返している。

エレベーターは四台のうち、二台が故障らしい。残る二台の前には、ようやくやっさもっさの乱闘をくぐりぬけ、わが部屋にたどりつこうとする、憤怒《ふんぬ》の形相すさまじい客たちが固まっていた。

ダンテすら思いも及ばなかったこの地獄のただ中へ、六Aツアーのガイド、プラクセーブナ・レレーチカは、ひきいてきた一隊を連れこんだのである。たちまち一行は、さんたんたる修羅場に巻きこまれてしまった。

観察力と直観力――この二つが、ハリスおばさんの何より得意の武器だった――これはひとえに、長年の貧乏暮らしと、乗りこえてきたかずかずのつらい試練のおかげで得たものだが、それに加えて、気まぐれやの多い、いろんな気性のお得意さんたちと、まるくつきあっていかねばならない生活の知恵として、身についたものでもあった。

空港に着いたとたんにがっくりして、頭がぼんやりしていたのでなければ、おばさんならとっくに気がついていたはずだ。そして、(これはへんだよ!)と警戒したに違いない。

というのは、ロビーでつかみ合いを演じているほかの客たちを尻目《しりめ》に、バターフィルドおばさんと自分の二人だけが、いとも易やすと目的の部屋に案内されることになったのだ。

六Aツアーのガイドが、フロントに姿をあらわしたとたん、デスクの向こうの係員たちが、どなり合いをぴたっと止めた。ハリスおばさんは、(どうしてだろ)と思ってもみなかった。

ましていやに目に立つ私服を着こんだ――こんな服装がヨーロッパ風だと信じこんで、KGBは悦にいっていたのだが――三人のKGBの探偵たちの動きなど、おばさんの目には、ほとんど入ってはいなかった。

もちろん、目の前で起こっていることだけは、ぼんやりと網膜にうつっているのだが、なぜ、どうしてとつっこんでみる気が起きなかった。

人ごみの中を、そのガイドは、ひじで押しわけて、フロントまでたどりつくと、またすぐ引き返してきた。それから、ツアーのほかのメンバーを無視して、二人のおばさんに向かうと、

「さ、おいでください。お部屋がわかりました」

といった。

長く動かなかったエレベーターですら、このガイドの意志には従うものと見え、扉がすっと開いた。二人のおばさんをお供に従え、ガイドは待っていた人の群れを、しゃにむに押しわけかきわけ、エレベーターに乗りこんで、ボーイに一言命令した。

すると、すぐに扉が閉じ、もみ合っている一団を閉め出したまま、エレベーターは七階へ――着いてみると最上階だった――三人を運んでいった。

エレベーターのすぐ外の廊下にデスクがあり、でっぷり太った、感じの悪い女が、で

んとすわりこんでいた。この女は、二人のおばさんたちのガイドと、あちこちそれはよく似ていた。両方とも、KGBはえぬきの勲章つき大ベテランだったのである。

ロシア秘密警察ともあろうものが、イギリスから送りこまれた二人の危険人物を取り逃がすへまをしでかすはずがない。これを迎えうつべく大物を配したのだった。

プラクセーブナ・レレーチカが歩く木像だとすると、こちらは、廊下のすみにうずくまって、えものをねらっている、灰色のふくれ上がった大グモだった。のちにこの女は「きびわるばあさん」というあだ名をたてまつられ、長くハリスおばさんの心に刻まれることとなったのである。

きびわるばあさんの目は、毒グモのように意地悪くぎらぎら光り、口は、えものを刺し殺すため特別あつらえしたようにつき出ていた。ずんぐりした肥満体の上に、首といううつぎめなしの大きな頭が、でんと乗っかっていた。

二人は、二言三言ロシア語で言葉を交わした。きびわるばあさんが、鍵《かぎ》を渡すとガイドが、

「さ、ご案内いたします。お気に召すといいですがね」

と、先に立って、二人を廊下のつきあたりの部屋に案内し、鍵を開けて、二人を中へ招き入れた。すぐさま、こぎれいなエプロンをかけ、帽子をかぶった中年のメイドが、どこからともなくあらわれて、いっしょに部屋に入ってきた。

このメイドに、ガイドはまた、ロシア語で何やら話しかけた。「部屋の用意はきちん

とやったんだろうね」とかなんとかいってるだけのことらしい。ところが、（この人、ひどくびくびくしてるねえ）ハリスおばさんには、メイドの態度がぼんやりではあったが、目に残った。

「さ、景色をごらんください。すばらしいですよ。ここにいてください。部屋を出てはいけません。あとで、わたくしが参りまして、夕食にご案内いたします。では、失礼」

ガイドは出ていった。が、ドアが閉まるより早く、ハリスおばさんは、先に部屋を出たメイドが、外の廊下のすみにじっと立ちつくしているのをはっきりと見て取った。

ともあれ、自分たちの部屋に落ち着いてみると、ハリスおばさんの混乱した頭も、ようやくいつもの冷静さを取り戻してきた。

ロンドンで通いのお手伝いさんをしているうちに、ハリスおばさんは、ありとあらゆる型の家のつくりや室内装飾品に、お目にかかっていた。いま、その肥えた目で、この部屋をざっと見渡してみると、新ビクトリア風の赤いフラシ天（毛足の長いビロード）の房かざりや、金属製のベッド、十九世紀風の模様、どっしりと厚いカーテン、房かざりのあるベッドカバーなど、なかなか趣味がいい。ハリスおばさんは、もうちょっとでうっとりしかかるところだった。ところが、よくよく見ると、どれもこれも、びっしりとほこりが積もっていて、古ぼけている。（あのメイドはなんだね。大した腕だよ、ほんとに）おばさんは、胸の中でつぶやいた。

案内された部屋の中を値ぶみしているうちに、ハリスおばさんは、やっと自分を取り戻してきた。

（わたしゃ、ただのお手伝いじゃないの。なんでこのわたしが、ロックウッドさんとお嬢さんを結んであげようなんて、夢みたいなことに夢中になったんだろねえ。とんでもないばかだったよ）

と、今になってそのことに気づいたのだ。

ロックウッド氏は、（リズは六Aツアーのガイドをしていて、空港に迎えに来るはずだ）と教えてくれた。ところが、彼女は六Aツアーのガイドでもなければ、空港に姿を見せもしなかった。しかも、自分はといえば、全額あちらさんもちの骨休めの旅に、いやがる親友を無理やり引っぱってきて、ここにこうして、めずらしいものに取り巻かれながらつっ立っている。

分別のある人なら、こんなとき、ロックウッド氏だの恋人だののことは、きれいさっぱり頭から追い払って、旅行を楽しむだろう。

（あのガイドのおばあちゃんは、まあ親切にしてくれそうじゃないの。顔つきが悪いったって、ありゃどうしようもないね。きびわるばあさんとおんなじ、今さら手もつけられやしないよ）

こう結論を出すと、おばさんは、窓の外に目を向けた。とたんに、胸いっぱいにうれしさがこみ上げてきた。息を呑《の》むほどに美しい景色が、窓いちめんに広がっていた。

ハリスおばさんは、そこがモスクワのどのあたりなのかまるでつかめなかった。この窓から見えている景色が、あの恐るべきクレムリンの外壁の一部であり、聖ワシリー寺院やレーニンの墓、赤の広場なのだとは夢にも思わなかった。

たそがれがすっかり闇に取って代わり、町の明かりが、こうこうと輝いていた。美しく彩られた壁や塔、鐘楼。ねぎぼうずのような教会の尖塔《せんとう》もあれば、ターバンを巻いたような形の尖塔もある。それらが夜空にぶちまけられたように、くっきりと浮かんで光り輝くさまは、ハリスおばさんを呆然《ぼうぜん》とさせるにじゅうぶんだった。

おばさんの想像をはるかに超えるすばらしさだった。塔のてっぺんには、大きな赤い星がきらめき、教会の屋根のねぎぼうず形の先端は、空の群青色と、真っ黄色の光に染まっている。なめらかなカーブをえがいた尖塔もあれば、パイナップルをたてに積み上げたようにでこぼこしているのもある。

見晴らしのよい窓から見える、だだっ広い広場のあたりは、いちめん光の海だった。その光は、遠くの建物から、きらきらときらめきながら流れこんでいた。

何かにたとえてみるとしたら——あまり似かよってはいなかったのだが——ハリスおばさんには、(宝石を散りばめたおとぎの国と、ジェットコースターやスリルのある乗り物こそないものの、楽しい遊園地とを組み合わせた町)としか思い浮かばなかった。

おばさんは、心底からこの景色に胸打たれ、

「はあ、こりゃまた、なんて美しいんだろねえ！」

と、思わずつぶやいたほどだった。

（来てよかった！）と、ふいにうれしさがこみ上げてきた。

しかし、そう思いながら、なおもじっと窓の外を見つめていると、空港に着いてから、初めて、ぞうっとする思いもわき上がってきた。それはきっと、その景色を見た印象と、現実そのものとのずれからきているのだ――ハリスおばさんには、そう思えた。

というのは、色とりどりの光に照らし出された、奇妙な形の建物や壁を、今目の前に見ていながら、それらがすべて、ベニヤやせっこうで作られた映画のセットか、それともむしろ舞台装置のバックの絵そっくりに見えるのだ。

そうはいっても、また見返してよく見れば、明るい広びろとした広場や大通りの向こうには、現実らしく黒ぐろと影が広がり、ぎっしり建てこんだ建物が、えんえんとつづいて、石づくりの山や谷や野原をしのばせ、人を圧倒し、ふるえ上がらせるような、一種異様な雰囲気をかもし出していた。

バターフィルドおばさんが、浴室から姿をあらわした。ガイドが出ていくとすぐ、トイレにかけこんだのだ。

「トイレットペーパーがないんだよ」

出てくるなり、バイオレットはいった。

この身もふたもないむき出しの言葉に、ハリスおばさんの窓辺の幻想は吹き飛んでしまった。美しい景色と不思議に心をおどらせる不安にのめりこんでいたのが、はっと現実に引き戻された。

「なんだい？　何がないって？」

おばさんはふり向いた。

「トイレットペーパーだよ」

バターフィルドおばさんがくり返した。

「それだけじゃないよ。風呂《ふろ》おけにゃ、栓がないよ。湯という方から水が出て、水という方から湯が出てくるよ。シャワーは、からっきしだめ。トイレの水は、ひもを引っぱったって、なんにも出やしないよ。これでもホテルっていえるかい？」

バターフィルドおばさんの報告のおかげで、ハリスおばさんは、まわりの夢のような景色から、はっきりと現実の世界へ立ち返った。

「どうなってんだろねえ。どれ、ちょっくら見てこよう」

ハリスおばさんは浴室へ入り、やがて、トイレットペーパーの芯《しん》になっている厚紙でできた筒を手に出てきた。

「トイレットペーパーも、ちり紙も、なんにもありゃしない。それに、あそこにぶらさがってるぼろっきれ、ありゃタオルのつもりかねえ。鏡はハエのしみだらけ。電灯はつきゃしない。第一級の設備かい、これで。

いくらただの旅行だからって、あんましじゃないか。電話をかけて、ちょいと文句をいってやろうじゃないの」

ところが、その室内電話が、またたいへんな代物だった。カチッカチッ、ジージー、キーキーといろんな音がしたあげく、ブーと、たえまなく耳ざわりな音が聞こえるだけ。人間の声は、いっさい届かない。

「なんてこったろう。これで現代建築だなんて、聞いてあきれるよ」

ハリスおばさんは毒づいた。

「ぶっこわれてないものなんて、一つもないじゃないか。壁紙は、はげかけてる。天井は、ひびだらけ。こんなとこ、もらったパンフレット写真と大違いだよ。こんなひどいとこが、最高の設備なのかねえ？」

窓から見える優美な夜景も、旅の興奮も消し飛んでしまった。部屋の掃除が行き届いていないことや、そのためにせっかくの調度品が、寿命をちぢめられ、損なわれている徴候をあちこちに見て取って、ハリスおばさんは、がまんならなくなった。

ふと気づくと、バターフィルドおばさんが、奇妙なパントマイムを演じている。片足を上げ、つぎにその足を床に下ろして、別の足を上げ、それから、シャンデリアや装飾品のいろんなものを指さしてみせ、最後に、しいっ、と指を口に当ててみせた。その目は、またもや恐怖で飛び出さんばかりだ。

「どうしたんだい。あんた、舞踏病にでも取り付かれちまったのかい？」

ハリスおばさんが、おどろいていった。

バターフィルドおばさんは、あわてて、しいーっというと、ハリスおばさんの耳に口を寄せてささやいた。

「隠しマイクだよ。みんなつつぬけに聞こえるんだってば。ローシアのホテルにゃ、かならずついてて、客の話はぜんぶ聞かれちまうってこと、読んだこたないのかい？　天井だとか、いすの下に隠しマイクが埋めこんであるんだってよ。ぜんぶ聞こえるんだって」

「おや、じゃあ、聞こえてんだね」

ハリスおばさんが、あらためて大声を出した。バイオレットはふるえ上がった。

「隠しマイクだって？」

ハリスおばさんは、六つある電球のうち、四つしかともっていない、さびかけたシャンデリアを見上げて、わめいた。

「だれが聞いてんだか知らないけど、そこにいる人、耳の穴かっぽじって聞いてなさいよ。トイレットペーパーが切れてるよ、この部屋は」

こう挑発してはみたものの、はっしと受け返す答えは、返ってこなかった。

「こうなったら、あそこのデスクにすわってたばあさんにいってやろうじゃないの」

ハリスおばさんが、いきり立っていった。

ドアのとってをぐいと引っぱって開けたとたん、さっきのメイドが、部屋に倒れこんできた。

「おや、何のまねだい？　鍵穴《かぎあな》に耳をくっつけて、盗み聞きかい？」

メイドは、脅えきった金切り声で、「ニエット」というと、ぞうきんを取り出して、あわててドアのとってをみがき始めた。

「ねえ。おまえさん、英語がおわかりかい？　トイレットペーパーがほしいんだよ」

メイドは、困った顔つきで、「ヤバスニェパニマーヨ」とかなんとか、もにゃもにゃといった。

「だめだよ。英語じゃわからないんだよ」

と、バイオレットがいった通り、メイドはロシア語で「英語はわからないんです」といったのだった。

「トイレットペーパー、トイレットペーパーだよっ！」

ハリスおばさんは、厚紙の芯を見せながら大声でわめいた。声さえ張り上げれば、母国語でしゃべっても、相手に通じる気でいる外国人がよくいるものだが、ハリスおばさんも、せいいっぱい声を張り上げてみせたのだ。

メイドは、小さな厚紙の筒を見て、頭《かぶり》をふり、

「ニエット」といった。

「行こうよ、バイオレット」

ハリスおばさんは、しびれを切らしていった。

「あそこのきびわるばあさんなら、英語がわかるよ」

そう決めて二人が部屋を出かかると、その身ぶりで行く先を察したメイドは、おどろきあわて、「ニエット」と、さかんに首をふり手をふり、果ては二人の腕を引っつかん

で、部屋に押し戻そうとさえした。ハリスおばさんは、たちまちかっとなった。
「おや、ええ？　おまえさん、何するつもりだい？　いったい、何ごとだね。ここは監獄かい？　手をお放しよ。そら、あっちへお行きったら。わたしが癇癪《かんしゃく》を起こさないうちにねっ」

バイオレットの大きな体にはばまれて、メイドは、けっきょく、押し出されてしまった。彼女は、わっと泣き出すと、廊下を走りぬけて、従業員室へかけこんだ。まっしぐらに逃げていったメイドを見送って、ハリスおばさんは首をかしげた。
「いったい、なんだい、あの人は。ロシア人てのは、おかしな人たちだねえ。ただ、あのメイドが役立たずだってのは、確かだよ。なんだい、あの部屋のざまったら」

そのときはまだ、ハリスおばさんは、自分たち二人が厳重に監視されていることも、メイドがかけこんだのが、KGB専用室で、そこからすぐ、
「七三四号室の二人が、部屋をぬけ出しました」

という緊急連絡が電話で本部に送られたことも、つゆ知らなかった。

さて、問題の二人は、廊下をずんずんつき進んで、「きびわるばあさん」としてハリスおばさんの心にしっかと刻みこまれた、かの恐るべき婦人が、むっつりとだまりこくって身動きもせずすわりこんでいる――まったく、生きているとわかるのは、意地悪そうに光っている目ばかりだった――デスクのところまでやってきた。

メイドとの一件で、まだ癇癪のおさまらないハリスおばさんは、いきなりこう切り出

した。

「おまえさん、英語がわかりますかね」

きびわるばあさんは、答えもせず、身じろぎもせず二人を見返した。とがった口だけが、まるで、えものに食らいつこうとでもするように、かすかにゆがんだ。

「トイレットペーパーですよ」

ハリスおばさんは、厚紙の芯《しん》をぐいとつき出した。

「トイレットペーパー。おわかりかい？　これだよ。どんなはんぱな木賃宿にだってついてるもんだけどねえ」

きびわるばあさんの口が、えさに食いつく形からしゃべる形に変わったと思うと、ひとこと、ぞっとする言葉が飛び出した。

「一つもなし」

人を小ばかにしたその無礼な態度が、ハリスおばさんの癇癪をしずめるはずがなかった。

「一つもなしって、どういうことだい？　紙がないっていうのかい？」

きびわるばあさんは、

「もうない」

といいかけて、ロシア語に切りかえた。

「ニエット、ブマーガ（紙はない）」

ハリスおばさんには、引き下がるつもりはさらさらなかった。

「どこに、もうないんだい？　ホテルにかい？　なら、だれか買いにやらせるとかしたらどうなんだい？　たっぷり払ってあるんだよ、あの部屋には」

きびわるばあさんは、また英語でくり返した。

「もうない、もうない。あっち行け」

ハリスおばさんの怒ったのなんの。

「あっち行け、だって？　このくそったれ。礼儀ってものは、この国にゃないのかい？　わたしたちゃお客なんだよ。もうない、って、どこにないんだね。モスクワにかい？　それとも国じゅうにかい？　支配人を呼んでおくれよ、支配人を！」

人間という動物は、何かほしいものが手に入らないとなると、トイレットペーパー一巻きといった、本来取るに足りないものでさえ、世にも貴重な宝物みたいに見えてくる。このときのハリスおばさんにとっては、すくなくとも、今がまさにそれだった。何としても手に入れてみせる。だれがなんてったって、どんなにじゃま立てしようと、おばさんの決意を止められやしない。

きびわるばあさんは、首をふった。クモそっくりの目をあやしく光らせて、こういった。

「ニエット、マネジャー（支配人はいない）」

「おや、そうかい」

今やかんかんに腹を立てたハリスおばさんは、声を張り上げた。

「支配人を呼ぶか、さもなきゃ、おまえさんに聞こえるところで、このホテルの悪口をありったけいいふらしてやりましょうかい」

このとき、思いもかけないじゃまが入った。きびわるばあさんのデスクの真向かいは七〇一号室だった。そのドアが、わずかに開いて、一見、のぞきたがりやのビーバーそっくりのみょうちきりんな頭が、ひょいとのぞいたのだ。その頭は、二人のおばさんをちょっとの間探っていたが、こう口を切った。

「無駄ってものですよ。国じゅう探したって、めっかりっこありゃしませんよ」

事のしだいが面白くてたまらないらしく、好奇心に満ちた目が、めがねの奥で光っている。

「どうも、はじめまして」

頭がいった。

「おんなじイギリスの方ですな。おくさんがた、ちょいと一杯、ごいっしょにいかがです？」

それから、頭は名前を名乗った。

「ソル・ルービンと申す者で……。ルービン合弁製紙会社をやっとります」

第十一章

さらに数秒が永遠の闇の中へ吸いこまれていく間、廊下のその一角は、まるで静止したフィルムのように動くもの一つなく、二人のおばさんを招待しているルービン氏のおあいそ笑いが、顔いっぱいに広がっているばかりだった。

ルービン氏の顔は、およそちぐはぐなものの寄せ集めといえた。真っ黒な髪がもっさりとかぶさった、でっかい頭。それにくらべ、せせこましすぎる顔。前歯のつき出た口もとは、いかにもビーバーそっくりで、その上、実業家にはつきものの鼻ひげが、あっち向きこっち向き、ぴんぴんとおっ立っているため、ますますビーバーらしかった。鼻は、特大のロイドめがねがやっとずり落ちずにすむくらいは盛り上がっていた。

ルービン氏のようすには全体に、思わず笑いを誘う陽気さと、なんともいえないおかしみがあり、それに、人を喜ばせようと、子どもみたいにけんめいになっているところがあった。

彼のかもし出す雰囲気が、ハリスおばさんの怒りをしずめた。かっとしたあとで、いつも決まって、(ばかをしたねえ)と後悔する。それにまた、お日さまはとっくに帆げたの向こうに沈んでしまい、もうお酒を飲もうが、だれにとがめられる時間でもなかった。

この国のトイレットペーパーの事情にも、どうやらこの人はくわしいらしい。そのことが、ハリスおばさんの頭に引っかかっていた。

「そりゃまあ、ご親切さまで……。わたしゃ、ハリス、エイダ・ハリスと申します。この人はわたしの友だちで、バイオレット・バターフィルドさん。もしおじゃまじゃなければ……」

「とんでもない、おくさん。とんでもございませんよ。思いがけない喜びでこそあれ、おじゃまだなんて……」

彼のしゃべりくちは、再教育を受けた元ロンドンっ子といったところ。ひょいひょいと教育がはがれて、なまりが飛び出してくる。

ルービン氏がドアを大きく開けた。すると、人並はずれて大頭の乗った、ちっこいはしっこそうな体が、サビル通りの最新流行をまとってあらわれた。

かかとをカチリと合わせることこそしなかったが、二人を部屋に招じ入れるとき、今にもカチリとやらかしそうに、腕を大きくふって、なかば芝居がかった、しかしなかなか魅力的なしぐさをしてみせた。

説教台から、きびわるばあさんが、きんきん声で説教をたれた。

「男性の部屋を女性が訪ねるべからず」

これを聞いて、ハリスおばさんの癇癪玉《かんしゃくだま》が、一瞬、火花を発した。ふり返ると、おばさんはかみついた。

「ばかなことおいいでないよ。この年で何が起こるってんだい。このお方は、いっしょに飲もうって、わたしたちを誘ってくだすっただけなんだよ。ざまあみろ、ってんだ」

「そ、ざまあみろ、ですな」

ルービン氏はいいながら、おどりの先生きどりで、なおいっそう大げさに歓迎の身ぶりをしてみせた。

「あんなやつ気にせんこってす。いずれにしても、新入りですがね。アニーはどうしたのかねえ。昨日までここにいた娘なんだが。もうちょいましだったんです。目のつぶり方ってのを知ってましたな。たぶん、きょうは休暇を取ったんでしょう。さあさあ、お入りなすって」

二人は、きびわるばあさんの底意地悪くねめつけている視線をものともせず、するりと部屋に入りこんだ。

ドアが閉まったとたん、きびわるばあさんは電話に手をのばし、上司の部屋の番号をまわした。

「パーベルですか。タシュカです」

「どうかしたかね」

「あの二人が、連絡をつけました」

「だれと？」

「ユダヤ人のルービン、七〇一号室とです。二人ともルービンの部屋に入りました」

「へえ！」

パーベルの声が、皮肉っぽく高くなった。

「きみの目の前でか？　それできみは、止めようともしなかったってわけ？」

「暴力に訴えてもよい、という指示はもらってません」

「それはそうだ。それに、あのルービンとかいう外国人は、とくに慎重に扱え、という指令が出ている。ちょっと微妙なんでね。大臣が二人からんでるんだ」

でぶちんばあさんタシュカは、かすかに安堵《あんど》の吐息をもらした。大きな手落ちになるところをなんとか免れたと、ほっとしたものらしい。

「では、このままの方が、かえって好都合ですかね。部屋の中ではかならず情報交換をやってるはずです。残らずキャッチできますが」

この提案に、向こうの電話口からは、ずいぶんと長すぎる沈黙が返ってきた。それから、やおらせき払いの音がして、こう聞こえてきた。

「差し当たって、ちょっと問題があるんだなあ。必要な修理がまだ手つかずの状態でねえ。そっちの方面を受け持ってる連中が、協力してくれたためしがないからねえ。そなえつけはオーケー、修理はごめん、とくる。関心なしなんだよ」

彼は、ここで、ひどいロシア語の呪い言葉をはき、それから、こう聞いた。

「あの二人のガイド担当はどこにいる？　プラクセーブナ・レレーチカだよ」

「さあ、知りません」

「探したまえ。また、あの二人を監督してもらわねばならん」

「ボリスとアーヌシカがこのフロアにいます。ボリスは盗聴器を持っています。ドアにつけさせせますか」

ボリスというのはKGB係官で、メイドといっしょに身を隠している従業員室の中では、二人が口げんかのまっ最中だった。

パーベルが、声を荒らげた。

「ばかをいうんじゃない。ルービン関係はきわめて微妙だと、今いったばかりだろう。あいつがなぜここにいるかが、外部に知れてみろ。われわれみんな、シベリア行きだ。プラクセーブナ・レレーチカを探し出して、あの二人を、その部屋から引っぱり出すんだ」

そのあとまた一つ、意味深長なののしり言葉が聞こえて、ガチャンと電話は切れた。

＊　＊　＊

七〇一号室の室内は、ハリスおばさんたちの部屋と同じく、ほろびゆくビクトリア朝栄華の名残りといった装飾がほどこされていた。

「さてと。お好みはいかがなものですかな」

片手にグラス、もう一方の手にゴードンのジンのボトルを持って、ルービン氏がたずねた。

「ちょいとうすめてくださいな。友だちの方は、生《き》のままでよござんす。そうだね？

バイオレット」

「よろしかったら、そんなふうに……」

バイオレットは、どことなくおどおどしていた。ハリスおばさんほどすばやく順応できる質《たち》ではない。不慣れな場に出くわすと、いつも何かとんでもない災難がふりかかりそうな気がして、体がすくんでしまうのだった。

ルービン氏が飲み物をこさえている間、ハリスおばさんは、いたずらっぽい目をきらきらさせて、この魅力的なおちびさんが何者なのか見きわめようと、部屋じゅうをながめまわした。

(セールスマン、ってとこかね)

テーブルの上のうずたかく積まれたサンプルのたばの山を見て、そう当て推量してみたものの、なんのサンプルかは、見当もつかない。ソファーの上に散らばったポルノ雑誌が目に入ると、おばさんは、いっそう面白そうに目を輝かせた。テーブルの上には、リンゴとオレンジを盛った皿も載っかっていた。

ルービン氏は、すき通った液体の入った自分のグラスを高々と上げ、

「おくさんがたに、乾杯!」

と叫んだ。それから、ひとりごとでもつぶやくように、「それにイワンにも」と、口の中でいった。

二人のおばさんも、グラスを上げた。ハリスおばさんが、乾杯のお返しをした。

「あなたさまのご健康を祈って、乾杯。お招きいただいて、ほんとにありがとございました」

それから、高まる好奇心を抑え切れず、

「イワンってのは、どなたさんです？」

とたずねてみた。

「ああ、イワンね」

おうむ返しにルービン氏はいった。彼のちぐはぐな寄せ集めのゆかいな顔が、ふといとおしむような、もの思いにふけるような表情を浮かべた。

「イワンってのは、ホテル・トルストイのいんちき王でね。ルーブルをくすねることにかけちゃ、うでっこきなんです。ホテルのポーターなんだが、銭さえにぎらせりゃ、なんでもほしいものを手に入れてくれる便利なやつでして。ただ、代金は、ほれ、外貨ですがね」

彼は、ジンの瓶を持ち上げた。

「これ、どっから手に入れたと思います？　わたしは、あのウォッカってやつが、どうもにが手でしてね」

彼は、テーブルの上を指さした。

「おくさんがたは、このみじめったらしい町のどっかで、オレンジにお目にかかりましたかね。いや、ひょっとしたら、まだあちこち、いらっしゃるおひまはないのですかな？」

「みじめったらしい」と聞いて、バターフィルドおばさんが、不安そうにおどおどし始めた。

「それとも、あんなものはいかがです？」

ルービン氏は、ポルノ雑誌を指さした。

「よろしかったらお貸ししますよ。ここじゃ、まったくの発禁雑誌ですがね。でも、イワンとか、アニー――そうそう、アニーってのは、わたしの勝手な呼び方で、ほんとはアーヌシカってんですがね――あの二人は、目をつぶるべきときってものを心得てますよ。今外にいるあのばあさんが、この先ずうっと居すわるとなると、どういうことになるか思いやられますな」

実は、先のことなど、ルービン氏が案じるまでもなかった。というのは（武器および人間以外は、どんなものでも七〇一号室に持ちこんでよし）という指令が、あのばあさんに届いていたからだ。

イワンは、ホテルのポーター兼闇市の顔役であるばかりか、KGBの信頼筋でもあった。目下進行中の交渉が片付くまで、ルービン氏のご機嫌を取り結び、癇癪を起こさせぬよう要求通りなんでも与えてやれ、というKGBの指示を受けていた。

七〇一号室からイワンのふところに入ってくる現なまのルーブルを、彼は、KGBと山わけにさせられていた。そんなことは、いずれにせよ大したことではないにしても、ルービン氏の方は、何一つ気づいてはいなかった。

「乾杯！」

ルービン氏が、ふたたびグラスを上げた。

「ところで、おくさんがたは、この『神も見捨てた』モスクワで、何をなさるおつもりで？」

この形容は、ますますバターフィルドおばさんを不安に陥れた。おばさんは、思わずがぶりとストレートのジンをあおってむせ返ってしまった。

「くじで当たりましてね」

ハリスおばさんが答えた。

「この旅行が当たったんでございますよ。でなきゃ、とてもこんなとこへ来るよゆうなんてありゃしません。わたしゃ、ロンドンで通いのお手伝いをしてまして、こっちの友だちは、クラブ・パラダイスで、婦人用トイレのお世話をしてますんですよ」

ルービン氏の顔が、またうれしそうにほころんだ。あらためて彼は、グラスをさし上げた。

「地の塩に乾杯！　たいせつなお仕事ですな。わがイギリスの支えです。わたしは、心から愛しておりますよ。お二人とも」

バターフィルドおばさんのあわてたのなんの。さっき自分の部屋で見せたと同じ、不安そうな動揺の色を浮かべた。

ハリスおばさんは、ルービン氏の愛情宣言をどう受け取っていいものか、はかりかねたが、(この人の飲んでなさる、ストレートのジンがまわってきたってだけのことに違いないよ) とのみこんだ。

「まあ、ルービンさん、うれしいことをおっしゃってくだすって……」

そういいながら、ハリスおばさんの視線は、テーブルの上に山積みになったサンプルのたばの方へさまよっていった。

「お宅さんこそ、どんなご用で、こちらへお見えです?」

「いやっ、は、もうお祭しのようですな。それはそうと、わたしのことはソルと呼んでくださいよ。ソルにバイオレットにエイダ。三人にもう一ぺえ、乾杯!」

彼は、また一口ぐいとあおった。ジンがまわってくるにつれ、ろれつがあやしくなり、ロンドンなまりも飛び出してきた。

「紙でやすよ。大英帝国随一のやくざな紙屋でやしてねえ」

「へえ」

ハリスおばさんは、頭の中で英国一というのはどのくらいのものだろうと、すばやくそろばんをはじいてみた。

「紙をねえ。それで、こちらじゃ、ぜんぜん紙がないって……」

「その通りでして」

ルービン氏が、きっぱりと受け合った。

「それがほんとなんだ、ってことを、おくさんや、いやだれでもいい、ほかの連中にしゃべったってことがばれたら、それこそやつらは、手のつけられん癇癪《かんしゃく》を起こすか、でなけりゃ、このわたしをつまみ出しますよ。国じゅうどこもかしこも、くさいイヌが放し飼いになってましてねえ。どれが政府の手先やら、心を許せる相手やら、わかりゃしませんよ」

このとき、バターフィルドおばさんが、ふいにはげしく手足をふって、パントマイムのダンスを始めた。

（隠しマイクがあるじゃないの）

ルービン氏は、毛深い頭をのけぞらせて、うわっはっはっはと、ほえるように笑い出した。

「ああ、あれね、はっはっ」

腹をよじって笑いながら、彼はいった。

「ぜんぶつかんでますよ。ありゃ、実に愉快な代物だ。わたしがここに来て、どのくらいになると思います？　八週間ですぜ！　それでまだ、やつらは決心がつきかねてるんですからね。あきれたもんだ。

モスクワのガイドなら、わたしが、そらでやってみせますよ。クレムリン、聖ワシリー寺院、がらくた箱の美術館、なんでもござれだ」

彼は、ガイドの声色を使い始めた。

「ごらんくださいませ。右手に見えますのが、大クィーン・エリザベス一世からイワン雷帝に贈られました、美しい絵模様入りの馬車でございまあす。お昼食《ひる》をすませましてから、みなさまを栄えあるプーシキン美術館へとご案内いたしまあす、と、こうくるんですな。

わたしは、あのレーニンのおっさん——ほれ、大理石で作ったあそこの小屋に寝かせてある——あそこなんか、もう五回も行きましたよ。いわせてもらえば、やっこさん、何年たってもましにゃなりませんなあ」

ジンの酔いがすっかりまわったと見え、ルービン氏の話は、ロンドンの「ボウ寺院の鐘」に飛び、二人のおばさんは、やっとほっとした。

「あの鐘は、近いうち、いったんおろして、化粧直しをするそうですよ。いやあ、ここじゃあ、一人で歩いてるてえと、かならずあのKGBのやっこさんがついてきやがりましてねえ。

たまにゃ、そいつといっしょに、一ぺえやることもあるんだが、英語がからきしだめなんで、なあんにもならん。まったく、くそ面白くもねえんだなあ。だからこうして、たいてい部屋に引きこもって、自分でなんとか面白おかしくやってこうよ、てなもんなんですよ。

さっきのあれ、このところ修理にも来んようだなあ。どら、一つお見せしましょうかい」

彼は、二人のおばさんを案内して、この部屋の配線調べをしてみせた。思いもかけない場所に、たくさんの精密なマイクや盗聴器がしかけられていた。そのどれを見ても、電線が用心深くちょん切られていた。

ハリスおばさんは感心してしまった。

「まあまあ、信じられませんですねえ。でも、これでほんとにぜんぶかしら」

「そ、ぜんぶですな」

ルービン氏は、自信たっぷりに答えた。

「すぐに慣れるもんです。ちょい週刊誌のクロスワード・パズルに似てましてね。しばらくここにいると、やつらの胸の内はつうかあにわかりますよ。いまごろ階下《した》では、廊下のばあさんにかんかんですよ。おくさんたちを、どうやってこの部屋から引っぱり出して引きはなしておくかで、思案投げ首ってとこでしょうな」

「でも、どんな大きな秘密があるってんです？」

ハリスおばさんは、ひょんな具合でいろんなことがつかめてきたものの、それがいったいどうつながり合っているのか、首をかしげた。

「わたしゃ、なんだか……」

「へっ！」

ルービン氏がさえぎった。

「なんでもない、ただの『ネクルトゥーニィ』ですよ。こっちへ来て覚えた言葉ですがね。ようするに、文化が遅れてるってことです。ロシア人は、ロシア文化をだれにもかれにも自慢したがるんだが、これが文化なもんですかい。パンツを下げて、いざってときに一枚もないってのは……いや、これは失礼——わたしゃその、そんなつもりじゃ……」

彼が一瞬口ごもったのは、バターフィルドおばさんが、何やら恥ずかしそうに顔を赤らめ、まゆをひそめたのに気づいたからだった。彼女は、婦人用トイレの世話係を仕事にしている。とはいうものの、その仕事場には殿方があらわれたためしはないのだ。

「紙がないってのは、この国だけの話じゃありませんよ」

ルービン氏はつづけた。

「日本じゃ、トイレットペーパーを手に入れるのに行列したってこと、ご存じですか。中国は、今でもロンドンに使節を送って、買いつけに四苦八苦しとる。アフリカじゃあ、できたてほやほやの小国の連中が、今まで使ったこともないくせして、ほしいほしいと騒いどる。世界じゅうトイレットペーパー不足が悩みだというときに、このわたしは、三億八千万ロールもの山の上に、あぐらをかいとるんですからね」

「あれまあ、そんなに！」

ハリスおばさんは、すっとんきょうな声を上げた。三億八千万ロールのトイレットペーパーの山！　積み上げたらどのくらいの高さになるんだろねえ！

「じゃあ、なんでお売りにならないんです？」

「それを売るのがわたしの役目でして、そのために派遣されたんですがね」

ルービン氏は答えた。

「そんなに大量に抱えているのは、わが社だけでしてね。生活物資供給大臣は寄こせ、という。ところがどっこい、輸入担当大臣は、ユダヤ人嫌いときて、書類にサインを寄こさない。政府のおえらがたは、トイレットペーパーごときに耳をかすひまはない、ってんで、二人の大臣にけんかさせっぱなし。そこでわたしが、ここにくぎづけ、と、こうなるんですよ」

実際的な頭の使い方なら、ハリスおばさんは、だれにも引けを取らない。

「じゃあ、さっさとほかの国のだれかに売んなさいましよ」

「そうはいかないんです」

ルービン氏が、吐き捨てるようにいった。

「やつらにとっつかまってるんです。パスポートも召し上げ、でして」

バターフィルドおばさんが、かぼそい金切り声をもらした。

「ほらごらん。わたしのいった通りだろ、エイダ」

ハリスおばさんは、友だちのいつもの恐怖をしずめてやりたくもあり、ルービン氏の話をうそと決めつけるわけにもいかず、

「でも、返してくれますとも」

と、なぐさめをいった。

ルービン氏は、鼻であしらった。

「いやあ、返しゃしませんよ、やつらは。ここはロシアですからね、おくさん。なんだって起こるんです。

一つ例をお聞かせしましょうかな。

この国にもトイレットペーパーを作る工場が、元はちゃんとありましてね。国じゅうの大都市にまわせるくらいの生産量は、じゅうぶんあったんです。この工場をまかされていたやつは、生活物資供給省から、どっさり割り当て分の紙の原料がまわってくるものと、当てにしておった。ところが、ついぞ一枚分も工場には届かなかったというわけで——」

「どうしてです?」

「クリスマスカードを作る大きなシンジケート(企業組合)を牛耳っとる男が、先に当局のおえらいさんにごまをすって、原料を自分の方へ横取りしちまったんですな。今じゃあ、カードは二兆枚もたまっとるが、トイレットペーパーの方のは一枚もない、と、こうでしてね。

それでどうなったかって?トイレットペーパーの工場長は、自分の割り当て分を取り損ねたってんで銃殺。かたや、カード屋のおやじの方は、ソビエト経済への貢献者として金メダルをちょうだいしたんです」

二人のおばさんが、おどろきのあまり目をぱちくりさせているうちに、ルービン氏の話は、結論に達した。

「要するに、銃殺する男を間違えたんですな。しかし、先ほども申し上げた通り、ここはロシアですからね。

やっこさんたちは、トイレットペーパーの工場長を、割り当て分まで横取りされる『ぬけさく』で、カード屋の方を積み荷をまんまとせしめる『才たけたやつ』と判断したってわけでね。ところがどっこい、トイレにすわっていざってとき、必要なのはカードじゃあない……」

「そろそろおいとました方がいいんじゃないかしら」

バターフィルドおばさんが、もじもじしながら口をはさんだ。

「ガイドさんが、夕食に連れてってくださるってことだし――」

「じゃあ、その前に、もうちょいいかがです」

ルービン氏がすすめた。

「今じゃ、みんなだれもかれも、新しもの好きだからねぇ。景気づけせんことには――」

見たところろくずれもせず、二人のおばさんに酒をついではいるものの、自分でももうコップ半分はきこしめしていたので、ルービン氏の顔はかなり赤らんでいた。あらたにとくとくと自分のグラスにつぎたすと、彼は、それを高々とさし上げて叫んだ。

「紙に乾杯！」

それから、ぐいっと一飲み、大きくあおった。

このとき、自分の言葉にあおられて、ルービン氏のちっこい胸の内で、何かが爆発したものらしい。眼鏡ごしに、ひとみがかっと見開かれ、口ひげがふいにぴんとこわばると、上くちびるの上にまっすぐつっ立った。

バターフィルドおばさんは、これを見て、いよいよ恐れおののき、ふるえ上がった。

「紙だっ！」

ルービン氏は叫んだ。

「くそいまいましい、くそったれの紙のやろうめ！　どこもかしこも紙不足だ！　だれもかれも紙、紙とほしがっとる。金があっても買えない。どこにもない。その上、原料の木まで大して残っちゃいない。『エクスプレス』だの『イーブニング・ポスト』だの新聞を毎日、買っちゃ捨て買っちゃ捨てしとるが、どのくらいの紙を使っとるかご存じか？　二百万トンだと？　それがいったい、どこから来るか？　電話に電報、買い手がわんさか、紙屋目がけて寄こすんだ。だれもかれも、紙をくれ、紙をくれと、われわれの尻《しり》を追いまわす。

今の世の中、かつて字なんぞ書いたこともない何百万という連中が、字をならい手紙を書き、封筒に入れ切手をはる。便せんも封筒も切手も、何でできているかご存じか？　紙だよ、紙！」

ルービン氏がこの話題に深入りするにつれ、びっしり生いしげった髪の毛まで、ぴんとおっ立ってきた。

「つつみ紙！　油紙！　壁紙！　文庫本に週刊誌！　紙タオル！　今じゃだれも、ハンカチという昔ながらの便利なものに見向きもしない。そう、鼻をかむにも、あのとぼしい、あわれな木から取った紙の中へチーン、だ。こうなりゃ、もう果てなしだ。吸い取り紙、法律用紙、裏張り紙、紙ナプキンに紙コップ、紙皿、絵はがき、カレンダー、選挙のたびののびら合戦、くずかご行きの広告類、ポスターに大みそかの夜の紙ぼうし！」

息が切れたか、種がつきたか、ルービン氏は、ふいに言葉を切って、しょぼんと肩を落とした。しかし、手にはしっかとグラスをにぎり、二人のおばさんを憎んででもいるかのように、ぎらぎらした目でねめつけた。

バターフィルドおばさんは、ふるえが止まらない。ハリスおばさんは、酒飲みの男の扱いには手なれていたのだが、そのおばさんでさえ、ルービン氏のあまりの変わりように、いささかぎょっとなった。

ルービン氏は、もう一口ぐいっとジンを流しこみ、息を大きく吸いこんで景気をつけると、また声をはり上げた。

「このままいくとどうなるか、おわかりか？　もう二、三年もすりゃ、紙は一枚もなし、古新聞もだ。そこで、かく申すソル・ルービンさんが、そのあかつき、何をするか？　そこまでちゃんちゃあんと考えて、計画はねってある。粘土がたっぷりあるぞ。陶器と磁器の時代になる、ってね」

を整えた。

ここでひと息入れ、ルービン氏は、来たるべき将来の成功の秘密を明かすべく、呼吸を整えた。

「ビデーですよ！　こいつなしでは、だれひとり生活できなくなる。これ、請け合いだね」

「ビデー？」

バターフィルドおばさんが、キツネにつままれたような顔をしていった。ハリスおばさんの方は、家柄のよいお得意さん相手の仕事のせいで、思い当たった。

「ああ、あれね。ダントさんのおくさまだけはBデーとおっしゃるようだけど。ほら、戦争のころ、攻撃開始の日をDデーっていったじゃないの、あれみたいにさ」

このとき、ドアをコツコツとノックする音がして、だれも答えるひまもなく、さっと開いた。立ちふさがったのは、枯れ木彫刻そっくりのガイドだ。そのうしろのデスクには、きびわるばあさんがぬうっと盛り上がって見えた。ぞっとする光景だった。

ガイドはいった。

「おや、ここでしたか。迎えに上がるまで、お部屋にいてくださいと申しませんでしたかね」

「あら、今初めて伺ったようですよ」

ほろ酔いとまではいかないまでも、気持ちよくくつろいでいたハリスおばさんが、すっとぼけていった。

「あれ、忘れちまったのかねえ。なにしろ、昔ほど覚えがよくないもんでねえ」

ルービン氏が手招きした。

「どうぞどうぞ。さ、入った、入った。ごいっしょに、一杯、いかがです？」

といいながら、ジンのボトルを振ってみせた。

「こいつのあった場所にゃ、まだたんとありますからねえ。あのばかどもが、こちらと取引するかしないか決心つけるまでは、このわたしは、ごひいきさん、てわけでしてな」

ガイドときびわるばあさんは、むっとして、困ったように顔を見合わせた。KGBが二人のイギリス人スパイについてねり上げた計画の中にも、また、二人の扱いについての指令の中にも、こういう場面は、ついぞなかったからだった。

ガイドが、ついに口を開いた。

「お酒の時間ではありません。食事の時間です。さ、ご案内いたします。すばらしいロシア料理ですよ」

「行った方がいいよ、エイダ」

バイオレットは、そういって、ルービン氏に礼を述べた。

「ほんとにごちそうさまでございました」

エイダもいいそえた。

「すっかりごちそうになってしまって、おかげさまでございましたよ。なにが、うまくいくとよろしいんですがねえ。お祈りしてますですよ」

ルービン氏は、手をふって二人が戸口を出るまで見送った。

「こちらこそ愉快でした。またいつかお目にかかりましょうや。さあてと。元気づけに、あそこの詰め所にくすぶってる親分殿に、またご拝謁といたしますかな」

退場は、どうどうと威厳たっぷりに行なわれた。

夕食がすんで七階に戻ってきたとき、ガイドが、またしてもついてきた。エレベーターの外には、見かけない女性がデスクについていた。きびわるばあさんの勤務時間は、どうやら終わったらしい。こんどの女性は、取り立てて特徴のないロシア人女性で、だまって部屋の鍵《かぎ》をさし出した。

プラクセーブナ・レレーチカ女史——このガイドをエイダたちは、プラクシおばちゃんと呼んでいた——につけまわされて、ハリスおばさんは、いらいらがつのっていた。食事の間も、二人のおばさんのテーブルにすわり、いかにも旅行客と「親しく」なるためだといわんばかりに、しきりに話しかけてくる。が、どうも、探りを入れられているような気がしてならなかった。

「さ、ご案内いたします」

ガイドがいった。

「この二人にゃ、盲導犬もいるんじゃござんせんかねえ」

ハリスおばさんが、皮肉たっぷりにいった。

「盲導犬？」

ガイドが、ぽかんとしておばさんを見つめた。

「部屋まで連れてってくれるイヌですよ」

プラクシおばちゃんは、そしらぬ顔でその皮肉をやりすごし、廊下を案内していった。

三人が七三四号室に近づいたとき、廊下のはずれの従業員室のドアから、一人の男がひょいとのぞき、さっと引っこんだ。ハリスおばさんは、目ざとくそれを見て取った。と同時に、もう一つ気づいたことがあった。プラクシおばちゃんが、一瞬ぎょっと立ちすくんだように見えたのである。

三人は、ドアの前に来た。バターフィルドおばさんが、鍵を開けた。プラクシおばちゃんは、まだくっついてくる。（いやなやつだねえ）いらいらがますますつのってきて、ハリスおばさんは、ぴしっといい放った。

「おまえさん、いっしょに寝《やす》むつもりですかねえ、わたしたちと。そりゃ、ごていねいなおもてなしでござんしょうけど、一人分よけいに請求されなきゃよろしいんですがねえ」

ガイドは、しゃあしゃあとして、こういった。

「お二人のために、万事手落ちがないか確かめたかっただけですよ」

「どこもかしこも、ちゃんちゃんとしてますよっ」

「では、あすの朝、食事のご案内に参ります。ぐっすりおやすみください」

二人は、部屋に入った。灯台の光がくまなく海面を照らしわたすように、ハリスおばさんの目は、部屋を百八十度ぐるりとねめまわし、何一つ見逃しはしなかった。

「メイドは、どうやら来たらしいね。毛布を折り返して、ちっとはきちんとしてるよ。仕事がちょいわかってきたんだねえ。ああ、たいへんな一日だったねえ。ともかく横になって、お目々をつぶりたいよ、わたしゃ」

ハリスおばさんは、こんな調子で、しばらく無駄口をたたいていたが、それは、部屋に足を踏み入れたとたん、見て取ったことを、友だちに感づかせないためだった。部屋じゅう残らず、二人の持ち物もぜんぶ念入りに調べ上げられていたのである。

このときになってようやく、ハリスおばさんは、空港に着いてからというもの、もやもやと頭のすみに引っかかっていたことが何だったのか、はっきりつかめた。二人は、ずっときびしい監視を受けていたのだ。思いがけずルービン氏の施薬所に逃げこむことのできたあのときをのぞいて、一瞬たりとも監視の目を逃れることはなかったのだ。

ハリスおばさんは、そっとわき腹を押さえてみた。ロックウッド氏のリズにあてた手紙が確かにカサカサと音を立てている。しかし、こうとわかったからには、ここも安全ではありえなかった。

（バイオレットのいった通りなのかねえ？　ほんとにこの手紙が危険を招くものだろうか。リズが空港に来なかったのも、この手紙のせいだ、ってのかい？　放っておけばいいことに、このわたしゃ、わざわざ首をつっこんじまったのかねえ。リズに、もう悪いことが起こってるんじゃないだろうか）

おばさんは、きりもなく胸の中でぐちりながら、あの写真とロックウッド氏の顔を思い浮かべた。恐ろしさより何より、なんともいえない悲しさが胸いっぱいにあふれてきた。

それにしても、二人が監視されているとわかってみると、不安がむくむくとわき上がってきた。いても立ってもいられず、ハリスおばさんは、肌身につけていた手紙を引っぱり出し、バターフィルドおばさんが、でき損ないの風呂場《ふろば》の設備とたたかっている間に、用心しいしいハンドバッグの中へしまい直した。

おめでたいことに、何が起こっているのか、とんとご存じないバターフィルドおばさんは、浴室のドアを開けて姿をあらわし、こういった。

「こんどはお湯が熱くってね。煮え湯なんだよ。ぜんぶの蛇口から、どっと出てくるんだから」

第十二章

翌日、ハリスおばさんとバターフィルドおばさんは、ほかのメンバーたちといっしょに部屋からさっと掃き出されてしまい、パッケージツアー六Aのかっちり決まったお定まり観光コースに引きまわされることとなった。

朝食の時間になると、例のガイドがすっとあらわれ、二人を引き連れて食堂へ向かった。昨日のメイドとレーンコートをはおった男が、二人のまわりをうろうろしていた。

六Aツアーの一行は、貸し切りバスに乗りこもうとホテルの入り口に集まった。ハリスおばさんは、ゆだんなくするどい観察眼をはたらかせて、連れの一人一人を探ってみた。ゆうべあんな捜索があったとわかったからには、今日もきっと何かある。どうやら見たことのない男女が一人ずついた。しかも、着ているものが、どう見ても、よそ者らしくない。

(あれが見張りかねえ。それにしても、いったいなんで見張られてるんだろう)

一瞬、ここは失礼して部屋に取って返し、バイオレットのいう通り、あの手紙が原因なのだとしたら、破いてトイレに流してしまおうかという誘惑にかられた。そうしなかったのは、トイレの水が流れないことを思い出したからばかりではない。

イギリスに帰るまでに、どんな巡り合わせで、リズとばったり出会わないともかぎらない。人ごみの中にあの寂しげな愛くるしい顔を見かけるかもしれないではないか。その期待をなんとしても捨てることができないのだった。

目をまるくしながら、一行は、ソビエト版ディズニーランドといった赤の広場の敷石の上を、ぞろぞろと行進した。息を呑《の》むほどでっかい壁や高い塔、まる屋根に圧倒され、巨人国に迷いこんだ小人のように身がすくんでしまった。

「大砲の王さま」には、みんな義理がたくも、ぽかんと口を開けて見とれた。その大きさといったら、ばかでかすぎて、直径九十センチはある砲弾をうち出すこともできないという代物だった。なにしろ一発うてば、クレムリンの半分は吹っ飛ぼう、というのだから。

「鐘の王さま」という、これまた一度も鳴らされたことのない巨大な鐘にも、それ相応に度肝をぬかれた。二百トンもある重さのため、十八世紀に作った土台がこわれ、鐘の一部が欠けていた。そこから見物人は中へ入ってぶらつきまわることもできた。

「うてない大砲に、鳴らない鐘だなんて、なんにもなりゃしないじゃないの」

実際的なハリスおばさんには、わけがわからない。

「鳴らなくってちょうどいいじゃないの。鳴ってごらんよ。耳がつぶれちまうよ。でも、かざりものとしたら、すてきじゃないの」

バターフィルドおばさんは、それからこういった。

「ねえ、あの教会、どれもきれいだねえ。あんなの、イギリスにゃ一つもないね」

「教会も、かざりものなのさ」

ハリスおばさんが、したり顔でいった。

「昔はどうだか知らないけど、今じゃあね」

気をつけてみると、出発のとき目についたあの二人連れ——本物の旅行客とはどことなく違う雰囲気のあの二人——が、いつもすぐうしろにぴたりと寄りそい、こちらの話に聞き耳を立てている。

その二人を影のように従えて、おばさんたちは、広場を順ぐりに巡り歩いた。目も鮮やかな美しい色彩の、ターバンを巻いた形のドームがいくつも並んでいる聖ワシリー寺院。ほど遠からぬところには、平和をこよなく愛するモスクワっ子たちが自慢の、現代風兵器——ステンレス・スチール製のミサイル——のかざりものが、あちこち立っている。一行は、店というよりは宮殿のようにどうどうとした国営百貨店グムを見あげながら通りすぎ、ホテルというよりは店のような、三千二百室もあるホテル・ロシアの前をぶらりぶらりとすぎていった。

つぎからつぎへと極彩色の寺院のねぎぼうず頭が、ロシアの空につっ立っているのを見せつけられて、目がくらくらしてしまった。

ようやく、午前中の日程のうち最大の呼びもの、レーニン廟《びょう》にたどりついた。教会や塔のなだらかな曲線やするどい尖塔《せんとう》を見なれた目には、この廟は、いかにもずんぐりと角ばって見えた。

赤い玄武岩づくりの頑丈そうな背の低い建物に、一筋黒い大理石がはめこんである。正面には、キリール文字でレーニンの名が刻まれ、その上のバルコニーには、ウクライナ産のみかげ石が使われていた。

廟の体内から流れ出た一筋の血のように、黒っぽい人の列が入り口から長ながとのびていた。粗末な服をまとった男女が、中に入る順番を待って、しんぼうづよく何時間も立ちんぼうしていた。

六Aツアーのガイドが、一行に説明した。

「ただ今から、わがロシア最大の誇り、英雄レーニンの眠る墓へご案内いたします。みなさんは、外国からのお客さまですので、先に中へお入りになれます。中では、どうかご静粛に願います。ごらんの通り、順番を待っている人がたくさんおりますから、お参りをすませましたら、立ち止まらずに先へ進んでください」

「たまげたねえ、毎日こんなに行列してるんでござんすか」

ハリスおばさんがたずねた。

「そうです。冬の寒いときもこの通りです」

「だれのお墓なんだい？」

バイオレットが、口をはさんだ。

「レーニンだよ。ロシア革命を起こしなすったお人さ。亡くなってここに埋められたんだよ。でも、その人を今でも見られるのさ」

しみ一つないぴかぴかの制服を着て、銃剣を手に身じろぎもせずに立っている二人の衛兵の間を通って、一行は、ぞろぞろと中へ入り、やっと足元が見えるほどほのぐらい階段を、おそるおそる下りていった。

「うわあ、くさいねえ。このへんの人たちゃ、きっと、ろくにお風呂《ふろ》も入らないんだよ」

顔をしかめるバイオレットを、ハリスおばさんが、ひじでつついた。

「しいっ。ちょいとくさいけどさ。こっちは、よそからのお客さんなんだから、招いてくれた人のやり口を、とやかくいうのは失礼ってもんだよ」

暗闇のどこかに警備兵がいるらしい。

「しいっ！」

と制する声がした。

いつのまにか地下に下り立っていた。そこでも、明かりといえば、レーニンの遺体をおさめた透明ガラスの棺おけから発する、ぼんやりした光だけのようだった。

「あれまあ、あんた、ちょいと、あれごらんよ」

バターフィルドおばさんが小声でいった。

「ちっとはましなかっこうで、寝かせてあるじゃないの」

ハリスおばさんも、そのことには気づいていた。

「うちの人が亡くなったときとおんなじだよ。いちばんいい背広を着せておめかししてやったもんね。ただ、棺《ひつぎ》におさめてからは、だれにも見せやしなかったよ。だって、うちの人は、そんなことを喜ぶ人じゃなかったもの。『ふたをしてちょうだい』って、わたしゃ葬儀屋にいって……」

「しいっ」

また制止する声がした。

ハリスおばさんたちは、英雄の眠る石棺のところにたどりついた。ここでみんな立ち止まって、棺に横たわっている、まゆの濃い、先のつんと飛び出たあごひげをたくわえ、黒い服につつまれた、まるで眠っているようにまぶたを閉じている小柄な英雄を拝むことになるのだった。

その姿を見て、バターフィルドおばさんが口をつぐんでいられるはずがない。

「まるで生きてるみたいじゃないかい?」

おばさんは、感に堪えたようにいった。というより、この部屋で声を上げると死者を冒瀆《ぼうとく》しそうなので、口を開けずにささやいたのだ。

「そうは思えないねえ」

ハリスおばさんの胸に、かわいそうに、という思いがどっとあふれてきた。

「マダム・タッソーのろう人形みたいだよ。あのろう人形館のレーニンの方が、まだましじゃないの」

いつまでもそこに立ち止まってはいられない。それに、しんとした中で自分の声が、ひそひそ声でも聞こえすぎるほど聞こえていることもわかっている。それでも、こういわずにはいられなかった。

「恥っさらしだねえ。死んでまで、縁もゆかりもないトムだのハリーだのディックだのってとうちゃんたちに見られなくっちゃならないなんて。死んじまったら、自分じゃいやだっていえやしないんだよ。この人がそんなに大事なお方なら、ちゃんと葬ってさし上げたらいいじゃないか。こんなところに引きずり出して、ガラスケースの外からだれでもじろじろのぞけるようにしてさ。この人はいやでも、『あっちへ行けっ』ともいえやしないんだよ」

ハリスおばさんは、背中をぐいっと押された。

「お進みください。さ、動いて」

と命ずる声が聞こえた。

「あのちっちゃなお気の毒なお人にゃ、さぞかしやなこったろうよ」

ハリスおばさんは、ずばりと最後のとどめをさして、それから、やおら動き始めた。

おばさんには、すこしずつつかめてきた。モスクワってのは、ずらっと並んだ賞品の玉手箱みたいなものなんだ。開けてみると、つぎからつぎへわくわくするような、うれしいものもちょいちょい飛び出してくる。ちょうどイギリスのお祭りにつきものの「ぬかおけ」に手をつっこんで手探りでつかみ出す福ぶくろみたいなものだった。何が出てくるか、どんなものに出くわすか、開けてみるまでは、見当もつきやしない。

貸し切りバスで町を走ると、だれもかれも、地味な色のしたての悪い服を着ていた。背広ともいえない、型のくずれたよれよれ服の男たち。セーターにショールにスカーフ一点ばりの女の人たち。ハリスおばさんは気がめいってしまった。

もっとがっかりしたのは、おばあさんたちが黒い服を着ていることだった。しかもその姿で——若い人たちもいるにはいたが——、昔のおとぎ話に出てくる、魔女がまたがって空を飛んだ、あの小枝をたばねたほうきを持って道路を掃除しているのだ。

ハリスおばさんのするどい目が見逃すはずはなかったが、一方では、お抱え運転手の運転する黒い大型車の中に、勲章をずらりとぶらさげた男たちが、ゆったりとくつろいで乗っていた。バスの中で、おばさんはバイオレットに小声でいった。

「共産主義者っていうのもいろいろあるんだねえ。このへんにいる人たちゃ、わたしたちとちっとも変わりゃしないよ。きたない仕事は女の人がやるんだねえ」

「そりゃ、だれかがやる巡り合わせになってんだよ」

バターフィルドおばさんが、持ち前の哲学をご披露した。

古いもの新しいもの、いずれおとらぬ豪奢《ごうしゃ》な建築物や、ロシア人の巨大物愛好癖を見せつけられてはきたものの、ハリスおばさんは、国全体にそこはかとなくただよう、不快な貧困のにおいをかぎ取っていた。

つぎに案内されたのは、クレムリンの赤い壁の奥深くにある「武器庫」だった。これはすばらしい博物館で、一行は、その館内を足を引きずって歩きながら圧倒されてしまった。

文字通り、目もくらむばかりにさんぜんとかがやく剣《つるぎ》や刀のさや、王冠、玉座、イコン、聖書、衣装類、ターバン、頭かざり、ダイヤモンド、エメラルド、アメジストやルビーをちりばめた金のかざりもの。

真珠を幾連もつないで縫い取りしたマント、二千五百個ものダイヤモンドがめくるめくばかりの王冠、ダイヤモンドとエメラルドをぎっしりとはめこんだ、もう一つの王冠。笏《しゃく》に十字架——これには年代物のルビーが、無造作にはめこまれ、不格好にできあがっていた——などが、ずらりと並んでいた。

小は、さまざまな色の宝石をかざったイースターの卵や、ミニアチュアの花たばから、大は、金色に輝く皇帝専用の馬車まで——これは、幾台もあって、そのうちのいくつかは、まったく車輪つき家屋とでも呼べそうに大きかった——いやはや想像を絶する宝の山が、ここには詰めこまれていた。

イコン（ギリシア教会の聖像）は、真珠や宝石があまりにびっしりかざり立ててあるので、いったいなんの絵だったのか、形も意味もつかめなくなっている。

手綱やサドル、サドルバッグにいたるまで、トルコ石や手のこんだ金細工、トパーズ、ラピス・ラズリにダイヤモンドが、重くたわむほどついている。その昔、高貴なお方の乗るおウマさまが身につけておられたものだ。

見ていると、めまいがしそうだった。無数の宝石の放つ光が寄り集まって、突き刺すような光のたばとなり、見るものの目をするどく射てくる。ハリスおばさんは、ため息をついた。

「たまげたねえ、バイオレット。こんなのにくらべたら、ロンドン塔の王冠なんて、まるでウールワースの安物商品みたいに見えるねえ」

「この国の人たちは貧乏人だとばかし思ってたら、とんでもないじゃないの。これみんな、だれの持ち物かしら」

バターフィルドおばさんがいぶかしんだ。

「そんなこと知らないけど、これぜんぶ売っ払って、宣伝してるみたいに国じゅうみんなにわけっちまえば、ましな服の一着くらいは買えるだろうし、手洗いで用を足せるものも買えるだろうにねえ」

と、ハリスおばさんが話していると、ツアーのガイドがすり寄ってきて、歌うようにいった。

「こちらにありますす財宝は、すべてソビエト人民共和国の財産でございまあす」

するると、ツアーの一行の中から声が上がった。

「皇帝の財産は、一つ残らず処分したんだと思ってましたよ」

「その通りです。今はもう、皇帝のものではありません。わが国がすばらしい伝統工芸を持っている実例として展示してあるのです」

ついでハリスおばさんたちは、とある殺風景なホテルの食堂に連れこまれた。ホテルとは名ばかり、鉄道の駅の食堂を思わせる味気なさだ。まずそうな、ねずみ色の、とていのどを通りそうもない食事を、礼儀知らずのむっとした顔つきをしたウエイターや、ウエイトレスが運んでくる。そして、客の前に、文字通りドンと投げつけると、さっさと台所に引っこんでしまい、それっきり四十五分も、だれひとり現れなかった。

そんな不愉快な食事のあと、一行は、優雅なボリショイ劇場のバロック風の壮麗さと、胸ときめかす興奮のうずの中へふわりと運ばれていき、舞台の上ではなやかにくり広げられるおとぎ話のバレエの美しさに、うっとりと見とれた。出し物は「眠りの森の美女」だった。

ここでもハリスおばさんが気づいたのは、観客席の人々と、舞台の上の人たちとの、気味悪いほどの違いだった。

観客席には、男も女も同じ一つのみかげ石のかたまりから、のみをふるって彫り出したような、ずんぐりむっくりの、開衿《かいきん》シャツを着こんだ男の人たち、リボンかざり一つない、地味な身なりの女の人たちが席を埋めている。

かたや舞台では、光り輝くコスチュームを着て、おどり子たちが優美にはなやかに、流れるようにしなやかに舞いおどっている。とりわけおどろいたのは、そのほっそりと引きしまった体が、いとも軽がると宙に舞い上がることだった。

ハリスおばさんには、どう表現していいかわからなかったが、おばさんに限らず外国人の目には、舞台のせり出しをはさんで、向こう側舞台上の人間と、こちら側観客席の人間とが、どちらも同じロシア人とは、とても信じられなかった。あの舞台の上で、美しく宙を舞っているのは、それを見つめるずんぐりした大勢の人びとの中から飛び立った、奇跡の不死鳥だった。

一行は、町なかの広びろとした地域をあとにした。赤の広場とクレムリン区域をひとたび出ると、町には、ぞっと背筋の寒くなるような、同じ顔をした粗末なアパートが、えんえんと何区画もつづいていた。

一行は、つぎに、かの有名な地下宮殿――モスクワの地下にはり巡らされた地下鉄網の駅――へ連れこまれた。路線ぞいの各駅は、彫刻や絵画、レリーフ、色タイル、モザイクなどではなばなしくかざり立てられていた。

しかし、ほとんどが、デザインの品のなさに加えて、これ見よがしに金をつぎこんだ幼稚っぽさが感じられた。

「こんなもの、かざり立てたって、地下に隠してるんじゃ、なんにもなりゃしないだろうにねえ」

バターフィルドおばさんが感想をいった。が、ハリスおばさんの方は、この摩訶不思議《まかふしぎ》な、理解しがたい国民のただ中に飛行機で乗りつけて以来、興味深く観察をしつづけた結果、すこしばかりわかりかけていた。

「どうかねえ。ロンドンでも、ちょいとこんな具合にやってみるのも悪くないねえ。地下鉄の駅をかざり立てたって、だれかが困るってことはないんだもの」

たなぼた式にくじで転がりこんできたモスクワへのパッケージツアーは、いざふたを開けてみると、見るもの聞くもの、面白く目新しく、ハリスおばさんはわくわくし通しだった。

この興味のつきない大都会や、そこに住む人びとが実際どんな暮らしをしているかを探る胸おどる楽しみにくらべれば、ロックウッド氏の悲しい恋物語も色あせてしまい、いつのまにか、おばさんの頭からかすんで消えてしまった。それればかりか、荷物をこっそり探られたことも、二人の探偵にいつも監視されているらしいことさえ、大して気にならなくなっていた。

注意深く道ゆく人を観察してみると、この町では、ただぶらぶらと通りを歩いている人も、毎日のつとめに向かうふつうの市民も、いつ何どき、うしろから警官の手がのびて、「おい、ちょっと、きみ」と、軽く肩をたたかれるのではないかと不安にかられて、肩ごしにうしろを振り返るくせが身についているらしい。

(国じゅうの人が、一人残らずしょっちゅう疑われてるなんて、ありっこないね)と、ハリスおばさんは、胸の中でつぶやいた。

しかし、警官や軍人、ひとめで私服刑事とわかる人間のなんと多いこと。それに、どことなくうしろめたそうな、隠しごとをしているような町の人たちの態度。見知らぬ人にはなるべく口を利くまいとするようすを考え合わせると、ひょっとしたら、そんなこともあるのかもしれないと思えてくる。

（でもまあ、そりゃあそちらさんの問題で、よそ者のわたしの知ったこっちゃありませんからね）

ハリスおばさんは、ハンドバッグの中で、またもやカサリと音を立てている例の手紙のことなど、ちらとも思い浮かべなかった。

わくわくすることばかりのこの旅行で、まったく期待はずれに終わりそうなことが、一つだけあった。バターフィルドおばさんの毛皮のコートである。けれど、どちらのおばさんも、あえてそれを口にするのをさけていた。

ハリスおばさんが黙っていたのは、今までのところ、目の届く限りどこにも、そんな代物は影も形も見当たらないからだ。

バターフィルドおばさんの方は、生まれてこのかた悲観屋で通してきたし、がっかりするのはいつものこと、慣れっこだった。自分にとって、大事なものやわくわくすることと、切なく願っていることが自分にかなうことは、ぜったいにありっこないとあきらめていた。

だから、「毛皮のことを忘れてるよ」と、注意をうながすことさえしなかった。

モスクワじゅうを巡り歩いているうちに、たまに目にした毛皮というと、北部地方からやってきた農夫の背中をおおっている上着だけだった。それも、よれよれにすり切れてみすぼらしく、たいていは汚れきっていた。

まだ冬には間があるが、冷えこみのきつい夜は、うす手のコートとかショール、カーディガンくらい、はおらなくてはすごせない。

毛皮業界では品質のおとる、さほど値打ちもないげっ歯類の、地味なジャコウネズミの毛皮さえお目にかかっていない。国営百貨店グムにも、そこらにちらほら目につく店先にも見当たらないのだ。

なんというけものの皮をはいで作ったものやら、見当もつかない毛皮の帽子だけは、たいていのロシア人の男たちがかぶっていた。

しかし、それはそれ、帽子を背中にはおって歩くわけにはいかない。

旅行者の間では、ベリョースカへ行けば、外貨で買える高価なみやげ物がたっぷりそろっている、という、もっぱらのうわさだった。

といっても、六Aツアーのメンバーの中には、だれひとりありあまった金をもてあましていそうな人はいなかったし、また、この特等品百貨店を訪れる予定は、観光日程に組みこまれてはいなかった。

モスクワ滞在は、もう終わりに近かった。出発はあすに迫っていたのである。

ハリスおばさんは、友だちが手に入れることのできる毛皮は、ほんとうにどこにもないものか、はっきり確かめたかった。

「今日の午後、ちょいとベリョースカへ行っちゃいけませんかねえ」

と、ガイドにたずねてみた。

すると、ガイドの返事は、まったくにべもなかった。

「ニエット。できません。ツアーの予定にありませんから。それに、あそこで売っているものは、とても手が出せませんよ」

プラクセーブナ・レレーチカは、上司からくれぐれもいいふくめられていた。「一瞬たりとも、この二人の婦人から目をはなさぬこと」という指令である。

そんなわけで、自分の思いこみのために友だちをがっかりさせる結果になって、ハリスおばさんは残念に思ったが、だまって引き下がらないわけにはいかなかった。

しかし、これは、国家公安局外国部部長グレゴール・ミハイロビッチ・ダグリエフ大佐が、公安局外務省所属の検査官、バスラフ・ボルノフを電話に呼び出す以前の話だった。

この電話で、部長は、二人のイギリス婦人の行動について報告せよと命じたのである。部下のボルノフが報告すると、部長は、かんかんに腹を立て、逆上のあまり、ロシア語で「ばか」という意味ののしり言葉を雨あられとあびせかけ、そのあげく、「ただちにこの二人組への方針を変えよ」と命じたのだった。

この電話のやり取りを訳してみると、ほぼこんな具合だった。

ダグリエフ大佐　ああ、きみ、例のイギリスの女スパイ二人、ハリスとバターフィルドの件はどうなっとるのかね。

ボルノフ検査官　すぐ手もとに報告書がございますが、部長。

ダグリエフ　で、どうなんだ？
ボルノフ　めぼしいお知らせはありませんね。紙屋の部屋に入らせてしまった失敗のあと、監視はいちだんときつくしましたし、あの二人だけがグループとはなれて別行動を取ることは一刻たりともありません。
　グループの中におりますときは、いっそうよく見張っております。
ダグリエフ　二人がグループからはなれておるときは一刻たりとてなく、グループの中におるときは、いっそう見張っておるとは、どういうことかね、きみ？
ボルノフ　文字通りでございますよ、部長。
　わたしが受けている指令は、二人が飛行機から降りた瞬間から、決して二人きりにさせぬこと、ということでして、ほかの解釈の余地は、まったくございません。
　ここにある報告書によりますと、朝二人が起き出した時点から……。
ダグリエフ　待て待て。きみはいったい、何をいっとるのかね。
(ダグリエフ大佐の声が、今にも雷を落としそうな、深い不気味な低音に変わった)
　きみはこの二人組に、自由行動をいっさい与えなかった、と、そういっとるのかね？　二人っきりで外に出す。もちろん、尾行はつける。そうして初めて、二人を尋問するチャンスがつかめるんじゃないのか？
ボルノフ　しかし、部長。わたしの受けた指令は明らかでして、二人は第十二条例に基づいて監視されることになっているんです。

二人の持ち物はすべて検査ずみです。暗号らしきものはもちろん、疑わしいものは、いっさい発見されておりません。

盗聴器は、完璧《かんぺき》に作動しております。夕食には例の薬剤をかならず混ぜまして、睡眠中に秘密をしゃべらせる努力はいたしております。

通貨を公定よりいい割合で交換したり、酒のたぐい、ポルノ雑誌などの密売を初め、洋服その他の私有物を、飛びつきたいような値段で買うチャンスを与えてみるとか、二人を逮捕に追いこむ犯罪を犯させるべく、いつものあの手この手を使って誘惑してはおりますんですが。

ええ、あのう、何しろ二人とも、かなりの年ですから、男でつるのは無理と思いまして、その手だけははずしてあります。

それから、隠しテレビは必要ないと思いまして――いやもちろん、洋服の下に密売用の品などを、こっそり隠していないことを証明するテープが、手元にあるからでして――。

今までのところ、法にふれるような誘いの手には、いっさい乗ってこないのです。やることなすこと、清廉潔白でしてね。

ダグリエフ　（ついに嵐が起こった）

ばかもん！　たわけ！　ぼけなす！　まぬけ！　あほちん！

（その他とうてい翻訳不可能なロシア語ののしり言葉を吐き散らした）

第十二条例に項目Aがつけられとるのだ、きみは知らんのか！　パッケージツアーに加わっとる疑わしいやつらには、半日の自由行動を許すんだ。どんな任務であれ、すくなくともスパイのやりそうな任務を果たすチャンスを与えて、現場を押さえるんだ――。このうすばか！　のうなし！　とんま！　ぼんくら！

ボルノフ　しかし、部長。こちらへは追加項目など届いておりません。もし知っておりましたら、もちろん――。

ダグリエフ　どしろうと！　半人足！　へまおやじ！　だいたい、KGBの人間がだな、そんなことをいちいちいわれずとも自分で考えろ！

ボルノフ　といいましても、部長。半日の自由行動を許しても、何になりますかねえ。手もとの報告書によりますと、この二人は、とても手に負えない利口者か、でなければ、まったくの白か、どっちかですね。

先に申しました通り、二人を逮捕しようと、あの手この手のきっかけを作ってみせたんですが、すべてはずされましたからね。

自由行動を許されたからといって、秘密警察にぐるりを囲まれていては、二人がぼろを出すはずありませんよ。

ダグリエフ　このとんま！　ふぬけ！　でき損ない！　いったいきみは、ゴーリキー通りから赤の広場に達する間に、外国人は一人残らず、わが国民でさえ、最低三回は軽犯罪法違反、四回は公安法違反に引っかからずにはおれん、ということを知らんのか、ええ？　とっつかまえて三日まで尋問できる重罪を五つ六つは犯す、と、そこまではいわんがね。

ともかく、この二人が自由行動を願い出たかどうか、すぐ確認したまえ。もしそうであれば、すぐにも許してやれ。それから、スパイ条例第五項に基づいて、特別市民兵、警察、探偵、その他腕の立つ連中を、二人の歩く道筋にくまなく配置して、警戒にあたらせろ。

こういうしだいで、モスクワ泊まりも今日が最後という日の晴れ上がった午後四時十五分前のこと、ハリスおばさんとバターフィルドおばさんは、プラクセーブナ・レレーチカから思いがけない知らせを受けたのである。

「おくさまがた、先ほど、お二人で買い物に出たいとかいわれましたね。そのことで問い合わせましたところ、許可がおりましてございます。帰り道がわからなくなりましたら、迷子にならないでくださいまし。ホテルの名前だけおっしゃれば、だれかが助けてくれましょう」

ほどなく、二人はモスクワのど真ん中に、二人っきりで立っていた。

「どっちへ行こうね」

と、エイダがたずねた。

「わからないよ」

バターフィルドおばさんが心細そうに、ふるえ声を出した。すっかりおなじみになった、自分と同じ英語をしゃべる六Aツアーのグループから急に二人きりになると、またぞろ不安でたまらなくなってきたのだ。

「みんなといっしょの方がよかったのかもねえ。きっと迷っちまうよ。ねえ、何だか、とんでもないことが起こりそうな気がするよ」

「ばかおいいでないよ」

ハリスおばさんの方は、手綱をとかれてうきうきしていた。

「まず、ベリョースカへ行かなくっちゃね。話を聞いてからずっと、行ってみようと思って場所を確かめといたんだよ。ほら、あすこの教会を曲がってすぐだよ」

第十三章

行ってはみたものの、ベリョースカの贅沢《ぜいたく》品売り場は、ガイドのいった通り、お金持ちさんの店だった。胸のポケットが、高額のトラベラーズ・チェックではち切れそうになっていない人には、しょせん時間の無駄でしかない。ソビエト連邦は、外貨が不足してきたからといって、みやげ物を売った上がりを期待するような、けちなまねはしないというわけである。

旅行者に手渡されたパンフレットには、「みなさまにロシア最高の、かつ、もっとも魅力的な品を提供いたします」と書いてあった。

それによると、高価な宝石類、金銀の骨董《こっとう》品、古い歴史を持つ教会から巻き上げてきた、値段のつけようもなく貴重なイコン、ファーバジェイの工芸品の数かず。金貨類、みごとな彫刻類。ソビエト連邦内の辺境地帯の産物——たとえば、針の穴さえくぐらせることができそうな繊細な織りのカーペット類や、手織りのシルク・レースなど——。

かつてはいろんな小動物たちの身をつつんでいた毛皮で作り上げたオーバーコートも、もちろん並んでいた。その一枚一枚が、コートの重さ分だけ金貨を積まなくては、手に入りそうもなかった。

こういったすばらしい品じなが、旅行者の手に入るはずだったのだが……。

ハリスおばさんとバターフィルドおばさんは、感じよくしつらえた「宝の家」の中を、目をまるくしながらうろついてまわった。

値札には、ドル、ポンド、フラン、ドイツのマルクを初め、とくに南アメリカの億万長者を目当てに、ペソ、クルゼイロ、ボリバーなど、各国の通貨で値段が表示してあった。

「おどろいたねえ」

ハリスおばさんが、ため息をついた。

「こんなところで時間をつぶしたってしようがないよ。つつみ紙だけで、五ポンドは吹っ飛んじまうよ」

とはいっても、二人にとっては楽しい目の保養だった。とても手の届かない、二千ポンドから四千ポンドまでの値のついた品でも、バターフィルドおばさんがやってみせたように、ちょっとひねり手を使えば、楽しめるものだ。

見物人になりきって、ひやかしてやりさえすればいい。店に並べてあるものの中で、とくに時代がかっていて、一見粗末なできばえの品を、こんな風にけなすことだってできるのだから。

「ちょいと、あれを見てごらんよ。わたしゃ、くれるったって、あんなもの自分ちに置いときたかあないね」

こんな具合に、ああでもないこうでもないと品さだめをして歩き、二人は自由時間の初めの三十分間を心ゆくまで楽しんで、百貨店をあとにした。

通りへ出たとたん、待ちかまえていたのが、KGBえりぬきの秘密警察、おとりの連中だった。

あたりいったい、アリのはい出るすきまもないほど、スパイたちが変装をこらして二人のおばさんを取り巻いていた。警官隊、市民兵、軍人、保安隊の連中が、昔ながらの魔女ぼうきで通りを掃除している黒服のおばあさんから、トルコのジュート商人やウズベクのラクダの隊商にまで身をやつして、罠《わな》をはっていたのである。

ところが、ご苦労千万なことに、こんな連中は、なんの役にも立たなかった。二人のおばさんが、ソビエト市民や、ソビエトを訪れている外国人を脅《おど》すために作った、百以上ものいりくんだ法律を犯して、一時的にせよ、留置場にぶちこまれるはめになったのは、手ぐすね引いて待っていたスパイたちのだれの活躍によるものでもなかった。

すべてそれは、こんな具合に、みごとにすんなり、すっきりと起こってしまったのである。

二人のおばさんは、日のさんさんと降り注ぐ通りに一歩ふみ出し、明るい日ざしに目をぱちくりさせながら、さて残った時間をどう使おうかねえ、と思案していた。

そのとき、旅の汚れとほこりにまみれたがたがたのベントレーが、こちらへ向かってやってきた。

後ろの座席が七人乗りという大型車で、そこへ十人の若者たち——男六人に女が四人——が、ぎゅうぎゅう詰めに乗っていた。

全員ジーンズにTシャツ姿で、シャツの胸には、アメリカの大学名が——たとえば、フォレスト・ウエイク大学とか、イエール、プリンストン、カルバー・シティー・アカデミーとか、ウエスト・オクラホマ大学とか——でかでかとプリントしてあった。男も女も、そっくり同じかっこうだった。当時は、Tシャツが若者の間に大流行で、ヨーロッパじゅうのどこででも手に入った。

風変わりな乗り物から、次つぎと下り立った、まるでロシア人らしくない風体の若者たちを見て、道ゆく人々が何ごとだろうと気をそそられ、たちまち三十人あまりの人がきができた。

すると、グループのリーダー格らしい、のっぽの青年が進み出た。やせこけて、ものにつかれたような顔つきの、ぎらぎらと燃えるような目をした男で、親指をズボンとベルトの間につっこんで、演説を始めた。

「主は、つねにわれわれとともにおわします。さあ、われわれの救い主、主をたたえる賛美歌をごいっしょに歌いましょう！」

べつの青年が、コルネットを取り出し、くちびるにあてて、古い美しい賛美歌「古き岩」の最初の一節を吹いてみせた。すると、九人の若々しく張りのある声が、すぐ唱和して歌い出した。

ハリスおばさんは、うっとりと聞きほれた。歌詞は懐かしい英語だったし、メロディーは、子どものころからおなじみの節だった。

「すてきだねえ。モスクワで、こんな場面にぶつかるなんて、夢にも思わなかったよ。ねえ、バイオレット。あの子たちに、わたしたちの歌も聞いてもらおうじゃないの」

　ハリスおばさんは、うきうきとした足どりで、青年たちの輪に加わった。ほかの見物衆は、口も開かず歌いもせず立っていたが、もともと音楽好きのロシア人らしく、引きこまれたように耳を傾けていた。

「古き岩」を歌い終わると、主を信ぜよという短い説教があった。それから、また賛美歌のコーラスが始まった。

「主はわれに、光の子となるを望みたもう」と、一番のとちゅうまで歌いかけたとき、制服姿の男たちを乗せた、大型の真っ黒なズィム印自動車が二台、フルスピードでこの一団目がけて突進してきた。

　するとこのとき、福音伝道グループは、奇跡の早わざをやってのけた。何度もそんな目にあっているか、事前の打ち合わせでもなければ、とてもそうはできなかったろう。

　彼らは、目にも留まらぬすばやさで、見物人一人一人に、びらをにぎらせた。それから、さっとぽんこつ自動車になだれこみ、脱兎《だっと》の勢いで車を走らせると、あっというまに角を曲がって見えなくなった。

　つっ立っていた見物人の動きも、負けずおとらずすばやく、もののみごとにかき消えて、一人もいなくなった。

黒ぬりの二台のズィムが現場に近づいたとき、そこに残って、夢中になってびらを読んでいたのは、ハリスおばさんとバターフィルドおばさんの二人きりであった。

びらは、しみだらけの、ひどい印刷だったが、内容は、はっきりと読み取れた。

「主なる神を信じよ。主は、燃える剣《つるぎ》をもって、悪を打ちすえ、あなたがたをお救いくださるからである。

主をはなれるな。そうすれば、主は、あなたがたをお見捨てにはならない。福音の喜びをロシアの兄弟たちに伝えよ。

主なる神は身近にいまして、あなたがたの救い主となられるであろう」

二枚めのびらをかざる文面には、さらにかん高い、力強いひびきがあった。

「異教の徒に情けをかけてはならない。主が、彼らを打たんと待っておられるからである。信仰を固くもち、教会をいま一度、信徒のあふれる場所とせよ。悪しきものをはびこらせるな。主を拒むものたちにたいし、主のお怒りをあおってはならない。

主の栄光が、この無知なる国の闇を通して射しこむよう祈れ」

同じようなびらが、ほかにも数枚あった。どのびらにも、最後に小さな文字で、

「ビクトリア福音伝道聖書教会、ロンドンSWI、ビクトリア、ストラットン通り三十一番地、牧師R・W・プルーマー　D・D（神学博士）R・D・D」

と印刷してあった。

ハリスおばさんは、ここまで目を通して、うれしそうな声を上げた。

「あれまあ、あんた知ってるかしら。ストラットン通りっていえば、わたしのお得意さんのビンガム夫人のお宅が、ちょうどこの通りの角を曲がったところなんだよ。プルーマーってこの牧師さんも、わたしゃ何度もお見かけしたことがあるよ。背の高いハンサムなお人で、頭が白髪でさ……」

そのときだった。二台のズィムの扉が開いて、ロシアの法律のいろんな番人たちが、どやどやっと転がり出てきた。

ハリスおばさんとバターフィルドおばさんは、その場でつかまってしまった。「ソビエト社会主義連邦共和国の安全を脅かす、外国人によって発行された宗教関係文書を所有していた」という罪名の現行犯であった。

二人のおばさんは、あっけなく逮捕された。なにしろ、そこには二人きりだったし、有罪の証拠となるびらを、しっかとにぎりしめていたのだ。

大急ぎでまるめて捨てられたほかのびらは、あたりいちめんに散乱し、風に吹き散らされて、溝の中まで舞い落ちていた。

二人のおばさんの逮捕劇に登場したのは、グレゴール・ミハイロビッチ・ダグリエフとバスラフ・ボルノフばかりではない。二人のスパイ容疑についての報告書を読んだ、ずっとおえらいKGB高官もいたのである。

この高官は、お目当てのスパイを、直接わが手で逮捕できたことに、ほくほくしていった。市民兵や私服警官、KGB特別係官などを巻きこんで外国人をつかまえると、決まって、欧米のマスコミの反撃をくらうからであった。

今のように外国の宗教団体の発行した違反文書を持っていたという、比較的軽い罪で、この危険きわまりない二人組をつかまえられるのは、願ってもないことだった。

何はともあれ、この際大事なのは、KGBが二人を手中におさめたことである。


最初、まわりで飛びかうのはロシア語ばかりで、二人のおばさんには、何がどうなっているのか、さっぱりつかめなかった。

ようやく逮捕に派遣された警官が、証拠のびらを指さしながら、英語で叫んだ。

「禁止文書だ！　禁止されているんだ！　おまえたちを逮捕する。いっしょに来い」

二人は、ズィムのうしろの座席に無理やり押しこまれそうになった。その土壇場になってやっと、

(こりゃ、たいへんなことに巻きこまれちまったよ)

と、二人は気づいたのだ。

ちょうどこのとき、二人のおばさんはもちろんのこと、もう用のすんだスパイ調査局の係官たち――すでにこの場から姿を消していたが――も、あるいはKGBのおえらがたすらも思いも寄らない、「ぐらぜん」が起こったのである。

二人のおばさんが、車に押しこめられている現場に、一台の車が通りかかった。べつ

にめずらしくもなく、人目を引く車ではなかった。

というのは、よく見かけるロシア観光局のＶＩＰ（賓客）専用車だったからだ。車のうしろの座席には、一人の人物が乗っていた。

何事だろう、と、その人は、警官隊の捕り物騒ぎの方をふり返った。

しかし、路上での逮捕劇は、よくあることだ。ＶＩＰ専用車の乗客も、あやうく気にも留めずに行きすぎてしまうところだった。

たまたま、ひょいともう一度ふり返ったとき、ハリスおばさんが、まさにズィムの中へ押しこめられようというところであった。

それを目にしたとたん、乗客は、あっとおどろいた。運転手席との間をへだてるガラス窓をはげしくたたいた。車は、すでに現場から一区画ほど走りすぎていたが、運転手はキイーと車を止め、指示通り、くるりと向きを変えた。それから、ご主人からのつぎの指令を待ち受けた。

ＫＧＢの役人たちとしては、二人のスパイをこのますぐにも、悪名高いルビヤンカ刑務所にぶちこみたいのは、やまやまだった。

しかし、ＫＧＢといえども、従わなくてはならない規則がある。この二人の婦人は、重罪でつかまったわけではなし、せいぜい社会の風紀を乱したか、あるいは、軽犯罪法にやっと引っかかる程度の罪状にすぎない。

おまけに、二人は外国人ではあり、無理やり地下牢《ちかろう》へ引きずりこむことも、はばかられた。手ごろなやり方としては、まずそこらの警察署へ連れていき、びらを持っていたかどで調書を取ろう。それから、KGBが、やおらみこしを上げる、というあたりが無難ではないか。

こう決まって、一行は現場にもっとも近い警察署に向かって、のろのろと動き出した。それを待っていたように、例の観光局のVIP専用車も、同じ方角に進み出した。

この天からふってわいたような災難にみまわれた二人のおばさんは、面白いことに、まるで二人の人柄が、とつぜん入れかわったともいえる反応を示したのである。

バターフィルドおばさんの方は、ロシアの飛行機が、ヒースロー空港の滑走路を飛び立った瞬間から、これで安全地帯とはおさらばなんだ、いずれこの手の災難がやってくるよ、と覚悟ができあがっていた。

ハリスおばさんの方は、気楽な性分で、夢にも考えていなかった。そんなわけで、いざ事が起きた今、恐怖にちぢみ上がってしまったのは、二人のうちハリスおばさんの方だった。

(ロックウッドさんのラブレターなんか、預かるんじゃなかった!)

と、ハリスおばさんは、胸もはりさけんばかりに悔やんでいた。

ラブレターという代物も、信じていいのかどうか、ロックウッド氏がそういったからというのにすぎない。開けてみたとしても、おばさんには一字も読めないロシア語なのである。

ロックウッド氏が、わざわざ英訳してくれた、ひどく感傷的な口説き文句も、彼が読み進めながら、かってにでっち上げていっただけかもしれない。

旅まわりの伝道師たちの賛美歌を聞いて、教えを説《と》くびらを持っていた、というだけのことで、この国では、どっと警官隊が押し寄せるらしい。

だとすれば、ソビエト国民に、法を犯して、こっそり手紙を届けようとしたことがばれたら、いったいどんな目にあわされるだろう。

持ちこむときには、ずいぶん用心して隠しおおせたつもりだったが、その手紙は、今も今、ハンドバッグの中にひそめてある。しかも、持ち物はすべて、徹底的に調べられる、とあっては、もはや逃れるすべはなかった。

ハリスおばさん自身は、見あげた真の勇気をたっぷり持ち合わせていたので、どんな目にあおうと、大して気にもならなかった。

ただ、いっしょに巻きこんでしまった友だちの身に、どんなわざわいが降りかかるか、それを思うと、身を切られるほどつらかった。

警察につかまってしまった今となっては、自分の計画は、ばかげた空想を夢中で追いまわしたあげくの、まったくのお節介にすぎないような気がした。

警察署というところは、実際、どこの国も似たり寄ったりだ。中のにおいも、警官の態度も、なぜか同じである。

消毒剤と、不潔な体と、恐怖から立ち上るにおいとが入りまじった、一種独特の臭気がたちこめている。

部屋の中は、どこも、人の気持ちをわざわざ暗くさせるために作ったふうで、取り調べの警官たちも、たましいを持たない機械人間か、ロボットのようである。

取り調べはふつう、巡査部長にあたる人のデスクで行なわれるのだが、KGBのおえらがたが居並んでおり、この事件は、明らかに「いつになく」重要であるらしいので、二人のおばさんは、となりの部屋へぐいぐいと押しこめられ、ここで調べられることになった。

そこには、テーブルが一つと、いすが数脚置いてあった。通訳をかねる地区の警察部長のほかに、ダグリエフ大佐、ボルノフ検査官を初め、ソビエトの恐るべき警察組織の下っぱの指導者たちも数人集まっていた。

取り調べは、通訳が二人に話しかける形で、こんな具合に行なわれた。

「まず知らせておかねばならんが、おまえたちは、ソビエト国法に違反したために、逮捕されたのだ。

宗教を宣伝する文書や、写真絵画、パンフレット、それから、おまえたちが持っておったびらのたぐいは、配ったり読んだりすると法にふれる。

おまえたちは、インツーリストからもらったパンフレットで読んだだろう。それに、ツアーのガイドの口からも説明を聞いたはずだ。

この点について、おまえたちが知らなかったはずはない。そこでだ。わが国法を犯したおまえたちは、国籍のいかんを問わず、当然のお裁きを受けることになる。これからたずねる質問に、すべて正直に答えるならばよろしい。おまえたちが、共謀して行なった犯罪を、こちらに協力してあっさり認めるならば、こちらも、寛大に処理することもできないではない。まず、姓名は？」

「わたしの名前をいえ、ってのかい？」バターフィルドおばさんの、いつもはやさしい言葉があふれてくる、小さなくちびるから、憎しみに満ちた、はげしい返答が飛び出した。長年付き合いのあるハリスおばさんでさえ、たぶんお目にかかったこともない見幕だった。度肝をぬかれて、おばさんは、かっとなったバイオレットを、しげしげと見つめた。

「わたしの名前が、何か、ってんだね？」バイオレットはつづけた。「知りたかったら、わたしがイギリスで書かされた、ろくでもない書類を繰ってみたらどうなんだい。こんなひどい国へやってくるお許しをいただくために、ちゃんと自分で署名したんだよ。なんだい、え？『ここにサインしろ、あそこにサインしろ、名前は？パスポートは？ビザは？切符は？』って、さんざんうるさくつっつかれてきたんだよ、今日まで。それなのに、まだわたしの名前が、わからないってのかい？　ありったけの書類を、とっくり見たらいいじゃないか」

一瞬、だれもがあっけに取られて、ぽかんとなった。おかげで、バターフィルドおばさんは、たっぷりひと息入れることができた。なにしろ、ご存じのおでぶちゃんなので、肺活量もぐんと大きい。ひと息で、かなりぽんぽんしゃべりつづけられるほどの補給ができた。

「それにだよ。いっておくけど、こんなひどい国ったらありゃしないよ。自分でもまともにやってけないのに、よその国の人を観光に呼び寄せて、お金を巻き上げよう、ってんだからねえ。

これが国家っていえるのかい？　笑わせるよ、まったく。お客を一時間半も待たせといて、石みたく冷たくなった料理の皿を、愛想もくそもないウエイトレスが、客の前にぶん投げる、なんてことがないようにできないのかい？

礼儀なんて、かけらもありゃしないよ。いくらなんでも、ロシア語にだって、『どうぞ』とか、『ありがとう』くらいありそうなもんだのに、わたしゃ、一遍だって聞いたこともないね。

『ここにいろ、あっちへ行け、バスに乗れ、バスから下りろ、口を利くな、ここで待て』そればっかしじゃないの。これで、何がお楽しみ旅行かねえ――」

そろそろ息が切れかかっていた。バターフィルドおばさんは、大急ぎで、がぷりと空気をのみこんだ。

「それに、何さ、あのいまいましいホテルったら。水洗トイレのひもを引っぱったって、水もなんにも出やしない。そのくせ、しばらくしたら、シャワーの方から水が飛び出すんだからね。こんなのを、ホテルっていえるかい？

いったいどういう作りになってんだか、こっちをひねったら、あっちから水が出るなんて水道に、わたしゃ、お目にかかったこともないよ。

それに、タオルのきたないこと。くつをふくのもごめんだね。エレベーターは、爆破しようたって、火薬の方がもったいないよ。もっとも、あんたたちに必要なのは、火薬かもしれないねえ。ぶっ飛ばしでもしなきゃ、いつまでたったって、事は変わりゃしないもの。

この国じゃ、電話は、なんのためにあると思ってんだろねえ。すくなくとも、人がしゃべったり、聞いたりするものじゃないらしいよ。

電気ってものもあるらしいけど、夜、本を読む明かりをつけるほどは、ないんだねえ。まったく、ベッドはでこぼこ。クッションはほこりだらけ。毛布は虫くいの穴だらけ」

バイオレットが、ここでもうひと息入れるのを見て、ハリスおばさんは、ふるえ上がった。つかまったときはともかく、二人の運命は、これでいよいよ決まったも同然だった。

酸素を吸いこんだバターフィルドおばさんは、いっそう勢いづいて、いすから身を乗り出し、まるまる太った人さし指を、ダグリエフ大佐の鼻先でふりまわしながら、演説をつづけた。

「もう一つ聞いておきたいことがあるよ。通りに立って、キリストさまのことを書いたびらを読んでただけで、だれに迷惑かけたわけでもないんだよ。なんの罪もない労働者の女に、わんさと警察を差し向けてつかまえるなんて、こりゃ、いったい、なんのまねだい？

あんたたち、ひげづら下げた異教徒どもも、キリストさまが何をおっしゃって、何をしてくだすったか、ちっとは耳を傾けた方が、よっぽど身のためだよ。

町じゅう教会だらけなのに、だれも入ってやしないじゃないの。行くのは、六ペンスかそこら払って入る観光客ばっかしなんだから。

そうかい。わたしがキリストさまをほめたたえて、キリストさまがあんたたちもふくめて、人間のためにしてくだすったことに感謝すると、それは犯罪だってことになるんだね？

わたしゃ、この国で、とてつもない宝石だとか、金細工をずいぶんたくさん見せてもらったけど、いったいぜんたい、だれさまのおかげで、あれを手に入れられたと思ってるんだい？

毎日のおまんまは、だれのおめぐみだと思ってるんだい？　一日の半分は、ひざまずいて、神さまに感謝いたします、ってお祈りするがいいよ。神さまは、あんたたちみたいな人間のくずでも、お見捨てにはならないんだから」

バターフィルドおばさんは、たばこの煙のもうもうと立ちこめる、取り調べ室のきたない空気を、気前よくひと息深ぶかと吸いこんで、さらに気炎を上げつづけた。

「ここにいる友だちが教えてくれたけど、あんたたち、二人の持ち物をひっくり返して調べた上、わたしたちの部屋を、天井の穴からのぞいてんだってねえ。あきれるったらないよ。

あんたたちのばらまいてる観光案内のパンフレットにあるような、きれいなとこを見たいと思って、はるばるやってきたお客に対して、それがお返しだってのかい？

スパイ扱いまでしてくれてさ、けっこうなこったよ。水道管と電線がごった混ぜになって、どっちがどっちだかわかんないような国をスパイしろったって、したくもないね。

その上さ、どこへ行っても尾行がついてんだね。つけられてるってのは、六つの子どもにだってわかるよ。あれじゃあ、さる芝居だよ、まったく。

それで、何かい。わたしの名前を知りたいって、あんたたちはいうんだね。じゃあ、教えてやるから、よっくお聞き。

バイオレット・メイベル・アーネスティン・バターフィルドってんだよ。ありがたいと思いなさいよ。めったに聞けないような高貴な名前なんだから……」

「バイオレット！」

と、ハリスおばさんが、あわてて友だちのそでを引き、最後までいわせず押しとどめた。

放っておくと、どこまで調子に乗るかとめどがなかった。それに、ダグリエフ大佐の顔が、みるみる真っ赤に染まり、今にも怒りが爆発せんばかりだった。

大佐が堪忍袋の緒を切ったのは、自分の愛してやまぬ公安局外国部の仕事を、バターフィルドおばさんが、こてんぱんにやっつけたからだった。

その仕事への攻撃は、当然、部長のダグリエフ大佐の誇りを骨のずいまで刺しつらぬいた。

かんかんに怒った大佐の、にぎりしめたこぶしが、デスクの上に雷となって、ドンッと落ちた。

「だまれっ！　おまえたち二人は、逮捕された身だっ！　取り調べは、こっちがやるんだっ」

大佐は、もう一度こぶしをふり上げ、こんどは、十センチはありそうなぶ厚い書類の山に、ドンッとふり下ろした。

「二人とも、余生を労働キャンプで送らずにすむとしたら、よっぽど幸運だと思え！　おまえたちがスパイであり、伝書バトであることくらい、とっくに調べがついてるんだ」

大佐はそれから、ハリスおばさんに聞いた。

「名前は？」

ハリスおばさんは、大佐がそれ以上、演説をつづける気配のないことを見て取って、名前を告げた。

「エイダ・ミリセント・ハリスです」

「ハンドバッグを寄こしなさい。あとで二人とも、もっと徹底的に洗ってやる」

バターフィルドおばさんは、木の葉のように青ざめた。さっきまでの、さかんな空元気も吹っ飛んでしまった。ハンドバッグの中の代物を承知していたからだ。

ハリスおばさんの方も、心の中でこうつぶやいていた。

（とうとう来ちまったよ。これで二人とも、おしまいだねえ。まったく、わたしゃ、なんてばかだったんだろう）

ロックウッド氏にいわせれば、恋人へのラブレターだが、実のところ、中身はなんなのかさっぱり見当もつかない手紙を、今もなおバッグの中に持っているのだ。

「同志よ、革命に立ち上がれ」という指令の手紙でないと、どうして断言できよう。モスクワでは、主イエス・キリストを声張り上げてほめたたえたというだけで、つかまるのだとしたら、これはもう、しばり首ものだった。

今となっては、もうあとの祭りだったが、ハリスおばさんは、前もって頭をひねったあげく、あるいはうまく切りぬけられるかもしれないと算段して、ちょっとした小細工をしてあった。

例の何も書いてない封筒の表に、「フランク、ジョニイ、メリーおばさんに絵はがきを出すこと」「アニーに人形を買うこと」「毛皮のコート」「国営百貨店グム」「みやげ物」などといったメモふうの走り書きをしておいた。

ロンドンのあちこちの住所なども書き散らして、この封筒が、買い物のメモか何かを念のために書きつけておく紙切れにすぎないのだ、と見せかけておいたのである。

しかし、モスクワに着いてからのさまざまな出来事——所持品検査、尾行、そして逮捕と進んできたすべて——を思い返してみると、事態は意外に深刻だ、ということが、おばさんにもはっきりわかった。

この数日、二人のあとをこっそりつけていた秘密探偵の連中は、ばかなお笑い劇の大根役者だったとしても、この陰気な部屋で、二人をにらみつけている、しかめっつらの男たちは、そう甘くはなかった。

封筒の表に書きつけたメモに、この連中が一瞬でもだまされるとは思えない。たとえだまされたとしても、封のしてある封筒は、かならず開けられるに決まっている。そうなれば、万事休す、だ。

大佐が手を伸ばして、ハンドバッグをつかもうとした、まさにこのとき、じゃまが入ったのである。まず遠くの方から足音と声が近づいてき、いくつもの鉄の扉が開いては閉じ、早口のロシア語で何やらまくし立てているのが聞こえてきた。

声からして、若い女性をまじえた数人の警官隊らしかった。物音はぐんぐん迫り、すぐ耳のそばまで近づいたと思うと、取り調べ室のドアが、さっと開いた。

一瞬、その女性の姿が、くっきりと、ドアの四角いわくの中に浮かんだ。インツーリストのバッジを胸につけた、こぎれいな身なりの、美しい娘が、まだ幼さの残るその顔に、なんともいえない不安の色を浮かべて、立ちつくしていた。

娘は、しばらく、全員の視線を一身にあびて、額縁の中の絵のように身じろぎもせず立っていたが、つぎの瞬間、はじかれたように部屋に飛びこみ、ハリスおばさんの前にひざまずいた。

「チャー令夫人！　やっとお目にかかれましたわ。うれしゅうございます。でも、どうなさいましたの？　どうして、こんなところにいらっしゃいますの？」

娘は叫ぶようにいうと、立ち上がって、KGBのお歴々と警官たちの方へ向き直った。わき上がってきたはげしい怒りのために、顔からふいに血の気がうせてしまっていた。

「これは、いったいどういうわけです？　この方がどういうお方か、あなたがたが何をしでかしたか、おわかりなんですか？」

彼女は、ロシア語で詰め寄った。

あまり頭の切れのよくない警官が答えた。

「この二人は、禁止されておる宗教宣伝グループのメンバーでしてな。それで逮捕されたちゅうわけで……」

KGBの大佐がさえぎった。

「宗教グループなんか、どうでもよい。この二人は、危険この上ないスパイだぞ。

あんたは、いったい、何者だね。何の理由があって、われわれの取り調べを妨害してくれるのだ？」

その娘は、ひるむどころかますます腹を立て、ロシア語で頭ごなしに大佐をしかりつけた。

「スパイですって？　あなたがたは、みんな頭がどうかしてるんですわ。まあ、なんてことでしょう。イギリス貴族の、この上なく尊いご身分のお方に手をかけてしまって……。チャー令夫人でいらっしゃいますのに。

国際文化のための特別部の方では、このお方がご到着になられたときから、ずっとお探し申しておりました。わたくしは、特別部から、この方のお世話をするようにと、申しつけられております」

ここで、彼女は英語に切りかえて、ハリスおばさんの方を振り向いた。

「おくさま、どうぞ、わたくしどもの手違いをお許しくださいませ。事務の不手際で、おくさまの書類がどこかへまぎれてしまったのでございます。でも、こうしてお目にかかれたのですから、どうぞご安心くださいませ。すべてきちんといたしますわ。おくさまは、外務省主催のレセプションに、ゲストとして招かれていらっしゃいます。

あと一時間で、そのレセプションが始まりますのよ。急がなくてはなりません。お召し物をお取りかえになる時間がやっと、というところですから」

追いかけていたえものをついにとらえて、あとはかんたんに問題解決、といけそうなところで、とつぜん、トンビが舞い降りて、あげをさらっていこうとしているのだ。

ふいをくらった大佐は、「その娘を、つまみ出せ」と命ずるのも忘れて、こういった。

「貴族だと？　何をしゃべっとるのだね。どういうつもりで、KGBの仕事のじゃまをしてくれるのだ。この二人は、危険この上ない……」

その娘は、大佐の威丈高な態度にも、大声にも、いささかも動じなかった。よほど勇気があるのか、それとも自分に与えられた権限をじゅうぶん心得ているのか、たぶんその両方だったのだろう。

ひるむどころか、娘は大佐に向かって、もうがまんできないとばかり、切りつけるように食ってかかった。

「大佐にまでなられたお方なら、字はお読みになれるはずですわ。これをどうぞ、ごらんください」

彼女は、手に持っていた書類を、テーブルの上にバンッとたたきつけた。

大佐、検査官、警察署長、通訳の四人が、額を寄せ合って、その書類をのぞきこんだ。

一枚めの書類は、エイダ・ハリスことチャーL令夫人と、その侍女バイオレット・バターフィルドの五日間のモスクワ旅行用ビザ申請書で、いちめんに印鑑が押してあった。

「調査ずみ」「許可」「検」「特別待遇を要す」などとロシア語で、ただし書きがついていた。

二枚めの書類は、国際文化のための特別部が出したものだった。エイダ・ハリスことチャー令夫人、およびその侍女は、ソビエト連邦共和国の特別賓客として、礼を尽くしてもてなすこと、という指令である。

そのどちらの書類にも、エイダ・ハリスことチャー令夫人と、その侍女バイオレット・バターフィルドの写真が、張り付けてあった。

四人の男たちは、むっつりと押しだまって、この二枚の強烈なパンチを持った書類に目を通していた。ページをめくるカサカサという音だけが、ときおり静けさを破った。

バターフィルドおばさんが、

「なんだろねえ、これは。チャー令夫人って、だれのことだい？」

とつぶやいたが、しいっというハリスおばさんのひと声で、また静まり返った。

大佐は、急に不安になってきた。さっきの癇癪《かんしゃく》もどこへやら、しゅんとなってしまった。二通の書類は、まぎれもなく本物だった。

「何かの手違いが起きたにちがいない。こっちはこっちで、たまたまこの二人のご婦人についての情報を得ておるんだがね。

それにしても、お嬢さん。KGBの何たるかをわきまえておる人間は、そういう口の利き方は、せんものですぞ。

とにかく、この問題は、ちとくわしく調査してみる必要があるようですな」

このじれったい返答に、娘の怒りは、またまた火と燃え上がった。真っ赤になって、ロシア語でぽんぽんまくし立てている。

ハリスおばさんには、さっぱり通じなかったが、その娘が、二人のおばさんのために弁じ立ててくれているのは確かだった。

ハリスおばさんは、書類をちらと盗み見た。さすがは年の功、（ははあ、なるほどね）と、難なく察しがついた。なんのことはない。一語入れかえさえすれば、エイダ・ハリス、チャー令夫人が誕生するのだ。

現にそう書かれている書類に、自分の写真がぺったりはられ、英国貴族の一人でござんすよ、と証明されているからには、特別待遇を受けるべく、引っこぬかれる運びとなるのも当然だった。

「間違いですって！」

娘は、声をはり上げた。

「お間違えになったのは、あなたがたなんですよ。今はもう、押し問答してるひまはありませんわ。このお二人をレセプションにご案内するのが、わたしのお役目ですの。この書類を無視なさりたいのなら、どうぞご勝手に。ただし、そのことが最高幹部会の耳に入ったときは、この責任を取ってくださるでしょうねっ」

それからまた英語に返って、二人のおばさんにいった。

「外にお車を待たせてございます。ホテル・ロシアにお部屋の用意がしてございますので、お荷物もすぐにそちらへお移しいたしましょう。

国際文化特別部の副政治委員補佐役が、ホテル・ロシアの方へ、おわびに上がることになっております」

彼女は、テーブルからさっと書類を取り上げた。

「さあ、参りましょう」

と、二人のおばさんにも、同じようにすばやい手ぶりでうながした。

大佐は、引きとめようかとためらったが、けっきょく、かぶとをぬいだ。彼は、泣く子もだまる世界最強の秘密警察の一つ、恐怖と弾圧のKGB指揮官である。いわば、お山の大将も同然だったが、幹部会議にだけは頭が上がらなかった。

その上、幹部会議は、KGBをまったくの道具とみなして、あごで使うのみだが、国際文化特別部には、とくに目をかけ、ちやほや甘やかしていることを、大佐は、じゅうぶんわきまえていた。

特別部の活躍によって、イギリス貴族や、イタリアの公爵、東洋のプリンスたち、南米北米の百万長者たちをもてなし、魅了し、おべっかを使っていい気分にさせ、共産主義国家ロシアが、必要とし、かつ望んでいるあらゆる極上品を、引きかえに手に入れようという魂胆だった。

国の最高幹部が、文化関係組織に、わずかながら肩入れしすぎている傾向があるとしたら、それはひとえに、ロシアがデタント（緊張緩和）に努力していることを見せびらかすための「手」にすぎないことくらい、大佐にはよくわかっていた。

国際文化特別部は、ロシアの国に商売上の利益をもたらしてくれるばかりではなく、KGBの指揮の下《もと》におかれている、破壊工作の全陰謀を、西側諸国の目からくらます「かくれみの」でもあった。

したがって、もしこの娘のいう通りで、二通の書類が本物だとしたら――確かに本物らしかった――自分の立場があぶない、それもかなり危険は大きいはずである。

そんなわけで、うら若いインツーリストのガイドを先頭に、エイダ・ミリセント・ハリスおばさんと、バイオレット・メイベル・アーネスティン・バターフィルドおばさんの三人は、どうどうと、取り調べ室のドアを通り、表玄関から外へ出て、インツーリスト特別部差し向けのリムジンに乗りこんだ。

自由へ向かって、いざ出発、であった。

ガイドの娘がいった。

「まずホテル・トルストイへ参りましょう。ひどいホテルでございましたでしょう。お二方にふさわしいお宿へ、ご案内申し上げますわ」

ハリスおばさんは、なんとも答えなかった。

バターフィルドおばさんも、先ほど、しいっとぴっしゃり口を封じられていたので、だまりっきりだった。

三人は、ガタピシとやっとのこと動くエレベーターで七階へ上がった。ガイドの娘の気迫に押されたのか、きびわるばあさんは、おとなしく、鍵《かぎ》を手渡した。

ついさっきまで、二人のしがない旅行者にあてがわれていた部屋に、三人は入っていった。

背後でドアが閉じた。そのとたん、ハリスおばさんは、静かに振り向いて、その娘にいった。

「とうとう会えましたですね、リズ」

第十四章

ロックウッド氏の手紙の中身は、ハリスおばさんを裏切るものではなかったらしい。すっかり手紙を読み終えると、リザベータは、泣いたり笑ったり歓声を上げたり、果ては、ハリスおばさんに抱きついて、キスの雨を降らせるやら、ひとしきり興奮の嵐だった。ようやく気もしずまると、リズは、涙をぬぐい、隠しマイクを気にして、小声でいった。

「ああ、おくさま、なんてうれしいんでしょう。おくさまのおかげで、今のわたくしは、世界一の幸せ者ですわ。

ジェフリーのことは、ずっと愛しておりましたけれど、あの人が生きているのか、死んでいるのかわからないのですもの。牢《ろう》につながれているのか、それとも、ひょっとして、わたしのことは忘れてしまって、ほかにいい人を見つけたのかもしれない、などと思い悩んで暮らしているのは、ほんとにつろうございました。

あの、どうぞおくさま、もう一度キスさせてくださいませ。なんとお礼申し上げてよろしいのか……。これからの一生、おくさまと神さまに感謝のお祈りをささげなくては、罰があたります。もう、決して、決して、うたぐったり、ふさぎこんだりいたしませんわ。

あのう、こんなこと考えるだけでもはしたないことですけれど、もしひょっとして、おくさまのお力ぞえで、この国を出てジェフリーのもとへ行けますよう、お取り計らいいただけましたら……」

それを聞いたとたん、ハリスおばさんの頭をすっと矢のようによぎったのは、

(とんでもない、できっこないね)という思いだった。

たった今、すんでのところで牢屋《ろうや》にぶちこまれるところだったのだ。これまでなめてきたあれやこれやの経験をつなぎ合わせて考えてみれば、リズをイギリスへ連れ帰ることは、とうていできない相談だった。

しかし、とうとう恋人からの便りを手に入れて、有頂天になっているリズを見ていると、無下に否定してがっかりさせることもできなかった。

「まあ、おいおい考えてみましょうよ」

と、ハリスおばさんは答えておいた。

まだまだ、これからだった。なんとか考えてみれば、どうにかなるかもしれないではないか。

しかし、まず差し当たって、すぐにも手を回しておかなくてはならない重大事があった。

バターフィルドおばさんである。

バイオレット・バターフィルドは、女も女、並はずれての大女だ。したがって、女性特有の好奇心の詰まり具合も、けたはずれに多い。そのバイオレットの目の前で、古く

からの親友であり仕事仲間が、とつぜん、チャー令夫人だとか、おくさまだとか、ごたいそうな呼び方をされ始めた。秘密警察の手からあわや、というところで救い出されはしたものの、エイダの方は、ちやほやと持ち上げられ、抱きしめられたり、キスの雨を降らされたり。バイオレットの方はといえば、しいっとエイダに口を封じられてからは、律儀に黙りこくってきたのだ。

それに、エイダにもよくわかっていたのだが、この奇妙な、明らかにばかばかしいほどこんぐらかった茶番劇の中で、バターフィルドおばさんが、何より悔しい思いをしているのは、チャー令夫人の侍女、つまり、付き人の役まわりをさせられていることに違いなかった。(この人、もう、これっぽちも黙っちゃいられないよ)と、エイダにはわかっていた。

もはやこれまで、と覚悟を決めた、あのきわどい一瞬に始まった、この風変わりなハプニング劇も、バイオレットのひとことで、いつ何どき、さっと幕が引かれるやもしれなかった。

涙をふきながら、リズは、

「ジェフリーをよくご存じでいらっしゃいますの？」

とたずね、それから自分で、自分の質問に答えた。

「もちろん、そうですわね。あの人は、とてもえらい作家ですし、どなたとでもお知り合いでしょうから」

ハリスおばさんは、またちらりと、バイオレットの方に流し目をくれた。問い詰めたいことが、そのでっかい胸の内にふくれ上がり、今にも安全バルブからシューッと、吹き出しかかっていた。

どんなことになるにせよ、肝心なのは、リズとその上役たちに——それがだれであれ——エイダ・ハリスの体内には、まごうかたなく、貴族の血が流れているのだと思いこませておくことだ。

救いの手は、またしても、この魅惑的な娘リズの方からさしのべられた。ハリスおばさんは、今こそ、リズを失って苦しみもだえていたロックウッド氏の気持ちが、しみじみとわかるような気がした。すると、リズを連れ帰り、二人をいっしょにしてやりたいという、とうにあきらめていた夢が、またいっとき胸のうちによみがえってきた。

リズは、腕時計をちらと見て、こういったのである。

「まあ、たいへん。わたくし、お仕事の方をすっかり忘れておりましたわ。大事なレセプションに、できるだけ早くご案内しなくてはなりませんでしたのに。でも、まず、ホテル・ロシアの方へ参りましょう。ほんの二、三区画先ですの。お部屋の用意ができておりますかどうか、確かめてみますわ」

リズは、電話に手をのばし、受話器を取った。いつものように、この道具は役立たずだった。しばらく待ったすえ、ガチャンと受話器を戻し、ロシア語で何やらののしって

いたが、

「エレベーターのそばの電話から、かけて参りますわ。ここでしばらくお待ちくださいませ。すぐに戻って参ります」

といいおいて、部屋を飛び出していった。

ドアが閉まるか閉まらないうちに、バターフィルドおばさんの口が開いた。と、それより一瞬早く、ハリスおばさんがかけ寄って、その口をふさいだ。

到着したその日に、バイオレットがやってみせたように、天井や電灯、そのほか盗聴器がしかけられていそうな場所を、エイダは、けんめいに指さしてみせた。

それから、バターフィルドおばさんを、ぐいぐいと窓ぎわまで引っぱっていき、二人並んで窓の外へ身を乗り出した。ここなら、窓の下に広がる町の、夕ぐれどきの車のざわめきと、あちこちから鳴りわたる大きな教会の鐘の音が、バターフィルドおばさんの話し声をかき消してくれそうだった。

「ねえ、いったい、こりゃ、どうなってるの？　チャー令夫人だなんて、だれのことなのさ。あの娘さんは、何であんたに、ぺこぺこするんだい？　あんたは、令夫人なんかじゃないじゃないの。もっとも、あんたがレディじゃない、っていってるわけじゃないよ。

でも、あんたが令夫人でご身分が高くて、わたしが何で、あんたの侍女なんだい？　それに、あの手紙が、あの娘さんあてで、わたしたちのホテルが急に変わっちまうのも、どうつながってるんだい？

もうちっとで、わたしのいった通り、しばり首になっちまうかと思ってたら、『チャー令夫人と侍女さま、レセプションへどうぞ』だなんて。ほんとにまあ、頭がこんぐらかっちまって、何が何やらさっぱりわかりゃしない」

とても、ゆっくり説明しているひまはなかった。ハリスおばさんは、要点だけかいつまんで話して聞かせた。

「いいかい、バイオレット。首を肩の間に引っこめといた方がいいよ。さもなきゃ、あんたの首が吹っ飛ばされちまうからね。

この国へ来てってもの、しょっぱなからずっと、めちゃくちゃなことばっかしだったけど、そこがロシアらしいのかもしれないよ。

あんたも覚えているよねえ。ビザの申請書を書いたとき、職業のとこに、わたしゃ、チャー・レディって書いたじゃないの。それを、だれかさんがひっくり返して、レディ・チャーにしちまったのさ。

それで、わたしゃ、おえらいさんといっしょくたにされちまった、ってわけ。写真も何もかもそろってるんだから、あの人たちがそう思いこんでる限り、ひどいことにゃならないよ。

向こうさんがかん違いしているのは、このわたしなんだから、ここはわたしを立てて、会話はぜんぶまかせておくれ。

あんたは、わたしの侍女ということにして、わたしがハンカチといったらハンカチを、口紅といったら口紅を渡しておくれよ。できるだけ上品にね。おなかの皮がよじれそうにおかしくったって、忘れずに『おくさま』って呼んどくれよ」

廊下を急ぎ足に近づいてくる足音がした。二人は、あわてて窓ぎわからはなれた。そのとたん、リズが、部屋にかけこんできた。

「準備はすべて整っておりますわ。国際文化特別部の副政治委員補佐役が、おわびを申し上げるため、ホテルにすでに参っております」

「ごくろうさまでした」

ハリスおばさんは答えて、バイオレットの方に命じた。

「わたしの荷物をまとめてちょうだい。急ぐのですよ」

「はい、かしこまりました――おくさま」

バターフィルドおばさんは、やっとのことでそう返事をした。しかし、その顔つきを見て、(やれやれ、納得って顔じゃあないねえ。また近いうちに、安全バルブが吹き出すよ)と、エイダは思った。

＊　＊　＊

うすぎたないホテルに押しこめられていたあとだけに、ホテル・ロシアの目を疑うばかりの、ガラスと大理石ずくめの巨大な建物に足をふみ入れたとたん、二人ともおじけづいて足がふるえたほどだった。

建物の敷地は三千エーカーあまりもあり、十二階建てだった。ロビーがあちこちに三つ、宿泊室は三千二百、九つのレストランに、世界最大の舞踏室、九十三台のエレベーターという、ソビエト自慢の大ホテルである。

どうどうたる大理石の柱の列、金箔《きんぱく》やフラシ天をふんだんに使ったホテルの内部装飾は、息を呑む豪華さだった。

もっとも、ハリスおばさんのするどい目は、カーペットがいささかすり切れ始め、こんな大ホテルには不似合いな、使い古しの傷のある調度品が置かれているのを見逃しはしなかった。

それに、部屋に落ち着いてすぐ、バターフィルドおばさんの第一声が、「トイレットペーパーがないんだよ」という報告だったのは、いうまでもない。

しかし、二間つづきのその部屋は、美しく品のいい調度品がしつらえてあり、眺めもすばらしかった。生活を快適にしてくれる設備が行き届いていた。

ゆっくり腰を下ろすひまもなく、スマートな制服を着た若者を迎えることとなった。国際文化特別部を代表して、手違いのため空港に二人を迎えに出なかった非礼を、丁重にわびに来たのである。

二人の書類をうっかり、ほかの書類とごちゃ混ぜにしたばかものは、すぐに職をはずされ、どこか遠い北方にある、連邦の中でもきわめて不遇な地位にまわされたという。入国以来、お二人が何か不愉快な目にあわされたのなら、全力をあげて、それをつぐなう所存である。先ほどの逮捕事件については、文書であらためておわびを申し上げる、というようなことだった。

それから、青年は、時計をちらとのぞいた。

「恐れ入りますが、ご用意をお急ぎ頂ければさいわいです。レセプションが、あと三十分で始まります。開会後は、会場のドアは閉め切ることになっておりますので……。さいわい、会場になっております議会ホールは、すぐ近くにございますが」

ハリスおばさんは、あらかじめバイオレットの心の動きにぴたりと波長を合わせておいたので、問いかけずにはいられない気持ちになっているのが、手に取るようにわかった。

「レセプション？　なんで？　だれのためのさ？」

といい出さないうちに、先まわりして、早口で命じた。

「絹のアフタヌーンドレスと、エナメルのくつを出しておくれ、いいね。おまえも、いちばんいい服に着かえるんだよ。おまえを連れていくことは、許して頂けるはずだからね」

すると青年は、やっと聞き取れるほどのかすかな声でいった。

「はあ、――それはもう、おくさま」

「二十分後にお迎えに上がります」

といいおいて、リズは、はずむような足取りで出ていった。恋人に今も変わらず愛され望まれていることを知った喜びで、天にものぼる心地だった。この先、この恋がどんな道筋をたどって実るのか、ついえるのか、その行く末までは、今はとても頭がまわらないのだった。

リズが立ち去るとすぐ、バイオレットが、「では、おくさま」と、わざとらしく「おくさま」に力をこめていいかけた。するとまた、エイダが、すばやくさえぎった。こんどは、自分のくちびるに指をあて、天井や、壁にかかっている絵や、二つ三つ下がっている電灯や、メイドを呼ぶ呼び鈴などを、せわしく指さしてみせた。

バターフィルドおばさんにも、ようやくエイダの不安がのみこめた。巨大な豪華ホテルに移ったからといって、客の動静を探っていないと、だれにも断言はできないのだ。おそらく前よりずっと性能のいい盗聴器をそなえつけている可能性はじゅうぶんあった。

あとでリズから聞いたところでは、可能性どころか、事実その通りだそうな。

この大ホテルの地下全体が、一大録音録画室だった。どの部屋のどんな会話もテープにとられ、どんないたずらごとも、テレビに映しとられていたのである。

そこで、バターフィルドおばさんは、急いで言葉をつづけた。

「すぐおしたくを整えさせていただきます」

＊　　＊　　＊

（たまげたねえ）

ハリスおばさんは、心の中でつぶやいた。

(骨董《こっとう》品やら、見てくれのいい金ぴかものなんかにゃ目もくれないはずの国だよ。それに、だあれもお金なんてないはずなのに、自分たちだけ、けっこうな暮らしをしている人たちもいるんだねえ。まあ、ちょいと見てごらんよ、このホールのすごいこと!)

二人のおばさんは、大会議場宮殿の大ホールに案内されたのだった。そこは、二階分の高さのある大天井から、巨大なシャンデリアがいくつも下がり、ホールをはなやかに照らしていた。

金のいすがずらりと並んでいて、カーテンは総絹だった。大きなビュッフェ用のテーブルには、細長い鉢に盛ったキャビアや、尾頭つきのチョウザメ、肉類、ありとあらゆる種類の鳥の姿焼き、それに、それぞれの食べ物に合わせた飲み物が、ところせましと並べ立ててあった。

どこからかオーケストラのかなでる楽の音が、静かに流れ、集まった人たちの制服の胸にきらめく星や金の縫い取りや、ずらりとかざり立てたメダルが灯に照りはえて、会場は、いやが上にも、きらびやかに輝いていた。

ご婦人たちのドレスは、サラサラと絹ずれの音を立てている。国営百貨店グムの棚から買い求めたものでないことは確かだった。

行きから人々の、思い思いに贅《ぜい》をこらした衣装の型から見て、モスクワ在住の各国外交官が、すべて一堂に会したものらしい。

声高に話し合う声、にぎやかな笑い声、グラスをカチリと合わせる音が混じり合って、ホールには活気が満ちあふれていた。

（バッキンガム宮殿だって、これにゃ足元にも及ばないねえ）

ハリスおばさんは、心の内でうなった。

リズが、入り口で証明書と招待券を見せ、二人を案内して会場に入った。三人は大ホールの中央へどんどん進んでいった。そこには、ホストに拝謁しようと並んでいる人の、列ができていた。リズが小声でいった。

「最初に列のあとにお並びになって、ごあいさつを申し上げた方が、よろしいかと存じます。そのあとで、お食事ということにいたしましょう」

そちらへ向かって歩きかけたとき、だれかが、ハリスおばさんのひじにさわった。はっとしたとき、聞き覚えのある声がした。

「やあ、おくさんがた。こんなところで、何をしておいでで？　おっとっと、そうでしたな。ここは、人を手伝う仕事が、社会でいっちたたえられるお国柄でしたなあ。うっかりしてました」

ふり向いてみると、ハリスおばさんの目に、つい先だっての愉快な友、ルービン氏の姿が飛びこんできた。半分ばかりジンの入ったグラスを片手に、もうかなりできあがっておいでのようすだ。

（あれ、困ったよう。この人、何もかもばらしちまやしないだろうねえ）

と、ハリスおばさんは身ぶるいした。しかし、すぐに気がついた。

（なあに、わたしの名前すら覚えちゃいないよ、たぶん）

そこで、さりげなく、こう答えた。

「わたしどもは、招待を受けて参りましたんですよ。それで、あなたの方こそ、ここで、何をしておいでです？」

ルービン氏の顔に、いかにもずるそうな笑いが浮かんだ。彼は、指を一本、鼻のわきにあてがい、ハリスおばさんの耳に口を寄せていった。

「わたしゃ、何しろ大べらぼうに大事な人物でしてね。やっこさんたちとしちゃあ、このわたしを招待せんわけにはいかんのですよ。ここに集まった連中の中じゃ、さしずめ、とびきりの重要人物てとこですぜ。

何しろ、秘密をにぎってるんだ。おかげで三人も護衛を引きずって歩いてるしまつでしてねえ。うまいことまいてやったんだが」

「三人も？　へえ。何か大したことでもおやんなすったんですか」

ハリスおばさんがたずねた。

「わたしが、何かおやんなすったか、ですと？」

ルービン氏が、おうむ返しにいった。すっかりいいご機嫌になったルービン氏は、このころにはロンドン弁まる出しになっていた。

「前代未聞の大したことやっちゃいましてねえ。ドカーンと、水爆級のやつでさ。トップシークレットってのご存じでしょうな。国の最高機密ってやつ。

こんどのやつほど、でっけえ秘密は、まあお目にかかろうったって、めったにあるもんじゃありゃしませんぜ。とうとう話がまとまりやしてね。やっこさんたちも、やっと腹を決めたってわけでさ。ま、今お話ししやすよ」

実のところ、ハリスおばさんは、ルービン氏のことも、彼がこの国へ何の用事で訪れているのかも、とんと忘れ果てていた。そこで、

「だれが、何のことで腹を決めなすったんです?」

と、あらためてたずねてみた。

「それに、そんなに大事な秘密でしたら、わたしなんぞに話しちゃだめでござんすよ」

と、たしなめてもみた。

ところが、ルービン氏は、鼻先でせせら笑ったのである。

「へっ、お言葉ではござんすがねえ。あんましばかげた話なんで、だれに話したところで、だあれも信じてくれやしませんぜ。おくさんの口からもれたとしても、です。いや、ここで、まずは、乾杯と!」

彼は、グラスをさし上げ、半分ほどがぶりとひと息に飲み干した。それから、ハリスおばさんの耳に口をつけんばかりに顔を寄せて、こうささやいた。

「うちの製品の中でも、A級のトイレットペーパーを、ごっそり買おうってんですよ。『使ってわかる絹の肌ざわり、ルービンのトイレットペーパー』、絹の肌ざわり、ってやつをね。『使ってわかる絹の肌ざわり、ルービンのトイレットペーパー』ってご存じでしょう?

一度にこんな大量に売れるのは、歴史始まって以来のこってすぜ。三億八千万ロール、ってんだから。在庫はからっぽ、ほかの会社へも発注せにゃならん、ってんだから、こりゃもう、トップ、トップ、トップシークレット、国の最大の秘密事項ですな」

ハリスおばさんは、このおちびさんのために、商談成立を心から喜んだ。しかし、実際的な頭をはたらかせると、はらはらしないではいられなかった。

「まあ、やめてくださいよ。そんな秘密をしゃべくっちまって。でも、そんな大きな取引じゃ、秘密にするったって、無理じゃござんせんかねえ」

ルービン氏の目は、とっくに酔っぱらって輝いていたのだが、グラスの残りを一気にあおって、ますますぎらついてきた。ハリスおばさんの腕をつかんで、ぐいと自分の方へ引き寄せると、彼は、いよいよ声をひそめていった。

「小鳥のえさですよ。だれにも秘密はもらさん、ということでは、わたしとうちの会社の幹部との間で、意見が一致してますがね。『フェンウェイのすり餌《え》』ってラベルのついた箱に入れて、この国へ運び入れるんですよ。フェンウェイは廃業してますからねえ。だれにも秘密のもれる気づかいはないってわけで。

三億八千万ロールですぜ。どうです、すげえもんでしょう」

ハリスおばさんは、ルービン氏をしげしげと観察した。ほろ酔い機嫌どころか、かなりのご酩酊《めいてい》のようすだが、しゃべっていることに、うそはなさそうだった。好奇心を抑えかねて、おばさんはたずねてみた。

「買いつけに反対なすった方は、どうなったんです？」

「北極あたりのどっかで、溝でも掘ってんでしょうな。医者に、もっと涼しい土地へ行って運動をしろ、とすすめられたってわけで。

この国じゃ、ぜったいに『間違い』ってのはありえないんですなあ。

この大宴会がお開きになったら、ひとつ七〇一号室へお越しくださらんか。こいつを祝って、乾杯をやらかしましょうや」

ルービン氏は、やっとハリスおばさんの腕をはなして、ふらふらと歩き出した。すると、三人の恰幅《かっぷく》のいい制服のロシア人が、すっと彼に近づいた。ルービン氏がまいていたはずの護衛たちらしい。

ルービン氏の解放感もつかのま、三人は、にこやかに笑みを浮かべて——恐ろしい冷酷さを底にひめた空笑いなのを、ハリスおばさんは見逃さなかった——ルービン氏の手から、からのグラスを取り上げた。彼らは、明らかにルービン氏を護衛しつつ歩き始めた。

（なるほどねえ。ルービンさんは、大した重要人物《おえらいさん》になっちまったんだよ）

ハリスおばさんには、ルービン氏の話がすっかり呑みこめたわけではなかった。なぜそれほど厳重な箝口令《かんこうれい》をしかねばならないか、ということも、ふに落ちなかった。

ただ、見通しを誤ったあわれな人物が、追放のうき目にあったという話は、この国を牛耳っている人たちの冷酷さと底意地悪さに対して、今まで抱いていたハリスおばさんの嫌悪感を、いっそうかき立てることになった。

このとき、また、おばさんのひじにさわるものがあった。こんどは、うしろに控えていたバイオレットだった。

(そうそう、パーティーのホストたちにごあいさつ申し上げるんだっけ)

と、ハリスおばさんは、われに返った。

「わたしゃ、気絶しちまいそうだよ」

バターフィルドおばさんが、あえぎあえぎいった。それから思い出して、「おくさま」といいたした。

ロシア政府のやり方に対して怒りに燃えていたハリスおばさんは、いらいらしていった。

「たのむから、バイオレット、落ち着いていておくれよ。なんだっての。ちょっとの間も、平然とかまえてられないのかい?」

「だれにごあいさつ申し上げようとしてるのか、ちょいと見てごらんよ」

バイオレットがいい返した。

ハリスおばさんは、目を上げた。十人ばかり間をへだてた前方に、ホストの列が右手にゆるいカーブをえがいて並んでいた。

しまのズボンに黒のモーニングを着た、背の高い白髪の紳士と、両胸にところせましとメダルをかざり立てた、いかにもロシア人らしくいかつい体つきの将軍との間に、すらりと背の高い金髪の、背広を着たやや若い感じのハンサムな紳士が立っていた。

エイダは、バイオレットをふり向いて、かすれ声でささやいた。

「まあまあ、どうしよう。あんたのいう通りだねえ。わたしだって気絶しちまいそうだよ。エジンバラ公フィリップ殿下じゃないのさ。あのお方が、ロシアにご滞在中だってこと、とんと忘れちまってたよ。

どうすりゃいいだろねえ、バイオレット。なんと申し上げたらいいんだろ」

「殿下の前でぶっ倒れませんように、ってお祈りするばかりだよ。わたしゃ、何にもわないからね。『会話はぜんぶまかせろ』って、あんたはいったんだから。おくさま」

バターフィルドおばさんがつっぱねた。

行列はまた三メートルばかり進んだ。あと三人で、大英帝国女王のご夫君、フィリップ殿下の面前にさしかかるのだ。

気がついてみると、ハリスおばさんは、感じのよい紳士の前に立ち、いぶかるような青い目にひたと見入っていた。

だれかが紹介してくれる声が聞こえた。

「殿下、ロンドンからお見えのエイダ・チャー令夫人です」

おばさんは、しゃんと背を伸ばし、真っすぐに青いひとみを見あげた。胸の中からむくむくとわき上がってくるものがあった。

(わたしに戻るんだよ。いつだって、わたしらしくしてることとしなきゃ、できやしない

んだから)

度胸がすわった。わずかに頭を下げると、おばさんは、だしぬけにしゃべり出した。

「ごめんくださりませ。殿下。実は、間違いなのでございます。わたしゃ、令夫人などじゃございませんです。貴族でもなんでもない、平民のエイダ・ハリスと申します。バタシーから観光旅行でこちらへ参りましたんです。通い家政婦を仕事にしておりまず。どなたか、書類の書き方を間違えてしまいまして、こんなことになってしまいまして、なにとぞお許しくださりませ」

エジンバラ公は、ふいににっこりと相好をくずした。

「エイダ・ハリスさんですね。存じてますよ。あなたが下院議員に当選なさったとき、お写真を拝見いたしましたとも。お会いできて光栄です」

そういって、殿下は気さくに手を差しのべた。

エイダの胸が熱くなった。フィリップ殿下に深い親しみを覚えた。二人をへだてていた厚い壁が、ふいに取り払われ、まるで昔ながらの友だちと話しているような心持ちになった。

「あのときのエイダ・ハリスでございます。でも、あれは、わたしなどの出る幕ではなかったんでございます。もう辞職してしまいましたし、あれはいい勉強になりました」

(「ミセス・ハリス、国会へ行く」参照)

殿下は、ますます笑顔を深められた。

「そうでしたね。何もかも思い出しましたよ。ロシアはいかがですか。楽しくすごしておいでですか。行き届いた世話を受けていますか」

このとき、ハリスおばさんは、もう一度、度胸を決め直した。そのきっかけは、おばさんの目のかたすみに、制服とメダルで身をかざったKGBのダグリエフ大佐の姿が、ちらりと入ってきたからだ。

しかし、それより何より、フィリップ殿下との間に、こんなにもあっけなく、心安いきずなを持てたことに、勇気百倍したのである。おたがいに気心が通じ合い、もう何十年来の友人であったような気がした。

この国で今までどんな目にあわされてきたか、その無礼の数々を訴える相手を選ぶとして、イギリス女王の夫君をおいてまたとあろうか？

というしだいで、そばにいた儀典長と、英語のわかる一、二のロシア高官たちを飛び上がらせるような発言が、ふいにおばさんの口からあふれ出した。

「行き届いたお世話とおっしゃいますか？　殿下。ほんに行き届いた罪人扱いでございましたですよ。持ち物は調べられ、尾行され、盗聴され、あげくの果ては、道の真ん中で逮捕されましたです。

それがただ、貧相なリバイバリスト（信仰復興運動者）がくれてったびらを持ってただけのことでなんです。びらには、主の救いのことしか書いてなかったんですけどねえ。

ここにおります友だちのバターフィルドさん（こういわれて、バイオレットはあわてて、何度も深ぶかとおじぎをくり返した）といっしょに、車に押しこめられて、留置所へ連れていかれたんでございます。

ほれ、あのすみっこにいるメダルだらけのあの男に調べられ、どなられ、スパイ呼ばわりされましたんです。お得意さんのたんすの引き出しなんて、一遍だって勝手に開けたこともない、この働き者のわたしをつかまえてでございますよ」

殿下の顔から笑いが消え、先ほどのいぶかしげな面ざしに取って代わり、深く考えこんだ、わずかにきびしい表情が浮かんだ。

「よくはわかりませんが、その話をハロルド・バリー卿《きょう》に話してごらんになってはいかがですか。この人は、駐ソイギリス大使館づき顧問役で、当地の事情にはくわしいはずですから。それはそれとして、くり返しいわせて頂きますが、お目にかかれて光栄でした」

ハリスおばさんは、殿下の教えてくれた高官の方へ歩いていった。その人は、わきの方にじっと立っていた。バターフィルドおばさんは、殿下から五メートルばかりもはなれたところから、まだおじぎをくり返していた。

大使顧問は品のいい老紳士で、この人も、しまのズボンという外交官の服装に身をつつんでいた。白髪頭は薄くなりかけていたが、鼻の下にたくわえた軍人ひげは、みごとだった。角ばった大型めがね。鳥のくちばしのようなとがった鼻。それらがあいまって、一見たけだけしい「フクロウ」の面影があり、ハリスおばさんの足はすくんでしまった。自分でもそれと気づかないうちに、おばさんは、女王のご夫君に向かって、癇癪玉《かんしゃくだま》を破裂させてしまったのだ。ただもう、口からぽんぽん飛び出してしまったのだが、その上、リズの耳に聞こえているところで、「貴族だなんて、真っ赤なうそでございます」と白状してしまったのである。いくら向こう見ずのハリスおばさんでも、モスクワに着いてからのごたごたを、このいかめしそうな紳士にこまごまと説明する、となると、二の足をふみたくなる。

しかし、ほどなく、ハリスおばさんは、イギリスの外交官の仕事ぶりを、はからずもかいま見ることとなった。というのは、目の前の老紳士の恐ろしげな表情が、にこやかな笑顔に変わり、つっ立っているおばさんに、老人の方から声をかけてくれたのである。

「はじめまして。バリーと申します。殿下が、わたしと話をするようにとおっしゃっておいででしたね。さあさあ、何も、かしこまることはありませんぞ。だれかにパスポートをだまし取られるとか、鉄砲玉をしかけたキャビアでも食べさせられましたかな。お友だちもごいっしょに、あちらですわって、少々お話しするとしましょう」

ハリスおばさんはやがて、ジンに似てけっこういける味のウォッカを二、三杯飲んで不安をしずめられ、元気づけられしてみると、この「少々」が、ずいぶん長い「少々」になっていることに気がついた。

おばさんの名前、職業から始めて、このこんぐらかった一部始終を聞きながら、老紳士は、要所要所で、ぴたりぴたりと、的を射た質問を次つぎに発した。

（このお人は、ただものじゃあないね）

と、おばさんは感服してしまった。話が終わると、彼は、しばしだまりこみ考えこんでいたが、やがて、ひげを指先でしごきながら、こういった。

「妙な連中が、中にはおりましてな。あんまりかしこい連中ではないんだが。『あか』がかったやつはいないかと、ベッドの下まで探ってまわる欧米人より、もっと始末に負えんやつらでしてな。他人を恐れるというより、自分たち自身を恐れておる。

さあてと。解決までには少々手間取りそうですな。連中の一人、二人と、たぶん話し合うことになりましょうし、とりあえず、こうしてはどうですかな。お二人は、ひとまずホテルに引き上げる、と。

何号室ですか？　どこに案内されました？　ああ、ホテル・ロシアね、あのばかでかいホテルですか。こちらから連絡をするまで、そこでお待ちください。

けっきょく、思い違いをして、しくじってしまったとわかると、連中は、いい気持ちがしないでしょう。まあ、ご心配はいりませんよ。

さあ、ひとつ、乾杯といきましょう」

そういって、彼はグラスを差し上げた。それは、事の成功を祈る乾杯であると同時に、会談終了《おひらき》のしるしでもあった。

*　*　*

ホテルの贅沢《ぜいたく》な二間つづきの部屋の居間に戻ったリズと二人のおばさんは、開け放った窓のそばに身を寄せ合って、ああでもないこうでもないと、戦略会談、いや、むしろ恋愛成就作戦をひそひそささやき交わしていた。

部屋のラジオは、ガンガンつけっぱなしである。リザベータとジェフリー・ロックウッドの二人を、どう再会させるかという、とうていたちうちできそうもない難問に、何をおいても取り組まねばならなかった。

リズが見つかったからには、手紙ですませるのは論外だった。変わらぬ愛とあこがれを、リズが今も変わらず抱きつづけていることくらい、ハリスおばさんが口伝えにロックウッド氏に伝えようと思えば、いくらでも伝えられる。

しかし、問題は、そのあとだった。どうすれば二人を晴れていっしょにさせてやれるか、ということになると、どの思いつきを取り上げてみても、どこかに障害が立ちはだかっていた。

まず何より、ロックウッド氏は、ソビエトでは「要注意人物」であった。また、リズには、インツーリスト勤務という定職がある。

外国からの賓客の世話や、一般旅行客のガイドも受け持っているが、西側諸国にある支局に派遣されるほどの信頼を勝ち取ってはいなかった。インツーリストのどこかの部でだれかに疑われたことがあったのだ。(リズは、西側のある特派員と、ガイドとして以上の関係があった）と。

そのために、モスクワでのリズの生活や仕事に支障をきたす、ということこそなかったが、それとなく監視されている気配があった。

一つやり損ねると、彼女は消されかねない。

ソビエト連邦は、おそらく世界最大の牢獄《ろうごく》ともいえた。何千となくついているすべての出入口が、たった一つのハンドル操作で、いっせいに開いたり閉じたりできる。国境を越えることは、まず不可能だった。隣接国すべてが「鉄のカーテン」の同盟国なのだ。

まっとうな手段で国外へ出るには、どの乗り物を使うにしても、部屋いっぱいになるほどの書類が必要であった。

ハリスおばさんが、あれこれと質問をし、こんな方法はどうだろうねえ、と夢のような計画や、ごく単純なプランをつぎつぎ口にすればするほど、リズはリズで、

（この国を出ることは、とてもできませんわ。ましてイギリスまでたどりつくなんて、とてもとても）

と、反論の証拠をあれこれと出してみせるのである。

そして、ドアが固く閉ざされていると見えれば見えるほど、ハリスおばさんは、いっそうかたくなに、恋人同士を引き合わせることはできない、と認めたがらないのだ。

「ねえ、リズ、あきらめちゃだめだよ。わたしの経験からして、何がなんでもこれがほしいとなったら、がんばりさえすりゃ、かならず手に入るものなんだから。何とか方法

を見つけてみせますよ、わたしゃ」

リズの明かしたように、鍵《かぎ》のかかったドアと鉄のカーテンが、この国には、ぐるりと張り巡らされていた。この厳然とそびえる壁を目のあたりにしながら、ハリスおばさんは、かくもがんこな楽天家ぶりを見せつけるのだ。

みじめで絶望のどん底に落ちこんではいたものの、ふつうなら、リズはいらいらして、かんかんに腹を立てさえするところだった。ところが、おばさんの手のほどこしようのない楽天ぶりには、ただのわからずやと否定しきってしまえない、何かがあった。

ハリスおばさん自身も、なぜ不可能だと認めきれないのか、わかってはいなかった。ただ、おばさんの心に浮かんでくるのは、ロックウッド氏が初めてこの恋物語を打ち明けてくれたとき、くっきりと胸に焼きついた、あの場面だった――いつか、彼の戸口のベルを鳴らし、「ロックウッドさん、お友だちをお連れしましたよ」と叫ぶ、まぼろしである。

このときの夢が、あまりにも鮮明に、細かいところまでまざまざと浮かんでくるので、それが実際に起こりえないのだとは、どうしても思えなかった。

それればかりではない。先ほどから、ハリスおばさんは、あれこれと計画を口にしながら、頭のすみの方で、何かしきりに騒ぎ立てるものがあることに気づいていた。それを追い出すことも、何なのかつかむこともできないのだが。

大使顧問のハロルド・バリー卿《きょう》の話の中のどれかであることは、確かだった。その言

葉を思い出しさえすれば、何千というドアも、まるで呪文《じゅもん》を唱えたように、するりと開
くはずであった。しかし、それが何なのか、どうしても思い出せない。
リズの目からは、涙があふれつづけ、ほおをつたって、例の書類——エイダ・ハリス
が、由緒あるロンドン社交界のチャー令夫人であることを証明した紙切れ——の上に、
ぽたりぽたりとしたたり落ちた。
「それに、これも、ほんとじゃないって、はっきりしてしまったんですもの」
リズが、すすり上げながらいった。
「そうですわね？　おくさまは、ほんとうの貴族ではいらっしゃらなかったのですもの。
まあ、ごめんなさい。そのことをとやかくいうつもりじゃありませんわ。わたしのこ
とを助けてくださろうとして、こんなにお心をくだいて頂いてるんですもの。
でも、もし、この書類の通りの令夫人でいらしたら、まだしも、おくさまのお言葉に
耳を傾けてもらえるかもしれないのです」
「そんなこと、ちっともがっかりすることじゃありませんですよ」
ハリスおばさんは、ロンドンの高級住宅地メイフェアーの上流貴婦人になり代わった
自分の写真を見おろしながら、にが笑いをした。
「上流社会のみなさんのお召し物の洗濯をしてさしあげたり、床みがきをしたり、洗っ
た服をきちんと整理してあげたりする、ただのエイダ・ハリスおばあちゃんの方が、お
嬢さんの思いなすってるより、ずうっと、人生経験を積んでおりますですよ。

肩書きのある、おえらいチャー令夫人なんてばあさんより、ずっとお嬢さんの力になれますとも」

（ハロルド卿は、何ていいなすったんだっけ？　短い、ごく簡単な言葉なんだけど。じれったいねえ。あれさえ思いつければ……）

そのとき、ドアをノックする音がした。三人が、どうぞ、と答えると同時に、ドアが開き、しまのズボンに黒の短い上着を着た、金髪の、紅顔の美青年が入ってきた。

「バイロン・ディルと申します。イギリス大使館からお迎えに上がりました。ハロルド・バリー卿からのおことづけですが、おくさまがたお二人は、帰国なさるときまで、大使館においでの方がよろしかろう、とのことです。すぐにも大使館に移られた方がよい、とのお考えですから」

まだ荷物は、ほどいていませんね。かえって好都合でした。

ハリスおばさんには、ぴんときた。ソビエト連邦に入国してから、二人を脅かしつづけてきた危険が何であれ、まだ完全にすぎさってしまったわけではない。それどころか、二人のおばさんのために、KGB高官に敢然と立ち向かってくれたリズをも、同じ危険に巻きこんでいた。

「このリズさんもいっしょに行けるのでなきゃ、わたしゃ、ご遠慮しますですよ」

と、ハリスおばさんは答えた。

若い紳士は、一瞬信じかねる目つきをしたが、リズに目を留めると、すぐに疑いもとけたらしく、こういった。

「だいじょうぶでしょう。だれもこの方を連れてきてはならん、とはいっておりませんでしたからね。ともかく、大事なのは、大急ぎでここを出ることです。下に車を待たせてありますから」

青年は、二つのスーツケースを持ち上げた。すぐつづいて、三人が部屋を出た。

廊下を半分まで進んだとき、とつぜん、ハリスおばさんが、かん高く叫んだ。

「わかった！　あれだよっ」

おかしくなったのか、と、リズとバターフィルドおばさんが見つめるのを尻目《しりめ》に、ハリスおばさんは、うれしそうにこういった。

「今急に思い出したんだよ。ハロルド卿がいいなすったことをさ。K・G・Bの連中は思い違いして、しくじってんだよ。リズ、安心おし。あんたをイギリスへ連れてってあげますからね」

四人は、エレベーターで一階に下り、大使館差し回しの車に乗りこんだ。

まったく天の助けであった。KGB差し向けの秘密警察隊は、チャー令夫人宿泊の階を目ざして、運よく七番のエレベーターを選んでくれたのである。

ここ数日、七番機は、キーキーときしんで調子が思わしくなかった。そこへ、どやどやとKGBの警官隊に押しかけられて、三階と四階の間で、つむじを曲げて止まってしまった。

修理のききめが現われて、ふたたび働く気を起こしたエレベーターで、彼らが目的地に着いたころには、もう、えものの小鳥たちは、巣を飛び立ったあとだった。

偽称罪その他、六つか七つの罪名をしょって、すぐにも逮捕されるはずであった、にせチャー令夫人の部屋は、もぬけのからだったのである。

第十五章

ロシアの副外務大臣をつとめるアナトール・パブロビッチ・アグロンスキーは、駐英ソ連大使として、イギリスに八年在任したことがあり、駐ソイギリス大使顧問のハロルド・バリー卿とは古くからの友人同士であった。

天気のよい日は、テニスのよきパートナーとして腕をきそい、冬場は、誘い合ってフィギュアスケートに興じる。ときには、ブリッジで組むこともある。という仲で、おたがいに「アナトール」「ハロルド」と呼び合っていた。

心を許し合い、理解し合っている二人ではあるが、こと仕事となると話はべつだった。それぞれ自分の陣地に引きこもり、いわばチェスの盤上で戦うごとく、外交取引にかかる。白のこまを取るか黒を取るかは、双方のどちらが自分こそ正しいと思いこんでいるかしだいであった。

いったん戦いが始まれば――いぜん落ち着き払ったまま――それぞれ、しょって立つ自国の利益を、さしあたっての重要課題と考える。持ちごまは、自国を有利に導くよう動かされ、行き詰まったときは、冷静な話し合いによって、次の一手が決められた。この種の対決が、今まさに行なわれようとしていた。

この会談は――ごくささいな一件かもしれず、また、がらりと一転して、両国の外交関係を根底から揺さぶり倒す可能性もあるやっかいな議題を扱うのだが——とある中立地帯で開かれていた。

おそらくここばかりは、さすがのロシア人も、盗聴器をいまだにしかけたことはあるまい、という唯一の場所だった。もっとも、遠距離からの盗聴装置の開発が盛んに進められてはいたが——。

そこは、「文化と憩いの中央公園」の真ん中にあるベンチの上だったのである。自動車の騒音と、子どもたちの遊び騒ぐわめき声が、うまい具合に秘密会議をおおい隠してくれていた。二人の外交官は二人とも、この会談に限って、相手側の秘密警察の尾行屋連中に、盗み聞きされたくはなかったのである。

アグロンスキーが切り出した。

「おわかりだろうが、ハロルド。事態は、われわれの手に負えないところまで進んでしまっておる。助けてやりたいのはやまやまなんだが、手の打ちようがない。わたしの方の立場を利用してやれることなら、なんでも力の限りやってみる気ではおるんだがね。そこのところは、信じて安心してもらってもいい。

ただ、きみもわかっていようが、あの二人の婦人、すくなくとも、ハリス夫人とかいう方は特に、調査書から見て、あれはスパイに間違いないな。しかも、イギリス貴族の名前をかたらって、うまくそのふりを仕通したという、動かぬ事実が重なっておる。偽称罪ってやつは、ご承知の通り、非常に悪感情を持たれるものでしてな。そのあたりは、きみのお国でも似たり寄ったりのはずだ。今ごろあの二人は、リザベータともども、KGBにつかまって拘留されておりましょうな。インツーリスト・ガイドのあの娘、偽称事件にひと役買い、この陰謀の共犯者であることは確かですからね」

ハロルド卿《きょう》は、ハリス、バターフィルド二人の婦人と、インツーリストのガイド嬢の三人の罪状について述べ立てられているこの十分あまり、もの思いにふけるフクロウのような表情をくずさず、じっと聞き入っていた。

さてここで、彼は、おもむろに足を組んではみたものの、あいかわらず押しだまっている。

アグロンスキーが話をつづけた。

「あの三人の女性が、拷問を受けることはまずなかろうが、ご存じのように、KGBは、特別な手を使って、情報をつかみ出すものでしてな。

この事件のなりゆきを予想してみるに、まず審理がある、自白を取る、刑が宣告される。そのうちに、この事件がおおかた忘れ去られたころに、釈放、国外追放、と、こういう経過になるとふんでおるのですがな」

演説をこうしめくくって、副外務大臣は口をつぐんだ。

ハロルド卿の方も、口を開くのを控えていた。が、組んでいた足をほどき、泣き叫んでいる赤んぼうにすこしでも近づくように、友だちの方へわずかに身を寄せた。

フクロウのようないかめしい表情を引っこめて、親しみのこもった笑顔を浮かべていった。

「きみの立場からすれば、その話は、きみのいう通り、まさに神のお告げのごとく、だまって受け入れるべきだろうねえ。ただし、一つだけ訂正させてもらうよ。KGBのとんま先生たちは、うまい具合に、けっこうなエレベーターを選んでくれたんでねえ。工事を請け負った、たちの悪い業者が、手抜きをしたと見えて、そのエレベーターが止まってしまったんだよ。ようやく動き出したときには、ハリス夫人とバターフィルド夫人は、リザベータ嬢ともども、こっちの大使館へ引き上げてしまっていたんだ。ハリス夫人が、どうしてもリザベータといっしょでなければ、とがんばったんでね」

友情に満ちた二人の間柄ではあったが、アグロンスキーに一矢報いるに、そのくらいの反撃は当然のこと、と、ハロルド卿は感じていた。

アグロンスキーは、深ぶかとため息をついた。

「ロシアの古いことわざにあるよ。『正直な職人一人見つくるは、スエット・プリン中にダイヤモンド一個見つくるより難し』とね。まったくもって、その通りだ」

ハロルド卿はにこにこした。

「そいつは、覚えておかなくては」

戦いは、今や第二戦に移ろうとしていた。

わずかな沈黙のあと、ハロルド卿が、まず一手さした。

「いいかね、アナトール。きみたちは、おろかな間違いをしでかしてしまったんだよ。ハリス夫人もバターフィルド夫人も、スパイなどではない。きみは、ボリショイバレエ団のプリマバレリーナではあるまい？　それと同じことだ。

きみの方の書類では、罪もないハリス夫人が、イギリスの民衆になり代わって、伝書バトの役わりを演じてる、とかいってるそうだが、功をあせるあまりに、諜報部員《ちょうほう》たちがでっち上げたものにすぎんよ。

ウォレス大佐とかダント夫人が、反ソビエト的だと決めつけられるのは、おそらくその通りだと認めるにやぶさかではないつもりだがね。

こういってはなんだが、イギリス全島の四分の三にあたる人間は、きみの国が海底に沈んでしまえばいい、と思ってるくらいなんだ。だからといって、それを実現させようと、だれも指一本動かしはしないよ」

「きみの口からそんなことを聞かされようとは、まことにもって心外だ」

と、アグロンスキーが気色ばむのをさえぎって、ハロルド卿は、穏やかに言葉をつづけた。

「まあ、そういうなよ。きみたちだって、イギリスに対して、内心そう思っているに違いないからね。ただ違うところは、お宅の方では、年に何億ルーブルも費やして、実際に沈めてやろうと、取り組んでいることだね。

まあ、その話はさておいて、当面の問題に戻るとしようか」

ハロルド卿との友情は友情としてべつにしても、アグロンスキーは、まだ心中穏やかならぬものがあった。外交官というものは、決して胸の内をあからさまに口に出して見せるべきではない、という鉄則の一つを、うっかり忘れてしまった、その自分にも、腹を立てていたのである。

「二人の婦人の件については、わがロシアの法律に基づいて、いずれ裁かれましょうな。それまでは、そちらの大使館に身柄を預かってもらってもかまいますまい。

ただ、ガイドの娘の方は、ソビエト領内にいる以上、当然、亡命者とはいえまい？

そこでだ、身柄は当方へただちに引き渡してほしい。

なあ、ハロルド、きみは、ものわかったやつだ。わが国としては、こう出るほかないことも理解してくれよう？」

「なるほど。わたしほどの分別があれば、同意せずばなるまいねえ」

と、ハロルド卿は答えた。

「ただし、きみの友人としては、理解しかねるねえ」

「なぜだね」

「ハリス夫人が、スパイだの伝書バトだの、っていうのは、とんでもないことだ。何より危険分子とは、無縁の人だよ。そのことなら、誓ってもいい。今までだって、このぼくが、きみにうそをついたことは一度もないのは、知っていてくれるね。

思うにだよ。世界の労働者たちのユートピアを標榜《ひょうぼう》する大ソビエトのおえら方がだね。

イギリス国民のこよなく愛する人たち、つまり通い家政婦の一人を、迫害しようとしているんだよ。

通い家政婦というのはだねえ。たいへんな働き者で、朝は四時起きして、あちこちのオフィスを掃除してまわり、夜は夜で、遅くなるまで仕事が終えられないこともよくあるんだ。

賃金は、ロシアの金で、一時間半ルーブルってとこかね。たいていは未亡人だが、女手一つで子どもを育て、教育もきちんと受けさせているものなんだ。イギリス人の暮らしぶりを支えている、頼みの綱の一つでもあってね。

このかいがいしい女性を、監獄へなど放りこんでみたまえ。イギリスじゅうの新聞がこぞって、ごうごうたる非難の声を上げるに決まっている。しまいには、きみたちは音《ね》を上げて、ハリスのハの字も知らずにすんだら、どんなによかったことかと、天をあおいで祈るばかり——と、こうなるのが落ちだね」

「しかし、チャーリー令夫人といつわって、フィリップ殿下にお目通りしてるんですぞ」

アグロンスキーは食い下がった。ハロルド卿が受けた。

「ああ、そのことか。建築屋や職人のぺてん師ぶりにもあきれるが、お宅の書記官の石頭ぶりには、ほとほと参ってしまうねえ。

わたしの手元には、ハリス夫人自筆のビザ申請書が届いているんだ。ごらん頂けばすぐわかるが、お宅の方には、人並すぐれて頭の切れる事務官がいるとみえて、チャー・

レディをひっくり返して、レディ・チャーと書き変えてくれたんだよ。それで貴族が一人誕生してしまったんだが、ハリス夫人自身は、殿下にお目通りするとすぐに、自分は貴族ではないと、はっきり申し上げている。あそこにいただれもが、聞いていたはずだよ。

アナトール、きみに心底ほれこんでいる、昔なじみの忠告をいれてくれればだねえ。ハリス夫人とバターフィルド夫人は、いささか波乱に富んだモスクワ旅行ではあったが、予定通り、あすの正午、イギリス航空のジェット機で、ロンドンへ向かうことができるんだがねえ」

アグロンスキーが、急にわっはっはっと肩を揺すって笑い出した。ひざをピシャピシャたたきながら、いった。

「くそっ、昔は、万事簡単におさまったもんだが。だれがふいといなくなろうと、だれも大騒ぎはせんものだった。

よろしい、まったくきみのいう通りだ。この件は一から十まで、とことんばかげきっておる。あの二人は、予定通りあす出発してもらってけっこう。後始末は、このわたしが、なんとかやってみるとしよう。

KGBが、わたしにつっかかってくるようなことにでもなれば、きみは、最良のテニスの相棒を失うだろうが……。しかし、リザベータという娘の方は、即刻、こっちへお返しいただきますぞ」

この気のいい「ばか正直者」に調子を合わせて、ハロルド卿《きょう》も腹を揺すって豪傑笑いをし、横腹をピシャピシャたたいてみせるべきだったろう。ところが、彼は、そうはしなかった。それどころか、正反対の態度に出たのである。

その顔に、きびしいフクロウのような表情が戻ってきた。彼は、人さし指で鼻ひげをなでつけながら、おもむろに口を開いた。

「ふむ、お返ししよう、といいたいところだが、どうもそれでは、事がまるくおさまりそうにないんだよ。というのは、ハリス夫人の方で、帰国に際して、ある条件をつけてきましてね。

リザベータ・ナジェージダ・ボロバースカヤという娘に、出国ビザを認め、なんとしてもロンドンへあの娘を連れ帰らせてほしい、というんだよ」

「なんだと?」

アグロンスキーが、割れ鐘のような声でわめき返した。ぎゃあぎゃあと泣き叫んでいた赤んぼうの声も、子どもたちの金切り声も、さすがにかき消されてしまった。

「愛情の問題でしてね」

ハロルド卿は、静かに答え、それから、リザベータとジェフリー・ロックウッドとのあわれな恋物語を語って聞かせた。

アグロンスキーは、こんどこそ本気になって腹を立てた。

「しかし、そりゃあ無理だ。きみにだってわかるはずだぞ。ロシア政府を相手に、条件をつきつけるとは、いったい、その床みがき女は、自分を何さまだと心得とるのだ？　それだけではないぞ。きみにお許し願って、いわせてもらうが、ハロルド、きみもばかだな。そんなことをわたしに話して聞かせるとはね。過去にそういう恋愛関係があったとわかったからには、このまま黙っていては、わたしの立場が危うくなる。公にすれば、その娘は重刑を受けるだろうが、このまま黙っているわけにはいかん。

一時間以内に、KGBの主だった者を、大使館に差し向けよう。すぐに、その娘を引き渡してやってほしい。

デタントに双方で努力を傾けているこの時期に、国際緊張を高めたくはあるまい？　どうかね。賛成してはくれまいか」

奇妙なことに、イギリスきっての外交官が、この問いには答えず、むしろ寂しげな表情で、こういったのである。

「若い恋人同士を無理やり引きさいておいて、きみたちロシア人は、何が楽しいのかね？　長いこと、慕い合い、好き合っている二人が、いっしょになるのを拒んで、そんなふうに喜んでいるとはね。

家族をばらばらにするように、ビザで操作したりする。たまたま、片方が外国人だからというだけで、きみたちは、若い二人の恋路を、ありとあらゆる官僚的手段を用いて、じゃましようとする。この点にかけてのきみたちの冷酷ぶりときたら、世に並ぶものなし、だ。

そのくせ、きみたちは、じつに思いやりに厚く、情にもろい。たぶんロシア人ほど、家族のきずなの強い民族も、ほかにないんじゃないかね。これをどう説明してくれるかい、アナトール？」

「おやおや、こいつはごあいさつだな、ハロルド」

アグロンスキーが受けた。

「ロシア人の国民性の分析を始めようというのか。きみも、それほど長くこちらに生活していれば、この国が、外への出口なしの迷宮だということくらいおわかりだろう？　それでもまだ、われわれロシア人の情のもろさと、政治の上でのこちこちぶりとの関係が、よくつかめん、ときみがいうのなら……」

「いや、もちろん、わかってはいるがね」

ハロルド卿がさえぎった。

「ただ、わたしは、新聞のことを考えていたんだ。フリート街で、『実らぬ恋』とでも、もらしてみたまえ。たちどころに、各新聞社が飛びついてきて、書き立て始めるぞ」

アグロンスキーは、ため息をついた。

「そのことならかまわん。そしられるのには慣れておる。書き立てられるだけで、けっきょく実害はありはせん。一般大衆てやつは大見出しだけざっと目を通すくらいがせいぜいだからな。それに……」

「おお、そうだった！」

ハロルド卿が声を上げた。いよいよもってフクロウに似た、きまじめな顔つきで、こういった。

「そんなことより、通い家政婦たちの地下組織のことを、うっかり忘れるところだった」

「地下組織とな？」

アグロンスキーの耳が、チューチューというネズミの鳴き声を聞きつけたテリア犬のように、ぴんとつっ立った。

「地下組織とな？　こんどの一件は、まさしく、それと関わっておる。とすると、調査書にあった通り、現に何かの陰謀があった、ということであろう？」

ハロルド卿が、穏やかに受け流した。

「きみねえ、きみほどの外交官が、あらぬ妄想に取り付かれるとは、柄《がら》にもないですぞ。わたしがいったのは、いわゆる井戸ばた会議に類する、たわいもないうわさ話のことだよ、きみ。

十年近く、きみは、ロンドンにいたろう？　そういうおしゃべり好きの手合いに、出会わなかったかね？」

相手のロシア人の顔が、ふいに破顔一笑、いかにも懐かしそうな表情に変わった。彼は、ロンドンをこよなく愛していた。

「そうそう、いましたな。ミンバイ夫人。キップ・スレイド・ワッツで働いていたおばさんだが、すっかりなじみになりましてな」

「そうでしたねえ」

　ハロルド卿がうなずいた。

「では、覚えておいでだろうが、ゴンビア・アフリカ中央国家政府とわが国とが、あわや国交断絶となりかけた。あのとき、同国の大使館から全員引き上げかけたんだが、きみは、われわれより三日も前から、あの情報をつかんでいた。あれは、どういう経路で知ったのかね？」

「ああ、あれかい。もちろん、……当方の諜報《ちょうほう》機関が……」

　といいかけて、副外務大臣は、はたと口をつぐんだ。それから、ピシャリと、自分の額をたたいた。

「これはおどろいた。そうだ、むろん、ミンバイ夫人からだったな。あの人は、ゴンビア大使館の掃除婦をやっている友だちのクランショー夫人から聞いたとか、いっておったが……」

「その通りなんだ」

　ハロルド卿がいった。

「ハリス夫人のような人には、新聞界とのつながりなどは、いっさいない。ところが、いずれは、事のしだいが、記者たちの耳に風評として入ってしまう。

　ジャーナリズムが騒ぎ出してから、あれは根も葉もないうわさだ、と、きみたちが宗旨の違う連中に議論を吹っかけてみたところで、あとの祭りだよ。報道されたものは、事実あったも同然、ということになる。

よろしいか。そこでだ。きみを信頼するとして、KGBが、わがイギリス国民に対し、出国まぎわのじゃま立てをしないよう、計らってはもらえまいか」

「ご心配無用じゃ。この件について、KGBのしでかしたへまの数を、あとで並べ立ててみれば、自分で自分の首を絞めるだけだろうからな」

「ありがたい」

と、ハロルド卿は礼を述べたものの、立ち上がる気配はなく、ふいに、はにかんだような、少々不安そうな顔つきで、こういった。

「実はねえ、もう一つお願いがあるんだ。いささか厚かましいんだが、この際、純粋に、きみの厚い友情にすがって、お願いするしだいだ。

できれば、ちょっとの間、いっしょに大使館へご足労願えまいか。ハリス夫人が、リザベータという娘のために、じきじきにお願い申し上げたい、といっているのだがねえ」

アグロンスキーは、ぎくっとして、身をこわばらせた。

「じきじきに話したい、とな？　しかし、そんなことをしたところで、無駄なことはわかっておるはずだが……」

「むろん、わかってはいる」

ハロルド卿は、こう話をしめくくった。

「そうしてもらえれば、親切心を見せてやれるというものではないか。ハリス夫人というのは、まことに単純で、善良で、まじめな人でね。権限を持った人物に、心をこめて訴えることさえできれば、ひょっとして、きみたちロシア政府の気持ちも和らぐのではないかと、心から信じきっているんだ。すくなくとも、そうできれば、イギリスに帰ってのち、うまくはいかなかったが、やるだけやってみたんだ、と納得できるだろう？　直接訴えるチャンスさえあれば、あるいはうまくいったかもしれない、と、あとからつらい思いにさいなまれずにすむではないか」

副外務大臣は、しばらくまじまじと、友だちの顔を見つめていた。が、ややあって、友の肩をぽんとたたいた。

「きみこそ、いいやつだなあ、ハロルド。よかろう。では、ミンバイ夫人の思い出の記念に、きみの望む通りにしよう」

二人の紳士は、公園のベンチをはなれ、イギリス大使館の車に乗りこんだ。道すがらアグロンスキーは、（こんな愚の骨頂に乗せられるのは、生まれてこのかた、たぶんこれが初めてだぞ）と、胸の内でつぶやいた。

ところが、帰る道では、その逆になってしまったのである。（まったく、いい巡り合わせだった。わたしはついていたんだ）と感謝しつつ、車に揺られることとなるのだ。

ハリスおばさんの嘆願は、ごく単純でありながら、真心にあふれるものだった。情に訴え、聞く者をほろりとさせずにはおかなかった。

リズは、別室に控えていた。部屋にいるのは、ハリスおばさんと二人の外交官、それにバターフィルドおばさんだけだった。

おたがいに消息すら確かめ合えぬまま、なおも信じ合い、望みを捨てずに愛しつづけた二人の恋人の「永遠に変わらぬ愛」について語るエイダの話に、バターフィルドおばさんは、ときおり目頭《がしら》を押さえていた。

「ロックウッドさんは、ほんとの紳士でございますよ」

エイダが説明をつづけた。

「あの娘さんのことは、かりそめの恋だと忘れてしまうことだってできたでしょうに、あの方は、そうはなさりませんでした。

まるで十五、六の少年みたいに、娘さんの写真を見ちゃ、ため息をついてなさるんです。あの人を呼び寄せるために、力になってもらおうてんで、外務省にせっせと通いなすって、そりゃあもう、天と地を一人で動かそうってほどの、がんばりようでございましたよ」

これを聞いて、バリー卿《きょう》は、心の中でつぶやいた。

(外務省のだれも動こうとはしなかったのか。なんと無粋な！　これではイギリスも、ロシアと五十歩百歩というところではないか)

ハリスおばさんは、さらにつづけた。

「リズさんは——あの娘さんのことですよ——ほんにまあ、あの方は、天から遣わされた天使みたいな方ですねえ。ロックウッドさんとの約束を決して破りなさらず、誠実を通してきなすった。男の方が、ほかのだれかと結婚して、子どもの二人もあるかもしれない、とわかっているのにでございますよ。でも、リズさんは約束してなすった。あんなきれいな心の方が、いったん約束をしようもんなら、ぜったい、たがえるもんじゃございません。

こんな具合に事情が重なって、別れわかれにさせられちまったお二人が、きちんと約束を守りつづけたなんて、めったにあるこっちゃございませんです。こういうのこそ、ほんとの愛情ってもんでございましょう？

テレビだの流行歌だので、ほれたのはれたのってやってるのと、わけが違います。リズさんをイギリスへ行かしてあげたら、どうなると思いなさいます？　二人が二人とも、だれより深くロシアを愛するようになりますとも。

アグロンスキーさま。悲しみにめげてる二人をいっしょに連れそわせてやって、ロシアが、何か損をすることでもありますですか？　リズさんをイギリスへ行かしてあげてください。その方が、お宅さんだって、どんなにか寝ざめがいいってもんでございますよ」

副外務大臣は、ハリスおばさんの嘆願に、真実、心を動かされていた。これほど自分が感動しようとは、実は思ってもみなかった。

しかし、ここでゆずるわけにはいかない。どう見ても、許せる状況ではない。第一、そんなことをすれば、自分の首が吹っ飛ぶ。リズという娘は、ソビエトの法律を五つ六つは犯しているのだ。それに、ソビエト最高幹部たちは、このところ、恋愛問題にはことにうるさい。

副外務大臣は、ハリスおばさんとは初顔合わせだった。レセプションには上役連中が出席し、彼は役所に残って、仕事にせいを出していたからだ。

彼は、あらためて、しげしげと、この小柄なおばさんを見直した。苦労に満ちた長い人生の道のりで、一つ立ち止まるたびに一本ずつ刻まれた、とも見える深いしわ。長年の労働で荒れてざらざらした手。

見つめる大臣の胸に、同じようにはげしい労働に痛めつけられているロシアの何百万、何千万という庶民たちの姿が浮かんできた。彼らは、ちょっとした許可証や、書類をもらいに役所へ行き、小役人たちにぺこぺこ頭を下げてお願いする。役人たちは、横柄にいばり散らし、だれかれかまわず追い返してしまう。役人風を吹かせて、ただ権力を見せつけたいがためだった。これこそ、ロシア風官僚気質《かたぎ》というものだ。アグロンスキー自身も、それにどっぷりとつかっている政治家の一人だった。

立場上やむをえず、だめだ、だめだとくり返すほかなかったが、彼の心は重くふさがっていた。

「お気の毒だが、お願いの筋を聞き入れてさしあげる手立ては、何もありませんな。あの娘、リザベータは、ロシアの法を犯しておる。したがって、罰は当然受けねばならんのです」

ハリスおばさんの顔から、やさしさが、わずかに影を潜めた。しかし、アグロンスキーは、それを見落としてしまった。

「リズさんが、どんな法律にふれたってんです？　恋しちまったからでござんすか」

「そんなことは、取るにも足らんことだ」

またしても、彼は、うっかり見すごしていた。ハリスおばさんの細い体が、しゃきんとこわばり、しわの刻まれたほおに、さっと血がのぼったのを。ついさっきまで、優しく穏やかな光をたたえていた小さな目が、ぎらぎらと燃え出していた。

「ともかくできませんな。お国の大使どのにお聞きくださっても、その通りだといわれるはずです」

ハリスおばさんは、ハロルド卿をふり向いた。

「そうなんでございますか？」

「残念だが、その通りですね」

ハリスおばさんは、背筋をぴんと伸ばして、いすにすわり直した。

「それで、リズさんに、どんな仕打ちをしようってんでござんす？」

このとき、なぜ真実をもらしてしまったものか、ハロルド卿は、あとになって思い返してみても、なんとも説明がつかなかった。

「なに、大した罰はありませんよ」と、うそをついて、おばさんの気持ちをなだめる代わりに、こういってしまったのだ。

「おそらく、十年の収容所暮らしでこき使われましょうな」

「なんとかっていう小説家と同じ目にあうってんですか？　わたしゃ、その記事を読んだことござんすよ」

ハリスおばさんが、叫んだ。

ハロルド卿は、「しまった、うっかりしゃべってしまったぞ」とあわてて、けんめいにいいつくろった。

「いや、あれほどひどくはないですよ」

しかし、もう遅かった。ざっくりと胸えぐられたハリスおばさんは、アグロンスキーに、攻撃の矢を射かけはじめた。

「けだものだよ！　ひきょうだよ！　あんたたちは！　あの気の毒な娘さんだけは別だけどね。あんな天使みたいな人を、生殺しにしようってのかい。

この国じゃ、人間らしい人間に、まだお目にかかったこともないね。どいつもこいつも、みんな悪魔の申し子だよ。そろって鬼ばっかしだ！　あんたたちは、自分たちもふくめて、人間てものを憎んでるんだ、主の教えを広めて歩く罪もないキリスト教徒まで、憎めたらしくてならないんだ。

ユダヤ人のことも、力をかしてほしくなるまで、憎んでるんだ。あのお気の毒なルービンさんみたいにね。トイレットペーパーで大騒ぎして、あの方を八週間も閉じこめてたなんて。小鳥のすり餌《え》だなんて、へっ！　聞いてあきれるよ。

あんたたちの中にゃ、たったの一人も、真っ正直に事をやってやろうって人間はいないんだねえ。だれひとり……」

いいかけて、途中でぎょっとなって、ハリスおばさんは口をつぐんだ。大臣の顔色が、さっと変わった。蒼白《そうはく》になり、今にも気絶しそうに、ふらついている。やっと立ち直ると、彼はふるえる手で、ハンカチを取り出し、苦しそうにゆがんだ顔から、いちめんに吹き出した玉の汗をぬぐった。

「な、な、何ですと？」

彼は、口ごもった。

「小鳥のすり餌とか？　いや、おっしゃってることが、ちとわかりかねますな」

ハリスおばさんは、まだ気づいてはいなかったが、金の鉱脈を掘り当てたのである。手ごたえはあった。こちこち頭の大臣の急所にガツンとくらわせ、ふらふらにさせたことは確かだった。

「聞いてなすったでござんしょ、わたしの話を。何のときだれでも使う、あの大事な巻き紙でござんすよ。何億ロールも、小鳥のすり餌ってことにして、ロシアへ出荷されるんだそうでしてねえ。

こんななんでもない商売ですら、真っ正直にゃおできになれないってんだから、トラクターを買うときゃ、洗顔クリームとかポテトチップとかに化けるんだろうねえ」

ハロルド卿は、友人ほどには取り乱さなかったが、やはりびっくりぎょうてん。大きな角ばっためがねをすかして、ハリスおばさんをまじまじと見つめた。（これは、これは。たいへんなことをいい出しましたな）

ハロルド卿は、たちまち、事情をのみこんだ。

どういうわけか、ハリス夫人は、ロシアがだれにも知られたくない機密をにぎっているらしい。

バターフィルドおばさんは、おろおろそわそわしていた。

一瞬、アグロンスキーは、虚勢をはって、すっとぼけようとした。

「小鳥のすり餌とな？　紙？　いったい、なんの話をされておいでかな。どうもおくさん、お気の毒に、正気をなくしてしまわれたのではないですかな」

真っ正直なハリスおばさんに、だれも太刀打《たちう》ちできはしない。

「いいかげんにしとくれよ」

ハリスおばさんは、ぴしっといった。

「正気をなくしましたかね、このわたしが？

モスクワにゃ、トイレットペーパーなんて一巻きもない、このごりっぱな国じゅう探したって、めっかりっこないってのは、うそですかい？

この国ばかしじゃない。日本じゃ行列して買うって話だし、アフリカじゃ、仕方ないから、シュロの葉っぱを使ってるそうだよ。わたしが新聞を読まないとでも思ってるのかい？

そんなわけで、あんたたちの国は、イギリスじゅうの倉庫に詰まってるトイレットペーパーを、ごっそり買い上げたのさ。ただ、そんなものに不足して買いましたんです、なんていう度胸がないから、小鳥のすり餌ってかっこうで、送らせるんじゃないか」

ハロルド卿《きょう》は、くるりとおばさんに背を向けた。そうでもしないと、吹き出してしまいそうだった。

「だれが、そんな大ぼらを吹きこんでくれたのだ？」

アグロンスキーが、しわがれ声でいった。

「大ぼらだって？　ばかにするんじゃないよ。ルービンさんがいったんだよ。ちょいと飲みすぎて酔っぱらってなすったときにね。

その小鳥のすり餌を送る、名目だけの会社の名前も、知りたけりゃいったげるよ。それだけじゃない。これっぱかしのことで、あんたたちが、殺したり監獄にぶちこんだりしたってことも、ぜんぶ知ってるよ。ごりっぱな話だよねえ、まったく」

副外務大臣は、もう一度、額の汗をぬぐった。ほうっと、深いため息をついて、気を取り直すと、友だちの方をふり向いた。

「ハロルドくん。しばらく内密に話し合いたいことがあるんだが、よろしければ……」

「けっこうですとも」

大英帝国一等書記官が、受けて立った。

「わたしのオフィスの方へ、お越しいただければ――」

彼は、二人のおばさんにうなずいてみせた。

「ちょっと失礼させていただきますよ」

アグロンスキーには背を向けていたので、彼は、フクロウにも人間にも、とてもまねのできない、大げさなウインクをぱちりと、ハリスおばさん目がけて送って寄こした。

二人が部屋を去って初めて、ハリスおばさんは、

(ひょっとしてわたしゃ、あちらさんの痛いところを、ぐさっとやっちまったんじゃないかねえ)

と、心配になった。

二人の外交官は、ハロルド卿のオフィスに入り、ドアをきっちり閉じた。ハロルド卿が、壁ぎわのスイッチをひねった。

アグロンスキーが、あわててどなった。

「ああ、テープにはとらないでくれんか」

「もちろんだとも。これは、きみたちの方がしかけたテープや、その他、盗聴器のたぐいを切るスイッチでね」

アグロンスキーが、ほっとした顔でうなずいた。二人の紳士は、腰を下ろし、たばこ

に火をつけ、しばらくは静かにくゆらしていた。頭の中では、これから始まる果たし合いに、どんな手をくり出そうかと策を巡らしながら——。

アグロンスキーが、さっそく本題に入った。

「あの婦人は、むろん、こうなったら、国外に出すわけにはいかん。その点、おわかりいただけますな？」

ハロルド卿は、重おもしくうなずいた。

「きみの方からすれば、そうだろうねえ」

「外へもれると、わがソビエトの名誉をはなはだしく傷つける秘密を、なぜかあの二人はにぎっておる。冷酷で非情な仕打ちだろうが、外交官としてはやむをえん。国家というものは、わが国にかぎらず、ときとして冷酷で、人情のない態度に出ざるをえない。そこのところは、きみもわかってくれるだろう？　ＫＧＢは、例の通りだ。女性二人連れ、旅行中に失踪《しっそう》……」

ハロルド卿が、またうなずいた。

「いやあ、そうだろうねえ。しかし、このわたしの失踪については、どういう手を使ってくれるかね？」

「なんだって？」

副外務大臣が、するどく問い返した。

ハロルド卿は、穏やかに受けた。

「つまりだね。今では、このわたしも、秘密を知っているわけだ。となると、ええと、ルービン氏、ハリス夫人、バターフィルド夫人、それにわたしの四人が失踪、ということになる」

彼は、しばらくたばこをもてあそびながら、まじめな顔で考えこんでいたが、やがて、言葉をつづけた。

「まあ、ありそうもないことだが、アナトール。いま、きみのポケットの中にピストルがあるとしてだよ。つい先だってのイアン・フレミングのジェームズ・ボンド流に、実にかっこよくそいつを取り出し、この場でバンッと、わたしを殺《や》ってしまう。というのでもなければ、だ。

きみがここを出て二分もたたぬうちに、わが国の大使に報告が届く。大使館から打つ暗号電報係の秘書が知る。ロンドンの解読係にも伝わる。そのあとは、外務次官その他、全員に事件が伝わってしまう。その数たるや、相当なものだ。

こう考えてみると、ハリス、バターフィルド両夫人が秘密をにぎってようと、そう大したことじゃあない。ただ、通い家政婦の地下組織には、ひょっとしてもれるかもしれないがね。

もうきみもおわかりだろうが、あの無実の二人を失踪させるなどという話は、まったくばかげた茶番じゃないかね」

ロシア外務省第二の実力者のうしろポケットには、むろんピストルはなかった。仮に隠し持っていたとしても、古い友人に一発あびせたかどうかは、はなはだ疑問である。しかし、ありうることでもあった。

たまたまピストルを持ちあわせなかったばかりに、ロンドンの掃除婦の口から飛び出た二言、三言のために、ソビエト政府が直面することになったややこしい問題を、どう処理したらよかろうと、きりきり舞いさせられるはめになったのである。

ハロルド卿は、たばこをもみ消し、いすの背にもたれた。

「失踪などというぶっそうなばか話は、うっちゃるとして、英国政府は、例の巻き紙の売り渡しにストップをかけようと思えば、いつでもできるんだ。

さしあたって、きみの国がそれで破局を迎えるというわけではあるまい。いや、新聞記者にもれると、破局もあながち、ないとはいえまい。小鳥のすり餌《え》か。なんだって、きみたちは、そんなばかげたことを思いついたんだろうねえ」

アグロンスキーは、一言《ごん》もなかった。起こりうるありとあらゆる状況にどう対処するかということに、忙しく頭をはたらかせる一方で、何とかまるくおさめる方法はないものかと、死にものぐるいで探っていた。

ハロルド卿は、紙巻きたばこの代わりに、パイプを取り出した。じれったいほどゆっくりとしたしぐさで、のんびり楽しんででもいるように刻みたばこを詰めこむと、彼は、こういった。

「覚えていてくれると思うが、公園での話し合いの際、外国の新聞が、他国の中傷記事を書き立て、国民感情をあおるのは、これに要する紙やインクやエネルギーの無駄でこそあれ、なんの益にもならん、と話しましたねえ。

ところで、お宅の方の最高幹部諸君は、世界じゅうのもの笑いの種には、あまりなりたくないのではないですかな。この小鳥のすり餌の件が新聞種になれば、これはもう確実にそういうことになる。

お宅と同じ苦境にある日本ですら、そんな奇妙な手は考えたこともないんだよ。

それにねえ。イギリスの新聞だけではない。ヨーロッパじゅうの新聞に、漫画家連中が描き立てますぞ。シュピーゲル、ル・カナール・アンシェネ、ラ・スタンパ……目に見えるようだ。ああ、たいへんだねえ」

全ソビエト連邦副外務大臣が打ちしおれ、善良な共産党員に似つかわしく、天をあおいで、いつものように神の助けを乞《こ》うた。顔をおおって、こううめいたのである。

「ああ神よ！　どうすればいいのだ。わたしに非難が集中しよう。KGBは、それを待ち受けておるというに！」

ハロルド卿《きよう》は、デスクの上におおいかぶさり、手持ちぶさたで仕方がない、といったのろのろした手つきで、箱から大型マッチを一本ぬき取り、シュッとすって、パイプに火をつけた。たばこにじわじわと火が燃え移っていくのを、満足そうに見守って、静かにこういった。

「取引をしないかね」

大臣の手が、顔からはなれた。

「なんだって？」

「取引はどうだ、といったんだよ」

ハロルド卿はくり返した。

「あの娘の方は、ハリス夫人といっしょにイギリスへやる。その代わり、ハリス夫人とバターフィルド夫人には、ぜったい秘密を守ってもらう。これでどうだね。実に簡単なことだ」

大臣は、友人の顔を見つめた。ふいに目の前に道が一本、すっきりと開けた気がした。

「しかし、信じていいのかね。きみ自身、さっきいったではないか。通い家政婦の地下組織とか……」

ハロルド卿がさえぎった。

「きみは、気がつかなかったかねえ。ハリス夫人は、きわめて道義心の高い人だ。あの人が、いったん約束したとなると、死んでも口はわるまい」

アグロンスキーの顔に、ようやく血の色が戻ってきた。

「きみは、心からそう思うわけで……」

といいかけて、

「しかし、そういうきみは、どうなんだ？　今となっては、自分も秘密を知っている、とさっきいったではないか。大使、外務省、きみの義務といったことは、どうなるかね」

ハロルド卿は、パイプから深ぶかと、考え深そうに一服吸いこんだ。それから、おもむろに口を開いた。

「ハリス夫人の嘆願に、きみは心を動かさなかったかもしれないがねえ。わたしは、おおいに感動しているんだ。あの娘を、イギリスへやってはくれまいか。そうなれば、ハリス、バターフィルド両夫人ともども、わたしも約束するよ。ここでもれ聞いたことは、いっさいこの場限りにとどめる、とね。秘密は、無事守られるはずだ。きみには、権力も勇気もある。十二時間以内に、リザベータ・ナジェージダの出国ビザを、手配してもらえるはずだが――」

アグロンスキーの頭の中で、モーターの回転数が、また百ばかりも上がった。

（あそこは、はしょるとして、こっちは一言口ぞえせねばなるまい。あっちは、でっち上げでだますとして、くるくるくると、急ぎに急げば、なんとかビザは下りそうだ。いや、待てよ）

そのとき、目の前が真っ暗になった。思い出したのだ。彼は、おずおずといった。

「ＫＧＢが……」

「忘れたまえ。ＫＧＢは、目下、目を白黒させてまごついているよ。われわれに何歩も遅れを取ってね。

アメリカ人の友人連中にいわせれば、へまばかりやって、まだこっちの居場所すらつかんでいない、というところだ。

手早くやってくれれば、KGBの連中がかぎつける前に、娘は国外へ出られるよ」

アグロンスキーの顔が、やっと、晴れやかに輝いた。

モスクワ駐在イギリス大使館づきのロシア問題顧問、ハロルド卿は、軽くパイプをたたいて灰を落とすと、やおら立ち上がった。

「では、ごいっしょに、ご婦人がたにお目にかかるとしますかな」

第十六章

ハロルド卿は受話器を取り上げ、秘書に命じた。

「ガイドのリザベータさんに伝えてくれたまえ、ハリス夫人たちの部屋に来るように、と」

まもなくリズがあらわれた――おずおずと心配そうに、途方に暮れたようすで――アグロンスキーを見ると、ぎくりと立ちすくみ、その顔からみるみる血の気が引いた。バターフィルドおばさんは、おいおい泣き始め、ハリスおばさんは、リズの顔をまともに見上げる勇気もなかった。（どういうことになるのかねえ）おばさんも、少々おろおろしていたのだ。

アグロンスキーは、すばやく見まわして、みなの集まった閲見室の中を点検した。

「ここは、安全なのでしょうな――つまり、その、おわかりいただけると思うが……」

「どうですかねえ。この部屋については、一度も心配したことはないんだが――しかし、この話し合いは『トルコ風呂《ぶろ》』でやりますかねえ」

「どこでですと？」

副外務大臣が、問い返した。

「いやあ、その部屋にしばらくいると、息が詰まりそうになるんでね。それで『トルコ風呂』と呼ばれてるんだが、大使館の中では、そこだけが、ぜったいに盗聴器のしかけられない部屋でしてな。特別あつらえなんですよ。

何かの上に浮くようなしかけじゃないかと思うんだが、そんなことより肝心なのは、ぜったい安心できる、というところでしょうな」

廊下をいくつも曲がり、渡り廊下をぬけて、二重ドアのある一室に彼らは入っていった。二つのドアの間には、奇妙な波形の敷居のようなものがあった。

こぢんまりした部屋の中に、小さなテーブルといすが数脚、居心地よく整えてあった。ハロルド卿は、内側のドアを閉め、鍵をかけた。ドアのそばの小さなボタンを押すと、上方に赤い電灯があらわれた。

「われわれも、ぐんぐん進歩しておりましてねえ」

と、なぞめいた口ぶりでいいながら、部屋のクーラーを入れた。

「防音装置もついてますよ。さあ、おかけください」

いわれた通り、四人は腰を下ろした。しばらく気まずい沈黙が流れた。ハロルド卿が口火を切った。

「ええと、だれかが、切り出し役をつとめなくてはなりますまい」

彼は、リザベータに向かっていった。

「国を出てもよいという許可が、もしおりれば、ご自身の自由意志で、ロンドンへ向かう——つまり政治的亡命、というやつを望まれますかな？　そうなれば、ロンドンの市民権が得られ、ロンドン市民と同じく、自由を脅かされずに暮らせることになりますがね」

リズは、じっとハロルド卿の顔を見つめ返した。今聞いたことが信じられないとでもいうように。実際、信じられなかったのだ。

「どういうおつもりですか？　本気でいらっしゃいますの？　それとも、拷問の一つなのでしょうか？」

「いや、本気ですとも」

抑えに抑えていた気持ちが、どっとせきを切ったように、リズの口からほとばしり出た。彼女は叫んだ。

「ああ、亡命します、します、します。亡命させてください。まあ、何でも差し上げますわ、何でも」

ハリスおばさんは、いすの上で、しゃんと背すじを伸ばした。テリア犬のようにすばしこく、ゆだんなく目を配りながら、頭の中は、はげしく活躍を始めていた。イギリス大使館の防音装置つきの部屋に、わざわざ集まったからには、何か魂胆があるに違いない。

「もう一つ答えてください」

ハロルド卿が、アグロンスキーをちらと横目で見ていった。

「ロシア国内に、お身内の方はおいでですかな？　お父上はどこで何をなさっていますか？」

リズは一瞬、副外務大臣の方を盗み見た。大臣が無表情なのを見て取って、こう答えた。

「父は、いなくなりました——あ、あの、わたくしが三つのときに」

ハロルド卿《きょう》は、すばやく指を折ってみた。この娘は、二十四歳あたりか。だとすれば、父親が逃げたのは、一九五二年ごろだろう。その年は、大勢の人が、国外へ逃亡した年だった。

「それで、母上は？」

「二年前に亡くなりました。キエフに伯父が一人ございます。でも、一度も連絡はありませんわ。わたくしが生きていることさえ、知らないのではないかと思います」

「お聞きの通りです、大臣」

ハロルド卿がいった。

「強制なし、問題なし、ですな。では、大臣の方からおっしゃることがありましたら、どうぞ」

アグロンスキーは、そこで、ハリスおばさんに向かって話しかけた。

「おくさんがこの娘のためになされた嘆願について、ハロルド卿と内々で話し合ってみましたが、まことに、あの話には心を打たれました。そういう事情なら、この娘をいっしょにイギリスへやってもよかろう、という心づもりでおりますが……」

わっと喜びの叫びを上げて、リズが、ハリスおばさんの首っ玉にかじりついた。小さなしわだらけの顔にキスの雨を降らせながらいった。

「おくさま、おくさま、おくさまのおかげですわ。初めてお目にかかったときから、すばらしいお方だって、ずうっとわかっていました。まあ、なんてお礼を申し上げたらよろしいのか……」

ハリスおばさんは、やさしくリズの手をふりほどいた。

「ちょいと待っておくんなさいよ。おしまいまで話を聞かせてもらうまでね」

アグロンスキーがハリスおばさんに話のつづきをいった。

「条件が一つありましてね」

エイダがうなずいた。

「いつだって条件はつきものでございますよ。おっしゃってくださいまし」

このとき、並の人間なら、とうていありそうもない、といい出しそうな出来事が起こったのである。並外れた高等教育を受け、政治の世界で徹底的にきたえ上げられた、この上なく洗練された一人の外交官の心と、教育もない、おそらく無知な下層労働者階級とみなされる一人の未亡人の心とが、ぴたりと通じ合ったのだ。

その部屋にいる五人の中で、秘密の買い入れを巡るなりゆきについて、何も知らないのはただ一人、リズであった。

アグロンスキーは、一瞬、ハリスおばさんを値ぶみするように、ひたと見すえ、穴の開くほど見つめた。すると、おばさんも、はっしと、そのまなざしを見つめ返した。

慎重に言葉を選びながら、アグロンスキーが口を開いた。

「正確に、どの程度、ご存じですかな——例のこと——その、ついさっき、おっしゃっておられた——そうそう、小鳥のすり餌とか——」

まさに、このときである。二人の息が、ぴたりと合った。ハリスおばさんの頭の中に、大使館へ移ってのちの、今まで見聞きしたすべてのことが、そっくり浮かんできた。すると、今なんと答えてほしいのか、はっと思い当たったのだ。おばさんは、迷わず答えた。

「何にも存じませんですよ」

「何も、いっさいですか？」

「おっしゃってることが、さっぱりわかりませんです」

「で、そこにおられるお友だちの方は？」

ハリスおばさんは、友だちの方をやさしくふり向いた。バターフィルドおばさんは、ふんわりとした胸にリズを抱きくるんで、揺すりながら話しかけていた。

「さあさあ、そんなに気を高ぶらせちゃ毒ですよ。聞いてなすったでしょう？　何もかもうまくいきますよ。わたしたちといっしょに、ロンドンへ行けるんだから」

ハリスおばさんはいった。

「あの人のことは、ご心配なさらずともようございますよ」

「では、おくさんの方は？」

アグロンスキーはたずねた。彼の胸に、かつて味わったことのない、不思議な喜びがわき上がってきた。心の奥深いところで、彼自身と、目の前に向き合ってすわっている、小柄なおばさんとの間に、しっくりと気持ちが通い合うのを感じたのだ。このおばさんは、彼がいいたいこと、どう事が進みつつあるかを、いわず語らずのうちに、正確につかみ取ってくれた。

「お約束しますよ」

「おくさんを信頼してよろしいな」

アグロンスキーが念を押すと、エイダは、ほおのはった大臣の大きな顔をまともに見すえて、静かにいった。

「信頼できるか、とたずねておいでですか、それとも、信頼できる、といってくださってるんですか？」

大臣は、ほうっと一つ、大きなため息をついて答えた。

「できる、といったのです。あの娘を、いっしょにお連れください」

ここでまた、ひとしきり、おしめりの一幕だった。涙にぬれたリズが、ハリスおばさんの前にひざまずき、ひしとしがみついた。

「信じられませんわ。とっても、信じられない。まあ、こんなにうれしいことって、あるかしら」

「信じていいんですよ、ほんとに」

と、リズの髪をいとおしそうになでてやりながら、ハリスおばさんは一瞬、言葉を詰まらせた。胸がいっぱいだった。しばらくして、かすかにどすのきいた声で、つづけた。

「わたしゃ、秘密の鍵《かぎ》をにぎってるんだからね」

アグロンスキーは、また重くため息をついた。どこにでもいそうなごく平凡なこの婦人を、ほんとうに信用していいものだろうか？　イギリスに無事着いたとたん、彼を裏切るのではないだろうか。

そう思い迷いながら、あらためてハリス夫人をしげしげと見つめた。すると、この夫人が、ありきたりのどこにでもいる人間どころか、心の温かい、才気に富んだ、すばらしい人物で、生存競争をおおしく戦い抜いてきた勇者なのだということが、はっきりと見て取れた。

「では、明朝十一時に、リザベータを空港へお連れいたしましょう」

と、アグロンスキーはいった。

すると、ハロルド卿がすかさず、

「こちらの方で、リザベータさんを明朝十一時に空港へお連れいたしますよ。ハリス夫人、バターフィルド夫人ともどもに。

そちらは、ビザとパスポートさえお持ちいただければさいわいです」

と、「こちらで」という言葉を、わずかに強調して、くぎを刺した。

アグロンスキーは、友人の方へ、笑顔を向けた。

「承知したとも。実際、きみの立場になれば、わたしも同じようにするだろうな」

ふっと心が軽くなり、うれしさと安堵《あんど》の思いがこみ上げてきた。何もかも自分の独断でおさめたこの処置は、ひょっとして「落ち度」となって自分にはね返ってくるかもしれない。

しかし一方、細かい事情が、外務大臣を通じて政府の最高幹部たちに届けば、石頭連中だって認めるだろう。こうするよりほかに方法はなかったのだ、アグロンスキーよ、よくやってくれた、と。

いまわしい鉄のよろいに身を固めていた役人の立場から、ほんのつかの間、解放された思いがして、アグロンスキーはいった。

「ハリスさん、あなたという方は、まったくすばらしいお人だ。お知り合いになれて、さいわいでしたぞ。

いろいろな思いがけぬ事情から、わがソビエトの名誉をいちじるしく傷つけかねない情報を手にされ、それをどうにでも利用できる立場にありながら、ご自身のためはおろか、この娘さんのためにも、利用なさろうとはしなかった。

わたしに嘆願する機会を得られたときも、ご自分のことは、何一つ望まれず、ただ、若い二人の恋人たちの幸福を願うのみだった。

何かご自分のためにほしいものは、ありませんか？　記念になるような、何か小さな贈り物をしたいのだが。

ロシアにお着きになってから、あれこれとおありになったこと、伺っておるのです。ずいぶんと嫌な目にあわされつづけたことと推察しております。ロシア人として、たいへん恥ずかしく、申し訳なく思っておるしだいでしてな」

ハリスおばさんは、ぴんと背すじを伸ばしてすわったまま、落ち着いて答えた。

「お気持ちはありがたいんでございますが、何もほしいものはございませんです。ごらんなさいまし。もうじゅうぶんにして頂きましたですよ」

と、おばさんのひざに顔をうずめて、うれしさとほっとした気のゆるみから、まだ泣きじゃくっているリズを、指さしてみせた。

「この年になるまでいろいろありました中で、あなたさまにして頂いたことは、何よりすばらしいことでござんした。死ぬまで決して、このご恩は忘れやいたしません。ほんとにありがとさんでございました」

いい終わったとたん、その顔じゅうになんとも奇妙な表情が広がった。今の今まで、気高いほどの威厳に満ちていた顔が、昔ながらのいたずらっぽい、リンゴのほっぺの、目をきらきらさせたハリスおばさんの顔に戻ったのである。

「ごめんなさいまし、アグロンスキーさま。急に思いついたんでございますが、せっかくご親切におっしゃってくだすったんですし、一つだけお願いしたいことがございます」

「それはうれしい」

全ロシアを代表する副外務大臣がいった。

「して、何をお望みですかな？」

「毛皮のコートでございます」

ハリスおばさんが答えた。

アグロンスキーは、とつぜんがっくりして背筋が寒くなった。（ハリス夫人を少々買いかぶりすぎて、持ち上げすぎた末が、これだ、やれやれ）と思ったのである。贈り物をさせてほしい、と申し出たとき、あらかじめどんな贈り物、という腹案がはっきりあったわけではない。とはいえ、模造品や、安っぽい品であるはずはない。なんとはなしに、小さな値打ちのある美しいもの、というつもりだった。

そこへとつぜん、毛皮のコートを持ち出されて、彼はうろたえた。毛皮をほしがる女には、なんとなく、欲深で、見えっぱりのイメージがつきまとう。

（ああ、なんてこった。けっきょくは、そこらにいる女どもと同じだったんだ）と打ちのめされて、彼は、深いため息をついた。

「かしこまりました。毛皮のコートですな」

「わたしのコートじゃないんでございます、アグロンスキーさま。ここにいるわたしの友だちのでございます。みんなわたしのせいで、この人はコートを買い損ねてしまったんですよ。

何年も前からずっと、この人は、毛皮のコートをほしがってましてねえ。お金をためてるんですけど、いつもお値段の方に、先を越されてしまいまして、インフレとかいうものだそうですねえ。

もうこれで買えそうだ、てんで、ためたお金を持って店に行ってみると、やっぱり二十ポンドほど足りないんでございます。

それででございます、アグロンスキーさま。ロシアへ行ったら、毛皮が安く買えるよって、このわたしが説得しましてね。だってほら、頂いたパンフレットにゃ、きれいな写真がいっぱい載ってまして、そんなものが、どれでも、外国のお金で買える特別なお店に行けば買える、って、こう書いてございましたんですよ。

この人は、ロシアはおっかない、っていい張って、どうしても来たがらなかったんでございますけどね。わたしが、こう申したんでございます。

『いいかい、バイオレット。毛皮を安く手に入れようと思ったら、これが一生に一度のチャンスだよ。世界じゅうのどこより、だれより、ロシアほどたくさん毛皮を持ってる国はないんだから』ってね。

ところがまあ、たまげちまいましたよう。こっちへ着いてみて、そのお値段の高いこと。あんな高いものを買えるほど、ふところをルーブル札でふくらましてる人ってのは、いったいどんなお人でござんしょうねえ？　二千ポンド、三千ポンド、ってんだから！

ありゃ、ひどいじゃござんせんか。でも、そうしてみると、頂いたパンフレットに載ってるたくさんの物が、誓ってかならず、あるんだ、とはおっしゃいませんでしょうねえ、まさか。

ここに着いてからずっと、そんな具合にがっかりすることばっかしでしたし、あの逮捕騒ぎで、ご丁寧にしあげをしたって感じで、この友だちにゃ、気の毒でございましたよ」

ふともう一つ思い出したように、言葉を切り、しばらくためらってから、またつづけた。

「わたしがこの人のためにお願いしておりますのは、あのお店に売ってるような、あんなばか高い物じゃございませんです。

この国で、たとえばリズさんのような、ふつうの娘さんが、冬の寒いときに買うような、そんな物でよろしいんでございます」

アグロンスキーの心に、ふたたび、さわやかな風が吹きぬけた。一時は、足元から、安っぽい粘土に変わり始めていたエイダ・ハリス像が、今やあらためて、純金に固まってきたのである。

ハリスおばさんは、またもや、自分のためではなく、友だちのために贈り物を頼んでいるのだ。

(それにまったく、慣れない場所に引き出されて、ゼリーのようにぶるぶるふるえているこの女性、この気の毒な人にこそ、毛皮のコートを贈って、つぐないをすべきかもし

れぬ）

と、アグロンスキーは、胸の内でつぶやいた。

「わかりました。ご友人のバターフィルドさんに、毛皮のコートをお贈りしましょう」

バターフィルドおばさんは、やっとの思いで勇気を奮い起こし、おずおずといった。

「すみませんでございます、アグロンスキーさま。ご親切にいっていただいて、ありがたいんでございますけど、そんなにまでして頂くほどのことは、わたしたち……」

「おだまり！」

と、ハリスおばさんに小声で制され、バイオレットは、ぴたっと黙った。

アグロンスキーは腕時計をのぞいた。

「さてと、明朝十一時までに、パスポートとビザを用意するとなると、さっそく仕事にかかった方がよさそうですな。

では、娘さん、身分証明書と、その他書類をすべて、お渡し頂けますかな。どうしても必要になってきますからね」

リズはおどろいて、大臣を見上げた。ロシアでは、いろいろな役所の印鑑を押したカードや書類を身につけていない限り、この世に存在する人間とは、認めてもらえないのである。

ハリスおばさんが口をはさんだ。

「おっしゃる通りになさいまし、リズさん。わたしゃ、この方を信じてますですよ」

リズは立ち上がると、ハンドバッグの中から、いろいろな書類を取り出して差し出した。

アグロンスキーは、まるで騎士《ナイト》にでもなったような心持ちだった。彼は、リズの手を取って、「幸運を祈りますよ」と、やさしく揺すった。つづいて、バターフィルドおばさんとも握手を交わした。が、ハリスおばさんには、身をかがめて、しわだらけのほっぺにキスをした。

それから、くるりと背を向けて、部屋を出ていった。感動で胸いっぱいになった三人を残して——。

ハロルド卿《きょう》は、(そろそろ解散といきますかな)と立ち上がった。

「第二幕終了。しばらく休憩。まもなく第三幕が始まります。それまで、二階に二部屋用意してありますから、そこでくつろいでください。

ただし、どんな場合にも、決してこの建物の外へ出たり、窓ぎわに立って外から顔を見られたり、出口近くまで行ったり、なさらないように」

「あの、すみませんが」

ハリスおばさんがいった。

「電報を打つことは、できるんでございますか?」

「どちらへ」

「ロンドンでございます。お代は、お払いいたしますです」

「ええ、ええ、もちろんできますとも。電文さえ書いていただければ、喜んで打ってさしあげますよ」

ハロルド卿は、紙と鉛筆をおばさんに手渡した。

ハリスおばさんは、電文を書いた。それをちらっと見て、さしあたり問題がないのを確かめると、ハロルド卿は、

「すぐ打つよう手配いたしましょう」

といったきり、その電文の件は忘れてしまった。

その電文を送ることによって、抱きつづけていた夢の最終場面を、おばさんがあきらめようとしているのだとは、もちろん、ハロルド卿には知る由もなかった。そのとき、彼が、真剣に気づかっていたのは、第三幕が、いったいどんな具合に展開するだろうか、ということばかりだった。

第十七章

翌日正午、イギリス航空八〇一便ロンドン行きが、モスクワに着陸して飛び立つまで、万事、とどこおりなく、気持ちよく手早く進められたその手ぎわのよさは、ハリスおばさんとバターフィルドおばさんの目から見ても、申し分のないものだった。

空港には、ハロルド・バリー卿が見送りに来てくれていた。アナトール・パブロビッチ・アグロンスキーもいた。二人の外交官は、それぞれ二人のおばさんにささげる花たばを抱えていた。

大空港は、いつにもまして混雑しているようであった。しかも、そのざわめきの底に、何やら、得体の知れない張り詰めたものがある。奇妙に興奮した空気があたりにうず巻いているのを、ハリスおばさんはかぎつけていた。

しかし、そんな懸念は、おばさんの味わっている、心ときめく喜びと満足感に押しやられて、うすらいでしまった。

とうとう、不可能なことを可能にしてみせたのだ。今、ハリスおばさんは、リズを連れて、ロシアを飛び立とうとしているのである。

出発間際のぞっとするような、例の形式的手つづき——いくつもの書類審査、出入国管理事務所、警察の身体検査、税関——が、すべて、ちょいと手をふり、はいよろしし、と、あごをしゃくって、あっけなく進んでいくようだった。

最後の関門を通りすぎ、おばさんたち三人は、舗装道路を渡って、八〇一便に向かった。このときまで、ハロルド卿とアグロンスキーがつきそってくれたことにも、ハリスおばさんは、べつにおどろきはしなかった。

八〇一便に乗りこむ警備兵たちは、いつになく大人数のようであった。大半は男性だが、中でも数人、とくべつきびしい顔つきの男たちがいた。

三人は、タラップをのぼっていった。搭乗口のところでちょっとふり返り、三人は手をふった。すると、二人の外交官が、親しげに手をふり返してくれた。

そのあと、先ほどのきびしい顔つきの男たちが、ほとんど地上に降りていった。もともと飛び立つ予定はなかったのだ。いよいよ、ジェット機のドアがするすると閉じた。

ブルル、ブルル、ブルル。エンジンがいっせいに、飛びたがってすすり泣きを始めた。

警備兵の一団は、隊伍《たいご》を組んで背を向け、空港ビルへと去っていった。

飛行機は、滑走路の端まですべるように走っていき、そこで、一瞬バランスを整えると、三つの巨大なエンジンがごう然たる爆音をとどろかせて、ふわりと空に舞い上がった。

（第三幕の終了か）

ハロルド卿は、心につぶやいた。やれやれ。ハンカチを取り出して、鼻ひげの先からしたたり落ちそうな汗をふいた。

彼は、今、よき友であり、また敵でもあるアナトールに、しみじみとした愛情を感じていた。この友は、男の約束をきっぱりと、守り通してくれたのだ。

その日の正午のシェレメチェボ空港での出来事が、全ソビエトを内戦に引きずりこんだかもしれぬ、などというつもりはないが――もっとも、昔は、もっとささいな原因から、内乱がよく火を吹いたものだった――ただ、ある程度、力による政治には、単純な論理が生きてくるものだ。つまり、一方の腕力がより強ければ、争いも何も起こりはしない、ということである。

KGBは、リザベータの国外脱出を妨害すべく、空港に強力な部隊を送りつけた。これに対して、外務省は、市民軍と呼ばれる特別警察の長官にあてて、命令を発した。最高幹部会もまた、外務省が、細かいテクニックを要する秘密事項をけんめいにこなしているのを察知しており、黙認してくれたのである。

かくして、空港には、KGBに倍する市民軍が配置され、平和は、無事保たれたというしだいであった。

イギリス航空モスクワ発ロンドン行き八〇一便は、西方の空のかなたへ吸いこまれていった。

＊　＊　＊

テレビ、ラジオ、映画、新聞、雑誌などでロックウッド氏とリズの、ヒースロー空港での劇的な再会の一瞬を見逃してしまった人たちも、口コミのおかげでくわしく知ることができた。

どうやら、(世間をあっといわせるような特種があるぞ)と、マスコミ連中がかぎつけたのは、国際電報のオペレーターを通じてのことだったらしい。

リザベータが、タラップを転がるようにかけ下り、待ちかまえていたロックウッド氏の腕の中に飛びこんだとたん、カメラのフラッシュが、いっせいにたかれた。テレビやニュース映画のライトがきらめき、押しあいへしあいする人がきの中から、二人の顔を目がけて、何本ものマイクがつき出された。

歴史のあるヒースロー空港にも、数年来たえてなかったほどの、熱狂的歓迎となったのである。

わき上がる喜びの声を、マイクロホンが、しっかりと吸いこんだ。フィルムやテープは、人びとの感激の涙を、一滴残らず焼きつけた。リズやジェフリー、二人のおばさんたちばかりか、政府の役人たちも、やじうま連中も、騒ぎには慣れっこの新聞記者たちまでが、涙にむせんでいた。

あとになって、特に深い感動を呼んだ一枚の写真は、ロックウッド氏が、恋人のリズではなく、小柄なしわだらけの通い家政婦を、しっかりと抱きしめ、感謝と喜びと愛情のこもった表情で、その人を見下ろしている姿だった。それまでのロックウッド氏が、めったに見せたこともない、喜びに輝いている顔であった。

タラップの下で、さんざん感動的な場面がくり広げられたあと――心打たれる劇的なスナップ写真は、ほとんどここでとられたものだった——幸福者の一団は、VIPの控え室へ移った。

だれかが、たくさんのシャンペンを届けてくれた。そこで、辛抱づよく待ちつづけた二人の恋人の再会を祝う騒ぎは、いやが上にも、盛り上がることとなった。

さいわい、だれひとり、なぜ急に、リズが恋人の待つイギリスへ亡命できたのか、と問いかける者はいなかった。そのころは、ロシア政府の気まぐれぶりは予想もつかない、というのが一般の風評だった。

この出来事について、イギリスの主だった新聞が、ロシア政府の寛大な処置をほめ上げ、おせじたらたらの社説を載せた。

そのいくつかを読んだ、ロシアの副外務大臣アナトール・パブロビッチ・アグロンスキーは、しばらく、くすくす笑いが止まらなかった。まったく、思いもかけない拾い物だったが、このことが、東西間で進められているデタント政策に、好影響をもたらすことは、確実だった。

ロックウッド氏が、千回も礼を述べ、千回めのおばさんをたたえる言葉を口にしたころ、やっとのこと、ハリスおばさんとバターフィルドおばさんは、人混みを抜け出すことができた。二人は、タクシーをつかまえ、ようやく、懐かしのわが家へたどり着いた。

それから一時間後。バタシー区はウィリスガーデンズ五番地の、ハリスおばさんの部屋で、二人は、着なれた服に着かえ、ゆっくりとくつろいでいた。

ハリスおばさんは、自分の努力でつかんだしあわせにとっぷりとつかり、心豊かな気分だった。いつもの夕がたのお茶を一杯すすりながら、二人はほろ酔い機嫌であった。

「ねえ」

バターフィルドおばさんが、ふと気づいたようにいった。

「どうして、ロックウッドさんは、知ってなすったのかねえ。リズさんがあの飛行機に乗ってるって。あんた、びっくりさせるつもりじゃなかったのかい？　あんたがドアをノックする、ロックウッドさんが、ドアを開ける、するとそこに、あんたとリズさんが立ってるってだんどりじゃなかったのかい？」

「わたしが電報を打ったのさ」

エイダが答えた。

「ドアをノックして、なんてのは、年寄りのばかな夢だもの。予想もしてないロックウッドさんが、びっくりして、心臓麻痺《まひ》くらい起こしそうだからね。

そりゃあ、ノックした方が、すてきだったけどねえ。『ロックウッドさん、いい人をお連れしましたよ』ってわたしがいったとたん、先生がへなへなっと倒れて、あの世へいっちまってごらんよ」――ここで、おばさんはひと息入れた――。

「それに、たまたま、そのとき、仕事で先生がどっかにかんづめ、ってこともあるし、若い女とお楽しみ中だった、なんてこともありえないことじゃないからね」

「エイダ、あんたって人は、ほんとにすごい人だねえ。いつだって、あんたは、どんぴしゃりのことをするんだもの。いいことしたげたよ、ほんとに。わたしゃ、すっかり目を泣きはらしちまった」

それから、

「どれ、久しぶりに、テレビでも見るかねえ」

と、スイッチを入れた。

ところが、画面には、あいかわらず、はげしく白い雨が降っている。モスクワに発《た》つ前に、もう一度、修理をしてもらったというのに、形らしきものは、いっこうにあらわれない。その代わり、スコットランドのヘブライド地方の記録的雪景色とでもいったふうの、白い太い線が走るばかり。

とつぜん、バターフィルドおばさんが、何やらわめき出した。文字に書いてお見せすることはできるものの、あまり人聞きのいいとはいえない悪口をさんざんわめき散らして、

「ほんとに人のこと、ばかにしくさって、ひどいぺてん師だよ！」

と決めつけたあげく、口をつぐんだ。

ハリスおばさんは、びっくりぎょうてん、友だちの顔をまじまじと見つめた。修理人に見てもらったあとも、テレビがうつらないのは、いつものこと。友だちがかんかんになるほどのことではない。

「なんだってまあ、そんなに……」

「ぺてん師だよ、何てったたって」

バイオレットは、くり返し息巻いた。

「わたしの毛皮のコート、忘れちまってるじゃないの。わたしにくれるって、約束してくれたのに。雪みたいなもん見てたら、思い出したんだよ」

「あれまあ、そうだっけねえ。あんまりあわただしく飛び出してきちまって、それに、リズさんを連れ出すことで夢中になっちまって、すっかり忘れてたよ。やれやれ、バイオレット、そりゃ、わたしが悪かったよ」

バイオレットは、すぐに友だちをかばい始めた。

「ちがうってば、あんたのせいなんかじゃないわよ。それに考えてみたら、ほんとに毛皮のコートなんかもらえるなんて、思ってなかったもの。

約束してくれたら、かならずもらえるもんだ、なんて思いこむのは、ばかだよねえ。いいじゃないの。ともかく、リズさんを連れてこれたんだもの。それに、こうして無事に帰ってこれたんだもの。

警察に連れてかれたときにゃ、もうおしまいだ、って本気で思っちまったよう」

「あんた、あのときゃすごかったねえ」

エイダが、感心していった。

「連中、ぐうの音も出なかったよ。あんたに、あんな勇気があるなんて、知らなかったねえ」

「あんまりやり方がひどいから、頭に来ちまったのよ」

と、バイオレットが、くすぐったそうにいった。

それから二人は、ひとしきり、モスクワでのいろんな思い出話にふけった。こうして、この夜のしめくくりのお茶の時間も楽しくすぎ、二人は、床についた。

翌日、二人はそれぞれに、自分の仕事に戻っていった。

＊　＊　＊

それから四週間後。朝の八時というのに、ハリスおばさんの部屋のドアのベルが、けたたましく鳴りわめいた。開けてみると、戸口に立っていたのは、バターフィルドおばさんだった。ぶるぶるふるえながら、手にソビエト大使館の紋章のついた、かなり大判の、ひどくいかめしい封筒を、しっかとにぎっている。

「エイダ、わたしゃ、おっかなくって」

部屋に入るなり、バイオレットが叫んだ。

「ほら、これ見てよ。わざわざ、大使館の人が、届けに来たんだよ。ソ連じゃまだ、わたしのことを追っかけてるのかねえ？」

「ばかばかしい」

とは答えたものの、いつもの好奇心が、むくむくとわき上がってきた。

「開けてみればいいじゃないの」

二人は、封を開いた。中には、カードが一枚入っていて、こう書いてあった。

「本日午後四時、当大使館にバイオレット・バターフィルド夫人のご来駕《らいが》をお待ち申し上げます。

イギリス駐在ソビエト連邦共和国大使
バレリー・ゾルニン」

その下に、手書きのメモが書きそえてあった。

「お望みならば、ハリス夫人をご同道くださってもかまいません」

あとは、ケンジントン・パレス・ガーデンズ、郵便区W8にある大使館の住所があるだけ。バターフィルドおばさんは、がたがたふるえ出した。

「ほうら、いった通りじゃないの。わたしをつかまえて、ロシアに送り返すんだよ」

ハリスおばさんの方は、しっかりと肝をすえて、そのカードをよくよく読み返してみた。

「ばかをおいいでないよ。そんなことをするつもりだったら、わたしを連れてきていい、なんて書きっこないじゃないか。さ、行こう」

モスクワで「ハリス＝バターフィルド事件」のどたばた騒ぎの最中に、ハロルド卿《きょう》が、宿敵でもあり友でもあるアナトールに、ちょっとした意見を述べたことがあった。

「ロシア人というのは、情にもろいところと、冷酷なところを合わせ持っているようだ。どちらが表に出てくるか予想もつかない。気まぐれで、実に奇妙な人種だ」と。

ハロルド卿は、真実を述べたのだった。

おそらく、この地球上に、ロシア人ほどわけのわからない、性格の入りまじった人種は、いないのではないだろうか。これ以上の残酷さは考えられないほどの非道を、平気でやってのけるかと思うと、思わずほろりとさせる心やさしく手厚い歓待もしてみせる。

みごとな象眼細工のテーブルの上には、大きなボール箱がでんと置いてあった。その二人のおばさんを、じきじきに出迎えてくれたのは、駐英ソ連大使その人であった。そのそばに立って、大使は、一席こんな口上を述べた。

「バターフィルド殿。先ごろ、わがソビエトへ旅行をなされたおり、くわしくは存じかねまするが、あるお約束が、あなたに対してなされた由、伺っております。ソビエト政府並びに、ソビエト人民は、結んだ約束は、かならず、果たしまする。でありますからして、ここにお約束の品をお渡しできますることは、まことに欣快《きんかい》しごくに存ずるしだいであります」

演説が終わると、秘書がテーブルの上のボール箱のふたを取った。詰め物代わりの、やわらかくもんだ紙を取り去り、もう一枚おおいをはぎ取ると、ふわっと飛び出した物。広げると、それはなんと！　おそらく最上等の濃い褐色の毛皮――かつてソビエトに住んでいた何びきものクロテンの背をおおっていたはずの――みごとなコートだったのである。

「どうか、これをおおさめくだされ。ご心配は無用ですぞ。輸入税その他、いっさい問題はありませぬ。

ソビエト外交関係必需品の一つとして、送られてきたものですからして、法律にふれることもなく、むろん、いっさい無料です」

びっくりしてのぼせ上がったバターフィルドおばさんは、色青ざめ、ぶるぶるふるえ出した。コートを着せられて立った姿は、自転車に使うポンプで、二倍にふくらまされた、ヨギベア（まんがのくまちゃん）そっくり。

そんなぜいたくなコートを身にまとってみせるには、これほどそぐわない人は、またとあるまいという見本のようだった。確かに豪華で、まぶしいばかりの極上品なのだが、何としてもバターフィルドおばさんらしくない。

ハリスおばさんは、吹き出しそうになった。が、笑うに笑えなかった。ロシア人が約束を忘れなかったばかりか、こんなにすばらしい品を届けてくれたことに、深く胸を打たれたからだ。

サイズはぴったりだった。しかし、クロテンの長いふさふさした毛皮をすっぽり着こんだバイオレットは、どう見ても、リージェント公園の動物園から、たった今、とことこ逃げ出してきました、というかっこうだった。

大使は、おうような微笑を浮かべた。おつとめは果たしたのだ。

秘書の手で、箱に元通りおさめられた毛皮を受け取って、バターフィルドおばさんとハリスおばさんは、何ごともなく、けがもせず、ソビエト大使館をあとにした。

＊　＊　＊

「何ごともなく」とは、いい切れなかった。実は、この毛皮が、二人の心に重くのしかかってきたのである。

「あのコート、いくらくらいするんだろねえ?」

いつもの夕がたのお茶を飲みながら、ある日、バイオレットがいい出した。

「一万ポンドぐらいだねえ」

エイダが答えた。

「ひゃあ、くわばら、くわばら。そんなもの持ってちゃ、どろぼうに入られて、ベッドん中で殺されちまうよう」

「うちにある、って、だれにも知られなきゃ、心配ないよ」

「でも、わたしゃ、どうしたらいいのよ。あんなもの持ってたって、着られないんだもの。あれ着ると、わたしゃまるで、パンパカパンのゾウみたいなんだもの」

「そこまでひどかないけどさ。確かに、一まわりふっくらして見えるねえ」

「クラブ・パラダイスの婦人用トイレに、一万ポンドもするロシアのクロテンのコートを着てって見せびらかすったってさ。わたしゃ、トイレの掃除をしたり、ヘアピンをお客さんに渡したり、口紅の汚れを落としたりするんだよ。とってもでききゃしない。

お返しできないもんかねえ」

「だめだめ。向こうさんを侮辱することになっちまうよ。こりゃ、考えてみなくっちゃね」

ハリスおばさんは、考えこむときのくせで、あごに手をあて、しばらくじっとしていた。ふいに、がばと身を起こして叫んだ。

「おお、そうだった、そうだった！　まあ、わたしのおつむは、どうかしちまってたんだねえ。なんで、今まで思いつかなかったんだろう。あんたが、あれを手ばなしたがらないと決めこんでたんだ。

こっそり売りとばしちまうんだよ」

「売りとばす？」

バイオレットが、目をまるくした。

「売りとばすって、だれにさ？　いろいろうるさく聞かれるのは、まっぴらじゃないの。それに、一万ポンドも払う人がいるかしらねえ？」

「きっちり一万ポンドとは、いってやしないよ。でも、なるべくそのくらいでね。だから、わたしの頭がどうかしてたんだ、っていったのは、そこなんだよ。

知ってる人に、一万ポンドよかちょい安く売りつけるんだよ。それでもあんた、老後のためにひと財産できるじゃないの。今、思いついたのさ」

「でも、だれに売るの？」

バターフィルドおばさんが、なおもたずねた。

「コリソン夫人さ」

「へえ？」

バイオレットが、すっとんきょうな声を上げた。

「あんたを選挙のときにぺてんにかけようとした人の、おくさんじゃないのさ」

「そういう人がいるじゃないの、ほら」

と、エイダがいった。

「いつだって掘り出し物はないかって探してるのに、サイズが問題だって人がさ。思い出したけど、コリソン夫人の体格は――そうだねえ、ちょうどあんたみたいな体つきだし、あのおくさんなら、あの毛皮は、ぴったしお似合いだよ。

それに、コリソン卿のお宅に掃除に上がってたころ、あのおくさんが、クロテンのコートをほしいってねだってるのを、小耳にはさんだことがあるんだよ。

だんなさまは、毛皮ごときに九千ポンドも一万ポンドも出すくらいなら、しばり首にでもなった方がましだ、っていってなすったっけ。でも、もし格安ですよって、話を持ちかけたら、だんなさまも、すぐに考えを変えなさるよ、きっと。

七千ポンドって、いってもいいじゃないの。それくらいなら、あのおくさんもきっと、だんなさまを口説き落とせるんじゃないかねえ。

そのお金で、あんた、アーディング・ホッブズの店の、いちばん上等のジャコウネズミのコートを買うんだよ。残りは、株だとか債券だとか買うことにして、それよか、もっといいのは、あんた、アパートの残金をいっぺんに払っちまったらいいじゃないの。

そしたら、死ぬまで、行くとこがないなんて心配せずにすむってもんじゃないの」

「まあ、すごいじゃないの」

バターフィルドおばさんは、すっかり夢中になってしまった。

「ほんとに買ってくださるかねえ？　どんなふうに説明すりゃあいいかしらねえ？」

「説明なんて、いりゃしないよ」

エイダが、きっぱりといった。

「大使がいいなすったじゃないの。このコートは、何一つ、法律を破らずに届いたものだって。万一、何かいいつくろわなくちゃならないことが起きたって、あのだんなさまこそ、そんなことにかけちゃ、おあつらえむきだもの。専門家だし、もう話は決まったもおんなじさ」

バターフィルドおばさんは、感きわまって叫んだ。

「エイダ、ほんとにわたし、あんたがいなかったら、どうしたろうねえ。半値でもいいから、こんなもの、うちからなんとか片付けてくれたら、あんたにゃ、ほんとにお礼のしようもないよ」

こういったものの、実は、バターフィルドおばさんは、コリソン夫人から、六千五百ポンドをしぼり取ることに成功したあと、友だちに、きちんとお礼をする方法を心得ていたのである。

お金を手に入れた翌日、バターフィルドおばさんは、さっそくジャコウネズミのコートにくるまり、ほくほくとしあわせいっぱいだった。残りのお金は——いや、残りの大部分は、といった方がいいだろうが——安全なところに預けてしまった。

　それから一週間ばかりたったある夕がた、仕事を終えて帰ってきたハリスおばさんは、腰をぬかさんばかりにおどろいた。居間のいつもの場所から、古いテレビが消えていた。その代わりに、四百五十ポンドもする超大型画面のキャビネット型カラーテレビが、どんと置いてあったのだ。夢ではないかと、有頂天になって喜んでいるところへ、バターフィルドおばさんがやってきた。

　ハリスおばさんは、友だちをぎゅっと抱きしめ、キスをあびせた。

「こんなことしなくてもよかったのに」

「まあ、バイオレット、きれいだねえ」

「でも、すごい大金使わせちまったねえ」

「こんなにわくわくしたことないよう」

「どんなにわたし、これがほしかったか！　それにしても、どうやって家ん中に入れたんだい？」

　などと、エイダは、ひとしきり感嘆の声を上げつづけた。

「ゆうべ、あんたんとこのスペアキーを、ちょいと借りてったんだよ」

　バターフィルドおばさんが打ち明けた。すると、あらためてキスと抱擁がくり返された。

「二人で楽しめるじゃあないの。それに、これくらいは当然よ。あんたがいなかったら、わたしゃ、毛皮のコートも貯金も持てやしなかったんだもの。

さっそく、つけてみようよ。ＩＴＶで、『フンボルト一族』が始まるんだよ。その前の番組が終わったばっかしだから」

「そりゃすてきじゃないの」

ハリスおばさんが、息をはずませた。

「どんな具合か、見たくってうずうずしてるんだよ。どのボタンを押すの？　ああ、これだね。オンって書いてあるから、きっとそうだよ」

おばさんがボタンを押すと、画面に映像があらわれるより先に、声だけが聞こえてきた。

「イギリス航空が、みなさまのために企画いたしました特別ツアーコンテスト！」

つぎの瞬間、スクリーンいっぱいにぱっと花が開いたように、すばらしい色彩の画面がおどり出た。息を呑んで見つめている二人のおばさんは、おどろいたことに、ふたたび赤の広場に連れ戻されていた。

クレムリンがある。聖ワシリー寺院がある。巨大な大砲と、鐘の王さまも、ちらりと見えた。画面にかぶさるように、アナウンサーの声が流れてきた。

「イギリス航空では、みなさまに、モスクワ五日間夢の旅チケットをペアでプレゼントいたします。ヒースロー空港あて、わが社のパンフレットをお申しこみください。パンフレットのご優待券に、必要事項をご記入の上、ご返送ください。抽選により当選者二名を選ばせていただきます。なお、くわしいことにつきましては、電話二三一—六六三三番へどうぞ。すばらしいロシアへの旅を無料で楽しめるチャンスを、どうぞお見逃しなく!」

赤の広場が、ふたたび大うつしになった。つぎつぎと見物客が通りすぎていく。レーニン廟《びょう》の外には、あいかわらずの長蛇の列、ハトが舞い上がり、鐘の音が鳴りひびいている。

ハリスおばさんと、バターフィルドおばさんは、わっと笑い出した。おたがいに抱き合い、体をぶっつけ合って、きいきいきゃあきゃあ笑い転げた。コマーシャルがスクリーンから消えてしまうまで、二人とも笑って笑って、おなかの皮がよじれるほど笑いつづけながら、どうにも止めることができなかった。

訳者解説

遠藤《えんどう》みえ子《こ》

「ミセス・ハリス、モスクワへ行く」は、ハリスおばさんシリーズの四作目として、一九七四年に原作が出版されました。一作目の「パリへ行く」が一九五八年に世に出て以来、この個性豊かな愛すべきハリスおばさんが、イギリスやアメリカの読者をどれほど魅了したか、想像に難くありません。

作者のポール・ギャリコは、残念なことに、一九七六年に亡くなりましたが、ロンドンのウィリスガーデンズ五番地に住むハリスおばさんは、シャーロック・ホームズやワトソン氏と同じように、これからも長く人びとの心に生き続けるでしょう。

その魅力の秘密は、おばさんの人柄もさることながら、全編にあふれるユーモアとペーソス、それに何より人間への愛を呼びさまされる点ではないかと思います。イギリスでは下層階級とも言える掃除婦のおばさんが、とてつもない夢を抱いては、それを実現していく、そのとんちんかんなおかしみと痛快さ。そして、四作を通しておばさんがパリを、ニューヨークを、ロンドンを、モスクワを訪ね歩くうちに結ばれていく人と人の心のきずな。それが、国を揺るがすほどのスケールの大きな筋の進展の中で、こころよいぬくもりとなって読者の胸を打ちます。

ハリスおばさんの、「他人の喜びを自分の喜びとする、代償を求めない純真無垢《むく》の愛」こそ、ギャリコが他の多くの作品の中で、くり返し描いている愛の姿です。

「ねえメーリィ、人間というものはほんとにとても大きな愛の貯水池を持っていて、それを使うことができるものなんだよ。人は生涯を通じて、そこから汲《く》み上げながら、一方では常に優しさと愛情と暖かみと希望とで、元通りそれを一杯にしておかなければならないのだ」（『銀色の白鳥たち』古沢安二郎訳）と、「魅惑の人形」という一篇の中で、ギャリコはこう記しています。現代人のひからびかかった愛の貯水池に、暖かみと愛情と希望とを豊かに注いでくれているのが、ハリスおばさんであり、ギャリコの作品の主人公たちだと言えるでしょう。

この「モスクワへ行く」では、保守党びいきのハリスおばさんが、外国人には旅行も気楽にはできなかった頃のソ連——すなわち「鉄のカーテン」の向こうの国——へ出かけて行ったのですから、大騒動ぶりもいちだんとひどいことになりました。

ソ連国内での状況がこの通りなのか確信は持てませんが、晩年のギャリコの作品には、娯楽性の強い、やや誇張された活劇風のものが多いので、この作品にも、話を面白くするために、多少大げさに書いた部分があるのでしょう。四作中では、この作品がもっとも長く、筋がこみ入っています。ハリスおばさんは、恋人どうしの縁結びの役を果たしながら、同時に、友だちと自分の願いであった「毛皮のコート」と「カラーテレビ」をものにしてしまいます。そのなりゆきを思いきりはらはらさせながら、ギャリコは綿密な構成と人物さばきで、パズルを解くように繰り広げてみせます。

「ミセス・ハリス、パリへ行く」「ニューヨークへ行く」「国会へ行く」のハリスシリーズの他に、ギャリコは多くの作品を残しました。「スノーグース」「さすらいのジェニー」「雪のひとひら」「トマシーナ」「七つの人形の恋物語」などの優れた感動的な作品や、「マチルダ」「トンデモネズミ大活躍」「シャボン玉ピストル大騒動」「ハイラム氏の大冒険」など娯楽作品が二十編近く日本語に訳されています。愛を語り、夢と冒険を届けるギャリコの作品は、現代特に求められるのだと思います。

亀山龍樹《かめやまたつき》氏が小中学生向けとしてハリスシリーズ三巻までを「講談社少年少女文庫版」に一九六七〜一九七八年まで残されましたが、病のため一九八〇年三月に、不帰の人となられましたので、微力ながら後を引き継がせていただきました。

つつしんでご冥福《めいふく》をお祈り申し上げます。氏の闊達《かったつ》な機知にあふれる訳文の雰囲気を壊さぬようにと四苦八苦しました。ここにミセス・ハリス・シリーズの最終巻をお届けできますことに安堵しております。楽しんでいただけますよう祈りつつ……。

本書は、一九八二年十一月に講談社文庫より刊行された『ハリスおばさんモスクワへ行く』を改題し、現代の一般読者向けに加筆修正のうえ、角川文庫化したものです。

なお、作中で精神科病院が収容所のように描かれている箇所や、ロシア、アラブ人に対しての否定的な言葉、福祉施設を悪口に持ち出したりスパイを盲導犬に喩えたりするくだりがあります。これは現代では偏見を助長するとみなされ、忌避されがちな表現ではありますが、原書刊行時（一九七四年）の精神科医療が今ほど発展しておらず長期入院が多かったこと、本作が米ソ冷戦下の政治情勢や欧米人の認識に基づいた作品であること、当時は今ほど人権が意識されていなかったことなどが背景にあります。著者は故人であり、勝手に変更することはできませんし、名作を読むとは当時の時代性や人々の思いを知ることでもあると編集部は考えているため、原文のまま訳しました。

ミセス・ハリス、モスクワへ行《い》く

ポール・ギャリコ
遠藤《えんどう》みえ子《こ》　亀山《かめやま》龍樹《たつき》＝訳

令和６年 11月25日　初版発行

発行者●山下直久

発行●株式会社KADOKAWA
〒102-8177　東京都千代田区富士見2-13-3
電話　0570-002-301（ナビダイヤル）

角川文庫 24421

印刷所●株式会社暁印刷
製本所●本間製本株式会社

表紙画●和田三造

ISBN 978-4-04-114288-2　C0197

◇◇◇

角川文庫発刊に際して

角川源義

第二次世界大戦の敗北は、軍事力の敗北であった以上に、私たちの若い文化力の敗退であった。私たちの文化が戦争に対して如何に無力であり、単なるあだ花に過ぎなかったかを、私たちは身を以て体験し痛感した。西洋近代文化の摂取にとって、明治以後八十年の歳月は決して短かすぎたとは言えない。にもかかわらず、近代文化の伝統を確立し、自由な批判と柔軟な良識に富む文化層として自らを形成することに私たちは失敗して来た。そしてこれは、各層への文化の普及滲透を任務とする出版人の責任でもあった。

一九四五年以来、私たちは再び振出しに戻り、第一歩から踏み出すことを余儀なくされた。これは大きな不幸ではあるが、反面、これまでの混沌・未熟・歪曲の中にあった我が国の文化に秩序と確たる基礎を齎らすためには絶好の機会でもある。角川書店は、このような祖国の文化的危機にあたり、微力をも顧みず再建の礎石たるべき抱負と決意とをもって出発したが、ここに創立以来の念願を果すべく角川文庫を発刊する。これまで刊行されたあらゆる全集叢書文庫類の長所と短所とを検討し、古今東西の不朽の典籍を、良心的編集のもとに、廉価に、そして書架にふさわしい美本として、多くのひとびとに提供しようとする。しかし私たちは徒らに百科全書的な知識のジレッタントを作ることを目的とせず、あくまで祖国の文化に秩序と再建への道を示し、この文庫を角川書店の栄ある事業として、今後永久に継続発展せしめ、学芸と教養との殿堂として大成せんことを期したい。多くの読書子の愛情ある忠言と支持とによって、この希望と抱負とを完遂せしめられんことを願う。

一九四九年五月三日

角川文庫海外作品

ミセス・ハリス、パリへ行く

ポール・ギャリコ
亀山龍樹＝訳

ハリスは夫を亡くしロンドンで通いの家政婦をしている。勤め先でふるえるほど美しいディオールのドレスに出会い、必死でお金をためてパリに仕立てに行くが……何歳になっても夢をあきらめない勇気と奇跡の物語。

ミセス・ハリス、ニューヨークへ行く

ポール・ギャリコ
亀山龍樹＝訳

61歳の家政婦ハリスはお隣の少年が里親に殴られていると知り、彼を実父がいるニューヨークへつれていこうと無謀な作戦を立てる。それはなんと……密航！　夢をあきらめない大人たちの勇気と奇跡の物語、第2弾。

1984

ジョージ・オーウェル
田内志文＝訳

ビッグ・ブラザーが監視する近未来世界。過去の捏造に従事するウィンストンは若いジュリアとの出会いをきっかけに密かに日記を密かに書き始めるが……人間の自由と尊厳を問うディストピア小説の名作。

動物農場

ジョージ・オーウェル
高畠文夫＝訳

一従軍記者としてスペイン戦線に投じた著者が見たものは、スターリン独裁下の欺瞞に満ちた社会主義の実態であった……寓話に仮託し、怒りをこめて、このソビエト的ファシズムを痛撃する。

若草物語

L・M・オルコット
吉田勝江＝訳

舞台はアメリカ南北戦争の頃のニューイングランド。マーチ家の四人姉妹は、従軍牧師として戦場に出かけた父の留守中、優しい母に見守られ、リトル・ウィメン（小さくも立派な婦人たち）として成長してゆく。

角川文庫海外作品

不思議の国のアリス

ルイス・キャロル
河合祥一郎＝訳

ある昼下がり、アリスが土手で遊んでいると、チョッキを着た兎が時計を取り出しながら、生け垣の下の穴にぴょんと飛び込んで……個性豊かな登場人物たちとユーモア溢れる会話で展開される、児童文学の傑作。

鏡の国のアリス

ルイス・キャロル
河合祥一郎＝訳

ある日、アリスが部屋の鏡を通り抜けると、そこはおしゃべりする花々やたまごのハンプティ・ダンプティたちが集う不思議な国。そこでアリスは女王を目指すのだが……永遠の名作童話決定版！

血の葬送曲

ベン・クリード
村山美雪＝訳

スターリン体制下のレニングラード。人民警察の警部補ロッセルは、捜査を進めるうちに、猟奇殺人犯の正体を突き止められるのは自分しかいないと気づく。元ヴァイオリン奏者の自分しか。

グッド・オーメンズ　(上)(下)

ニール・ゲイマン
テリー・プラチェット
金原瑞人・
石田文子＝訳

黙示録に記されたハルマゲドンを実現すべく、悪魔が、この世を滅ぼすことになる赤ん坊を外交官の一家に生まれた赤ん坊とすり替えた。しかし11年後様子を見に行くと、子どもがいない!? 人類の命運やいかに？

恐るべき子供たち

ジャン・コクトー
東郷青児＝訳

第一次大戦後のパリ。社会から隔絶された「部屋」で暮らす、4人の少年少女。同性愛、近親愛、男女の愛……さまざまな感情が交錯し、やがて悲劇的な結末を迎えるまでの日々を描いた小説詩。

角川文庫海外作品

アルケミスト　夢を旅した少年

パウロ・コエーリョ
山川紘矢・山川亜希子＝訳

羊飼いの少年サンチャゴは、アンダルシアの平原からエジプトのピラミッドへ旅に出た。錬金術師の導きと様々な出会いの中で少年は人生の知恵を学んでゆく。世界中でベストセラーになった夢と勇気の物語。

新訳　ロミオとジュリエット

シェイクスピア
河合祥一郎＝訳

モンタギュー家の一人息子ロミオはある夜仇敵キャピュレット家の仮面舞踏会に忍び込み、一人の娘と劇的な恋に落ちるのだが……世界恋愛悲劇のスタンダードを原文のリズムにこだわり蘇らせた、新訳版。

新訳　ヴェニスの商人

シェイクスピア
河合祥一郎＝訳

アントーニオは友人のためにユダヤ商人シャイロックに借金を申し込む。「期限までに返せなかったらアントーニオの肉1ポンド」を要求するというのだが……人間の内面に肉薄する、シェイクスピアの最高傑作。

新訳　リチャード三世

シェイクスピア
河合祥一郎＝訳

醜悪な容姿と不自由な身体をもつリチャード。兄王の病死をきっかけに王位を奪い、すべての人間を嘲笑し返そうと屈折した野心を燃やす男の壮絶な人生を描く、シェイクスピア初期の傑作。

新訳　マクベス

シェイクスピア
河合祥一郎＝訳

武勇と忠義で王の信頼厚い、将軍マクベス。しかし荒野で出合った三人の魔女の予言は、マクベスの心の底に眠っていた野心を呼び覚ます。妻にもそそのかされたマクベスはついに王を暗殺するが……。

角川文庫海外作品

新訳 十二夜

シェイクスピア
河合祥一郎＝訳

オーシーノ公爵は伯爵家の女主人オリヴィアに思いを寄せるが、彼女は振り向いてくれない。それどころか、女性であることを隠し男装で公爵に仕えるヴァイオラになんと一目惚れしてしまい……。

新訳 夏の夜の夢

シェイクスピア
河合祥一郎＝訳

貴族の娘・ハーミアと恋人ライサンダー。そしてハーミアのことが好きなディミートリアスと彼に恋するヘレナ。妖精に惚れ薬を誤用された4人の若者の運命は？ 幻想的な月夜の晩に妖精と人間が織りなす傑作喜劇。

新訳 から騒ぎ

シェイクスピア
河合祥一郎＝訳

ドン・ペドロは策を練り友人クローディオとヒアローを婚約させた。続けて友人ベネディックとビアトリスもくっつけようとするが、思わぬ横やりが入る。思いこみの連続から繰り広げられる恋愛喜劇。新訳で登場。

新訳 まちがいの喜劇

シェイクスピア
河合祥一郎＝訳

アンティフォラスは生き別れた双子の弟を探しにエフェソスにやってきた。すると町の人々は、兄をもとからいる弟とすっかり勘違い。誤解が誤解を呼び、町は大混乱。そんなときとんでもない奇跡が起きる……。

新訳 オセロー

シェイクスピア
河合祥一郎＝訳

美しい貴族の娘デズデモーナを妻に迎えたヴェニスの黒人将軍オセロー。恨みを持つ旗手イアーゴーの巧みな策略により妻の姦通を疑い、信ずるべき者たちを手にかけてしまう。シェイクスピア四大悲劇の一作。

角川文庫海外作品

新訳 お気に召すまま
シェイクスピア
河合祥一郎＝訳

舞台はフランス。宮廷から追放され、男装して森に逃げる元公爵の娘ロザリンド。互いに一目惚れした青年オーランドーと森で再会するも目下男装中。正体を明かさないまま、二人の恋の駆け引きが始まる――。

新訳 アテネのタイモン
シェイクスピア
河合祥一郎＝訳

財産を気前よく友人や家来に与えるアテネの貴族タイモンは、膨れ上がった借金の返済に追われる。他の貴族に援助を求めるが、手の平を返したようにそっぽを向かれ、タイモンは森へ姿をくらましてしまい――。

新訳 リア王の悲劇
シェイクスピア
河合祥一郎＝訳

「これが最悪だ」と言えるうちはまだ最悪ではないのだ――。シェイクスピア四大悲劇で最も悲劇的な作品。最新研究に鑑み1623年のフォーリオ版の全訳に1608年のクォート版との異同等も収録する決定版！

新訳 ジュリアス・シーザー
シェイクスピア
河合祥一郎＝訳

シーザーが皇帝になるのを怖れたキャシアスは気高いブルータスをそそのかしシーザー暗殺を計画する。「おまえもかブルータス？」過去未来全ての政治指導者暗殺を予言する衝撃作。徹底注釈＆詳細な解説も掲載。

新訳 フランケンシュタイン
メアリー・シェリー
田内志文＝訳

若く才能あふれる科学者、フランケンシュタイン。人間創出に情熱を注いだ結果、恐ろしい怪物が生み出されてしまう。愛する者を怪物から守ろうとする科学者の苦悩と正義を描いた、ゴシックロマン。

角川文庫海外作品

アルプスの少女ハイジ

ヨハンナ・シュピリ
松永美穂＝訳

雄大なアルプスの自然を背景に、純真で心やさしい少女ハイジが、人々に奇跡と幸せをもたらしていく物語。『朗読者』の翻訳で毎日出版文化賞を受賞したドイツ文学者・松永美穂氏による、渾身の完訳。

新訳 ジキル博士とハイド氏

スティーヴンソン
田内志文＝訳

ロンドンに住むジキル博士の家に、ある時からハイドという男が出入りしている。彼の評判はすこぶる悪い。心配になった親友のアタスンがジキルの様子を窺いに行くと……。

クリスマス・キャロル

ディケンズ
越前敏弥＝訳

文豪ディケンズの名声を不動のものにしたクリスマス・ストーリーの決定版！ 冷酷非道な老人が、クリスマス前夜に現れた3人の精霊によって自らの人生を反省し、人間らしい心をとりもどしていく。

罪と罰 (上)(下)

ドストエフスキー
米川正夫＝訳

その年、ペテルブルグの夏は暑かった。大学を辞めた、ぎりぎりの貧乏暮らしの青年に郷里の家族の期待が重くのしかかる。この境遇から脱出しようと、彼はある計画を決行するが……。

小公女

バーネット
羽田詩津子＝訳

たった一日で、富豪の令嬢からみじめな下働きへ――。過酷な運命に翻弄されるセーラ。それでも逆境に負けず気高く生きる少女に、ある日魔法のようなできごとが！ バーネットの世界的名著を読みやすい新訳で。

角川文庫海外作品

小公子
バーネット
羽田詩津子＝訳

天使のように愛くるしいセドリックの、少年版シンデレラ・ストーリー！ すべての人を幸せにする天性の魅力に、この本を読んだ人も、かならず心癒やされます。

秘密の花園
フランシス・ホジソン・バーネット
羽田詩津子＝訳

両親を亡くしたメアリは、親戚の広い屋敷のなかでひとりで過ごしていた。閉ざされた庭園を見つけ、ひょんなことから鍵を手に入れた彼女は、庭の再生に熱中してくうちに、奇跡を体験する――。児童文学の名作。

嵐が丘
E・ブロンテ
大和資雄＝訳

ブロンテ三姉妹の一人、エミリーは、このただ一編の小説によって永遠に生きている。ヨークシャの古城を舞台に、暗いかげりにとざされた偏執狂の主人公と、その愛人との悲惨な恋を描いた傑作。

華麗なるギャツビー
フィッツジェラルド
大貫三郎＝訳

途方もなく大きな邸宅で開いたお伽話めいた豪華なパーティー。デイジーとの楽しい日々は、束の間の暑い夏の白昼夢のようにはかなく散っていく。『失われた時代』の旗手が描く〝夢と愛の悲劇〟。

ダ・ヴィンチ・コード（上）（中）（下）
ダン・ブラウン
越前敏弥＝訳

ルーヴル美術館のソニエール館長が館内のグランド・ギャラリーで異様な死体で発見された。殺害当夜、館長と会う約束をしていたハーヴァード大学教授ラングドンは、警察より捜査協力を求められる。

角川文庫海外作品

賢者の贈り物
オー・ヘンリー傑作集1

オー・ヘンリー
越前敏弥＝訳

アメリカ文学史上屈指の短編の名手、オー・ヘンリー。300編近い作品のなかから、もっとも有名な「賢者の贈り物」をはじめ、「警官と賛美歌」「金のかかる恋人」「春の献立表」など名作全16編を収録。

最後のひと葉
オー・ヘンリー傑作集2

オー・ヘンリー
越前敏弥＝訳

アメリカ文学史上屈指の短編の名手、オー・ヘンリー。第2集は、表題作「最後のひと葉」をはじめ、「二十年後」「救われた改心」「水車のある教会」「運命の道」など、珠玉の名作12編を収録。

燃えるスカートの少女

エイミー・ベンダー
管 啓次郎＝訳

失われ、取り戻される希望。ぎこちなく、やり場のない欲望。慰めのエクスタシー。寂しさと隣合わせの優しさ――この世界のあらゆることの、儚さ、哀しさ、愛おしさを、少女たちの物語を通して描ききる。

エリザベス女王の事件簿
ウィンザー城の殺人

S・J・ベネット
芹澤 恵＝訳

英国ウィンザー城でロシア人ピアニストの遺体が発見される。容疑者は50名で捜査は難航する。でも大丈夫。城には秘密の名探偵がいるのだ。その名もエリザベス2世。御年90歳の女王が奇怪な難事件に挑む！

エリザベス女王の事件簿
バッキンガム宮殿の三匹の犬

S・J・ベネット
芹澤 恵＝訳

バッキンガム宮殿で王室家政婦が不慮の死を遂げる。最初は事故死とされていたが、彼女が脅迫の手紙を受け取っていたとわかり事態は急変。女王は殺人の線で捜査に乗り出す。世界最高齢の女王ミステリ第2弾！

角川文庫海外作品

ポー傑作選1　ゴシックホラー編
黒猫
エドガー・アラン・ポー
河合祥一郎＝訳

この猫が怖くてたまらない――。動物愛好家の「私」は酒におぼれ人が変わり、可愛がっていた黒猫を虐め殺してしまう。やがて妻も手にかけ、遺体を地下室に隠すが……戦慄の復讐譚「黒猫」等名作14編を収録！　新訳。

ポー傑作選2　怪奇ミステリー編
モルグ街の殺人
エドガー・アラン・ポー
河合祥一郎＝訳

ミステリーの原点がここに――。世界初の推理小説「モルグ街の殺人」、同じく初の暗号解読小説「黄金虫」、最高作と名高い「盗まれた手紙」等11編収録。ポーの死の謎に迫る解説も。世紀の天才の新訳第2弾。

ポー傑作選3　ブラックユーモア編
Xだらけの社説
エドガー・アラン・ポー
河合祥一郎＝訳

ポーの真骨頂、ブラックユーモア！　新聞社同士の奇妙な論争を描く表題作を始め、ダークな風刺小説や創作論など全23編。巻末に「人名辞典」「ポーの文学闘争」他。訳出不可能な言葉遊びを見事に新訳した第3弾。

オペラ座の怪人
ガストン・ルルー
長島良三＝訳

夜毎華麗な舞台が繰り広げられる世紀末のオペラ座。その裏では今日もまた、無人の廊下で足音が響き、どこからともなく不思議な声が聞こえてくる。どくろの相貌を持つ〈オペラ座の怪人〉とは何ものなのか？

新訳　ナルニア国物語1
ライオンと魔女と洋服だんす
C・S・ルイス
河合祥一郎＝訳

田舎の古い屋敷に預けられた4人兄妹は、空き部屋で大きな洋服だんすをみつける。扉を開けると、そこは残酷な魔女が支配する国ナルニアだった。子どもたちはナルニアの王になれと言われるが……名作を新訳で。

角川文庫海外作品

新訳 ナルニア国物語2
カスピアン王子
C・S・ルイス
河合祥一郎＝訳

夏休みが終わり、4人兄妹が駅で学校行きの列車を待っていると、一瞬で別世界に飛ばされてしまう。そこは魔法が失われた1千年後のナルニアだった。4人はカスピアン王子と、ナルニアに魔法を取り戻そうとするが……。

新訳 ナルニア国物語3
夜明けのむこう号の航海
C・S・ルイス
河合祥一郎＝訳

ルーシーとエドマンドはいとこのユースタスとともにナルニアへ！ カスピアン王やネズミの騎士と再会し、7人の貴族を捜す旅に同行する。人が竜に変身する島など不思議な冒険を経て、この世の果てに辿りつき……。

新訳 ナルニア国物語4
銀の椅子
C・S・ルイス
河合祥一郎＝訳

ユースタスと同級生のジルは、アスランに呼び寄せられナルニアへ。行方不明の王子を捜しだすよう命じられる。与えられた手掛かりは4つのしるし。根暗すぎる沼むっつりも加わり、史上最高に危険な冒険が始まる。

新訳 ナルニア国物語5
馬とその少年
C・S・ルイス
河合祥一郎＝訳

父に殴られ、奴隷のように使われてきたシャスタ。その父が実の親でないと知り、気高き軍馬ブリーと自由の国ナルニアへ逃げだすことに。旅の途中、自分そっくりの王子と出会い、ナルニアへの陰謀を耳にするが。

新訳 ナルニア国物語6
魔術師のおい
C・S・ルイス
河合祥一郎＝訳

魔術師のおじの書斎で、異世界に行ける魔法の指輪をみつけたディゴリーとポリー。2人は異世界から悪の女王を街に連れ帰ってしまう。あわてて元に戻そうとするが、入りこんだのはまた別の世界ナルニアだった。

角川文庫海外作品

新訳 ナルニア国物語7 最後の戦い
C・S・ルイス
河合祥一郎＝訳
偽アスランによってナルニアはカロールメン国に支配される。王は怒って立ち上がるが囚われの身に。戦いには邪悪な神タシュが現れ危機に瀕する。かつての主人公たちも登場し……ついに完結！ カーネギー賞受賞。

新訳 ドリトル先生アフリカへ行く
ヒュー・ロフティング
河合祥一郎＝訳
ドリトル先生は動物と話せる、世界でただ一人のお医者さん。伝染病に苦しむサルたちを救おうと、仲良しのオウム、子ブタ、アヒル、犬、ワニたちと船でアフリカへむかうが……新訳と楽しい挿絵で名作を読もう。

新訳 ドリトル先生航海記
ヒュー・ロフティング
河合祥一郎＝訳
動物と話せるお医者さん、ドリトル先生の今度の冒険は、海をぷかぷか流されていくクモザル島を探す船の旅！ おなじみの動物たちもいっしょ。巨大カタツムリに乗って海底旅行も？ 第2回ニューベリー賞受賞。

新訳 ドリトル先生の郵便局
ヒュー・ロフティング
河合祥一郎＝訳
先生がはじめたツバメ郵便局に、世界中の動物から手紙が届き、先生たちは大忙し。可哀想な王国を救ったりと大活躍も続く。やがて世界最古の謎の動物から、秘密の湖への招待状が……大好評のシリーズ第3巻！

新訳 ドリトル先生のサーカス
ヒュー・ロフティング
河合祥一郎＝訳
お財布がすっからかんのドリトル先生。もう動物たちとサーカスに入るしかない！ 気の毒なオットセイを助けようとして殺人犯にまちがわれたり、アヒルがバレリーナになる動物劇を上演したり。大興奮の第4巻。

角川文庫海外作品

新訳 ドリトル先生の動物園
ヒュー・ロフティング
河合祥一郎＝訳

世界に一つだけの檻のない動物園が完成！ ウサギアパートやリスホテルまである動物天国だ。ネズミのお話会も開催され、園は大盛り上がり。しかし先生が事件にまきこまれ……探偵犬と謎を解くミステリーな第5巻。

新訳 ドリトル先生のキャラバン
ヒュー・ロフティング
河合祥一郎＝訳

ドリトル・サーカスの新しい出し物は、カナリアやフラミンゴが歌って踊る世界初の鳥のオペラ！ このとんでもないショーは成功するのか？ 先生が女性に変装して悪徳動物業者をこらしめる、びっくり仰天の第6巻。

新訳 ドリトル先生と月からの使い
ヒュー・ロフティング
河合祥一郎＝訳

犬の博物館でにぎわうドリトル家の庭に、謎の巨大生物が舞い降りた！ えっ、先生を迎えに来た月からの使い!? 宇宙への大冒険が始まる。教授犬やちょんまげ犬の愉快なお話も満載！ 大人気の新訳シリーズ第7巻！

新訳 ドリトル先生の月旅行
ヒュー・ロフティング
河合祥一郎＝訳

月に到着した先生とトミー達。行く先々で出会うのは巨大カブトムシに巨大コウノトリ、そして不気味な巨人の足跡。皆こちらを見張っているようだ。やがて先生まで巨大化し……史上最大のピンチが訪れる第8巻。

新訳 ドリトル先生月から帰る
ヒュー・ロフティング
河合祥一郎＝訳

トミーがひとり月から帰ると、家は荒れ放題。やっぱり先生がいないとダメなんだ！ そしてついに先生が月から巨大バッタに乗って帰ってくる！ この6mの巨人が先生？ 月のネコも登場する、とことん奇妙な第9巻。